Brincando no Jardim de Cronos

Claudio Rosenbaum

PRETÉRITO

Nova Friburgo
2020

PRETÉRITO

Projeto gráfico: In Media Res Editora
Revisão: In Media Res Editora

Dados Internacionais de Catalogação na Publicação (CIP)

R813b
Rosenbaum, Claudio.
Brincando no Jardim de Cronos / Claudio Rosenbaum - 1ª edição - Nova Friburgo - RJ. In Media Res, 2020
208 p.

ISBN: 978-65-86998-00-9

1.Contos 2. tempo. 3. ficção brasileira I. Título

CDD: B869.3

Eu, prisioneiro de mim mesmo, escondido na zona de conforto.
Eu, presença que comanda, tece e verbaliza.
Eu, soberano de um castelo vazio, fortaleza mofada de um morador solitário.
Comandante e déspota desta nave que se molda aos meus desejos, movendo-se no meu ritmo e interagindo a meu gosto e glória.
Olho o mundo pelo periscópio dos olhos. Sinto a vida, pelos sensores da pele.
Comunico-me pelo falante da boca. Sinto os aromas, cheiros e odores, pelos orifícios do nariz.
Formo conceitos, ideias e teorias, a partir das sinapses do cérebro.
Uso e abuso desta casa biológica, excedendo com frequência as recomendações do fabricante.
Vivo a plenitude dessa egocêntrica existência, sempre de carona nesse outro eu,
casca que inventei na excelência da minha capacidade, que se relaciona, ri e sofre como se fosse um ente só.
Nessa casca que me envolve, sou o que ninguém pode ver. Sei o que ninguém jamais saberá. Arquivo pessoal e intransferível criptografado e protegido do mundo, fadado à decrepitude e à borracha do tempo.
Eu, louco e são. Vilão e herói. Autor e personagem desta minha vida.
Eu, ilha dos meus tesouros, náufrago que não quer resgate.
Eu, brincando displicentemente no jardim de Cronos.

Introdução

Tempo, tempo, tempo... O tempo que o tempo tem.

A inexorabilidade do tempo fascina a humanidade desde seus primórdios. Para tal, tanto os gregos quanto os romanos criaram um deus para administrar essa epopeia.

Cronos, Titã da mitologia grega, tornou-se poderoso, cruel e temido, pois controlava o fluxo do tempo e suas inevitáveis consequências. Ficou conhecido por devorar os filhos, pois é isso que o tempo faz. Naturalmente temido e venerado pelos mortais e também pelos seus pares, pois tendo o poder de administrar o elemento subjetivo e realmente etéreo da natureza, o tempo, causava inveja e temor em quem ousasse desafiá-lo.

Dar tempo ao tempo, quando não temos tempo a perder.

Quanto tempo nos resta? A tentativa de atrasar os relógios sempre angustiou o Homo Sapiens desde que sua cognição reconheceu a existência do tempo. Tentar controlá-lo – e as suas consequências – vem frustrando a todos, sem exceção. Prolongá-lo ao máximo, quem sabe para sempre. Passar-lhe a perna e talvez, quem sabe, driblar o inevitável? É angustiante ser passageiro em uma nave que não para, não retrocede, só avança. Avança rápido, cada vez mais rápido e, segundo alguns, trazendo angústia para aqueles que olham o tempo como adversário, como algoz.

Fitar o tempo nos olhos e decidir seguir com ele para o que der e vier é coisa para poucos loucos e destemidos, pois, invariavelmente... o tempo se esgota. Fazer as pazes com ele e relaxar pelo resto da viagem é um exercício diário e necessário, pelo tempo que for.

Essa é a minha proposta: de, através dessas três histórias lúdicas, brincar com o tempo. Exorcizar o fatalismo e trazer a ilusão de que podemos controlar o incontrolável. Entrar na fantasia e relaxar nessa viagem rumo ao, nada desconhecido, ponto final.

Tempo que te quero tempo, seja meu amigo, não me apresses no teu caminhar. Que nessa nossa jornada, eu possa acertar mais do que errar e tropeçar menos do que alçar pequenos voos de galinha caipira. Flerto contigo, pois me fascinas e me desafias a ser mais e melhor, sempre. Quero desfrutar de tua companhia, pela mais longa e bela estrada possível!

A Cronos, peço a devida licença para invadir seu jardim e, sem qualquer cerimônia, brincar como brinca uma criança despreocupada.

Abraços atemporais a todos.

Rosenba.

O VIDENTE

Do fim ao começo

"Estava mais angustiado do que goleiro na hora do gol..."

Esta frase da música de Belchior não me saia da cabeça. Ficava fitando o horizonte, com um sol poente digno de ser curtido à plenitude. Tudo isso de cima das pedras do Arpoador.

Para quem não conhece o fascínio desse lugar, cabe ressaltar que de lá se tem uma visão privilegiada tanto de Ipanema, quanto de Copacabana, na não menos estonteante cidade do Rio de Janeiro. Apesar das mazelas que são inerentes ao tamanho desta cidade, e da sequência de administrações desastrosas que dão ao Rio de hoje aspecto e sensação de cidade sitiada, ela é uma das mais belas do planeta.

O por do sol por detrás da pedra da Gávea, com seu vermelho alaranjado, ganhando tons mais fortes a cada minuto, faz com que a vida ganhe uma pausa, só para admirar esse fenômeno.

Essa cena, que eu já tinha vivido tantas e tantas, vezes nunca me impactara antes assim. Que coisa mais linda! Como não se emocionar com ela, principalmente agora que eu sabia do meu derradeiro fim?

Sim, eu sabia a data e hora da minha morte, assim como sabia que mudar aquele panorama era, no mínimo, improvável.

Já era macaco velho demais para iludir-me e pensar que eu tinha tudo sob controle. Estava com 57 anos e, depois de uma longa carreira de vidente vigarista, tinha visto e vivido a minha própria morte.

Que ironia! Quando, finalmente, pude ver meu próprio futuro, a única coisa que vi foi a minha morte. Isso me lembrou da estória que escutei na minha infância, na qual um gigante, um ciclope, querendo ter o poder de ver o futuro, fez um pacto com o demônio, que lhe pediu um dos olhos em troca da visão do que estava por vir. Muito bem, o trato foi consagrado e um olho lhe foi tomado. No entanto, a única visão de futuro que lhe foi proporcionada foi o dia e a hora de sua morte.

Bem, eu não me lembro de ter feito trato algum com o rabudo! Esse tipo de visão ninguém jamais deveria ter. Só que... Eu tive!

Bem... Acho necessário explicar melhor essa história. Para isso, devo retroceder a 1977 e, é claro, apresentar-me primeiro.

Meu nome é Tom Sawyer Huckleberry Finn dos Santos, tenho 57 anos, filho de Adélia Schwartz e Eduardo Henrique Meirelles dos Santos. Ela, filha de imigrantes alemães e ele, família tradicional mineira.

Não, não estou de sacanagem! Meu nome é esse mesmo. Meu pai era fã inconteste de Mark Twain, e eu fui a vítima dessa paixão. Claro que só me conhecem por Tom Santos. O resto é segredo bem guardado e só eventualmente revelado.

Sou o mais novo de uma família de três filhos. Minhas duas irmãs mais velhas casaram-se muito cedo, quase que em sequência (para desespero de meu pai, que teve que bancar as festas de casamento) e saíram de casa quando eu mal completava 15 anos. Hoje, tenho contato esporádico com elas, visto que a mais velha mora em Tocantins e a do meio, em Minas. Sou engenheiro civil, esperando ansiosamente a aposentadoria, após ter trabalhado por 35 anos na Cedae no Rio de Janeiro. Fui "casado", ou quase, uma vez. Quase tive um filho, mas isso eu explico melhor mais adiante.

Assim que fui alfabetizado, isso lá pelos meus 7 ou 8 anos, recebi de meu pai o primeiro exemplar ilustrado de Tom Sawyer. Todos os meus amigos da rua liam "gibi". Aventuras do Zorro, O cavaleiro mascarado. Fantasma, O espírito que anda, Tarzan, o rei da selva e eu... Tom Sawyer. Ficava difícil se enturmar desse jeito! Claro que, para escapar de ser pele, fui obrigado a ser mais esperto e engraçado que os demais. Era bem franzino, com peito de pombo e ombros estreitos, o que não me garantia uma ascendência física sobre os demais colegas de rua. Tive que improvisar. Tornei-me o cérebro maligno da galera!

Arquitetava todos os planos maquiavélicos demandados pela turma, e nos seus mínimos detalhes. Eram sempre infalíveis. Desde ataque com bexigas de água sobre o clube das Luluzinhas, até o enfrentamento com uma gangue rival da "rua de baixo", tudo minuciosamente arquitetado e executado por meus, então, comandados. Claro que isso me garantiu o apelido de "Cérebro".

O tempo foi passando, Cérebro era eficiente no planejamento das estratégias masculinas, mas, infelizmente, não fazia sucesso algum no âmbito feminino. Todos os garotos ficando bonitões e fazendo sucesso com a meninada nas festinhas e bailes, e eu... invisível, quase transparente aos olhos das "gatas". No colégio, não era diferente. Tinha sido poupado de ser pele (termo agora conhecido como vítima de bullying), por conseguir me esgueirar intelectualmente das armadilhas dos brutamontes e ter certa ascendência sobre eles também, só que isso não me garantia encantar as garotas, o que passou a ser dramático após os 14 anos.

Só fui começar a ficar mais apresentável lá para os 16. Até lá, os meus amigos, já com corpos definidos e causando furor nos bailes da época, tinham histórias e casos amorosos para contar, enquanto eu, nada! Mentia, é claro! Usava as férias de verão como pano de fundo para as inebriantes aventuras amorosas no alto da serra. Como usualmente as férias eram passadas em Teresópolis, onde a família tinha uma casa de veraneio, ficava fácil soltar a imaginação e contar as mais escabrosas aventuras mentirosas para a turma, também de mentirosos, do colégio e da rua.

Já por essa época, eu viajava periodicamente sozinho para a casa de Terê. Pegava as chaves com meus pais e fazia a maratona de ônibus, serra acima. Eu adorava aquela terra! Além de um clima maravilhoso, eu gozava de uma liberdade impraticável no Rio de Janeiro, principalmente sendo um cara da minha idade e sem meios próprios de transporte. Lá, eu contava com uma moto pequena, uma "cinquentinha" como meio de locomoção, o que fez com que o mundo e as amizades se abrissem para mim como nunca antes.

Passei a circular pela cidade e lugarejos próximos, a frequentar o Country Club da cidade, a ver e ser visto. Aos poucos, passei do completo anonimato para a popularidade de uma figura quase local. Consequentemente, uma aceitação passou a rolar. Comecei a circular em um meio – até então desconhecido para mim – de jovens e pré-universitários locais.

Isso certamente mudou a minha vida e me fez crescer numa rapidez estonteante. Saía de uma situação de semi-isolamento, algo comum numa cidade como o Rio de Janeiro, para um ambiente de cidade de interior, onde as pessoas se conheciam desde sempre, e as amizades eram mais próximas. Era supernormal as pessoas se encontrarem ao acaso e saírem juntas para todos os lugares. Isso, porém, era inusitado para mim.

Aos poucos, passei a fazer parte daquele mundo onde todos sabiam meu nome e passaram a me tratar como um deles. Eu tinha encontrado o meu lugar! Claro que eu era um "outsider" e, como tal, era visto com certa reserva, mas isso não importava... Eu era quase local.

O fato de eu ter uma casa só pra mim ajudava bastante. Esse era o sonho de qualquer adolescente que se prezasse. Eu passei então a "pertencer", não somente como o "Cérebro", mentor intelectual de travessuras, mas como membro ativo e igual da turma, algo nunca antes experimentado por mim.

Com isso, passei a subir a serra quase que semanalmente e a expandir a minha rede de relacionamentos numa progressão aritmética. Bem, isso ainda não me garantia um "upgrade" no "sex appeal", mas, certamente, aumentava de forma considerável a minha autoestima. O que eu poderia querer mais?! Sendo assim, fui ficando resignado e aceitando o fato de não ser um símbolo sexual.

Quando eu já dava certa a minha sina de celibatário, eis que uma alma caridosa, meio brega, mas razoavelmente apresentável, resolveu se encantar pelo meu ser. Não podia acreditar, eu ia ser desvirginado! A logística, complicada para a maioria dos garotos, para mim era fácil. Afinal, eu tinha uma bela casa só para mim! Tomado pela natural expectativa e excitação, preparei a cena. Comprei vinho – naturalmente aquele que o pequeno orçamento da época permitia –, arrumei a casa toda e enfeitei a arapuca para tão importante ocasião. Tudo pronto. Fui buscar a então Deusa do Olimpo em sua casa, no centro da cidade. Parei em frente à casa dela e apertei aquela buzina ridícula de motos pequenas. Pois eis que me sai a minha miss universo, toda linda e perfumada, mas... de minissaia! Quando ela viu a moto, parou e exclamou:

– Nós vamos de moto? – No que eu petrificado retruquei:

– Claro, não te falei, não?

Já estava dando o caso como perdido. Afinal, tava bom demais pra ser verdade, quando a menina me olhou docemente e disse:

– Peraí... Já volto!

Não demorou 10 minutos e a estonteante musa universal voltava divinamente vestida de calça jeans, um casaco de couro e carregando um capacete rosa. Apaixonei-me na hora.

O caminho entre a casa dela e a minha pareceu-me uma eternidade. Ela me apertava forte com seus divinos braços e eu não me continha de tanta ansiedade, insegurança e excitação. Quando finalmente chegamos à "Casa, minha casa" (nome da nossa casa da serra), eu já estava que não me aguentava de tanta adrenalina.

Parei a moto na rua mesmo e, mais que rapidamente, abri a porta e deixei que aquela beldade, possivelmente o ser mais perfeito do universo, entrasse no meu humilde "Château". Eu, a moça e um sentimento de que faltava um bom manual de como administrar aquela situação.

Servi uma taça de vinho Château Duvalier (vinho porcaria que era popular entre a garotada da época). Tomamos várias taças, acompanhados de salgadinhos Piraquê. Surpreendentemente, conversamos bastante e de uma forma muita bacana e descontraída. Ela falando de sua vida e experiências amorosas, sobre lugares e coisas que fizera com seus namorados, e eu imaginado o seriado "Jornada nas Estrelas", que abria sempre dizendo: "Audaciosamente indo a lugares que ninguém jamais esteve!" Que eu prontamente substituí por: "Audaciosamente indo onde uma porrada de gente já esteve antes!!"

A noite foi evoluindo, nós nos embriagando com vinho safado e nada de coragem para tomar a derradeira iniciativa. Sorte minha que a agora comandante da minha espaçonave era bem mais "descolada" que eu e tomou as rédeas da situação. E lá fui eu, para lugares que eu só tinha ouvido falar. Bem... Aqui começa a minha saga.

No auge da excitação, nos braços enroscados da respiração ofegante e após a nova e incrível sensação de "orgasmo acompanhado" foi que aconteceu o primeiro episódio da janela pro futuro. Foi assim que eu batizei o fenômeno.

Não sei dizer ao certo em que momento aconteceu. Não sei se foi antes, durante ou depois do orgasmo, que eu pude ver flashes de cenas. Muitas cenas desconexas. Coisas confusas. A maioria relativa à criatura que estava comigo. Tudo mesmo muito confuso e sobreposto. Uma cena, porém, eu vira com clareza: essa mulher que eu pouco conhecia, mais velha e de mãos dadas com uma criança que ela chamava de Bianca. Claro que, no calor daquela bagunça, eu pouco dei importância a essa situação. Achei que era assim mesmo. Afinal... Era uma trepada!

Bem, aquela foi a primeira de muitas trepadas com aquela moça que, como não poderia deixar de ser, foi deixando o posto de comandante da espaçonave, de Deusa, Miss Universo e voltou a ser apenas uma garota sem graça como tantas outras que andavam pela cidade. Afinal... agora eu era um cara experiente!

Não demorou muito para aquela menina ceder lugar a outra e mais outra, e por aí foi. Com isso, vários relacionamentos foram acontecendo no correr daquele ano e dos anos vindouros. Em algumas poucas ocasiões, aquela confusão de imagens voltava a acontecer. Não cheguei a me preocupar com aquilo, mas aquela imagem da mulher de mãos dadas com uma menina chamada Bianca não saía da minha cabeça.

Pois muito bem, passados uns cinco anos, encontro aquela primeira moça na rua, de mãos dadas com uma menina de uns dois anos. Parei, nós nos abraçamos e falamos da vida, e eis que ela me apresenta a sua filha: Bianca. Eu quase caí duro! Era a cena que eu tinha visto cinco anos antes!

Ela percebeu o meu espanto e me perguntou se estava tudo bem. Disfarcei e disse que sim, que tinha tido uma vertigem por não ter ainda almoçado. Despedimo-nos e eu saí igual a um zumbi andando pela cidade sem saber o que pensar. Como aquilo podia ser verdade?! Será que eu estava ficando doido? Só fui me acalmar depois do quarto chope tomado apressadamente num bar qualquer, de uma esquina qualquer, de uma rua qualquer, de um bairro qualquer da cidade que eu tinha chamado de minha.

A janela do futuro

1980, ano de grandes mudanças na minha vida. Passara no vestibular, e uma nova era começava. Não sabia ao certo o que estava por vir. Sequer estava certo se tinha tomado a decisão correta, deixando-me influenciar pelo meu pai, em seguir a carreira de engenheiro civil. Queria mesmo era ter feito Biologia Marinha, mas a sedução da grana fácil falou mais alto. Sempre fui fácil de convencer quando o tocante era a Lei do menor esforço. Quando meu pai disse: "Eu só posso te ajudar se você fizer engenharia" (ele, naturalmente, era engenheiro civil, assim como o seu pai também), eu nem pensei duas vezes e me inscrevi no vestibular da Cesgranrio.

Bem, passei em terceiro lugar para engenharia, na Universidade Federal do Rio de Janeiro, o famoso Fundão. Uma cagada sem tamanho! Não sei como consegui essa façanha, uma vez que estudar, para mim, era uma obrigação e nunca um prazer. Fazia o que tinha que ser feito, mas sem paixão. Acho que tinha facilidade para absorver as aulas, pois jamais me debrucei sobre livros quando chegava em casa. Enfim, passar daquela forma no Vestibular não era para qualquer um, e isso me garantiu um puta prestígio dentro e fora de casa.

Como passar em "terceirão" tinha sido "DUCARALHO" e aumentara bastante meu poder de barganha junto aos membros da família, meus avós maternos, como recompensa, me deram uma passagem para a Europa e dinheiro para ser feliz!

Vou te dizer... Sorte a minha de ter tido os avós que tive. Gente maravilhosa. Vindos do velho continente no pós-guerra, fizeram vida nova, do zero, aqui em terra Brazilis. Que gente corajosa! Meu avô, saído de um campo americano de prisioneiros, quase morto por malária adquirida na França, resolveu chutar o balde, largar tudo para trás na Alemanha e começar vida nova no Brasil. Ah, e isso aos quase sessenta! Tudo bem que minha avó tinha um irmão e uma irmã radicados por aqui e que a situação na Alemanha era crítica à época.

No principio da guerra fria, após a divisão da Alemanha pelos países vencedores, os Russos ameaçavam retificar as fronteiras. Dessa forma, englobariam a pequena cidade onde meus avós viviam. Isso, com certeza, deu um baita empurrão na decisão de emigrar, mas é sempre admirável alguém abrir mão do que conhece e lançar-se ao vento para uma terra estranha de gente, língua e de costumes muito distantes dos seus. Tiro o meu chapéu para eles e, principalmente, por eles terem sido pessoas corretas, dignas e extremamente generosas. Sem eles, com toda a certeza, eu não teria vivenciado essa outra página da minha existência.

Como eu tinha feito a opção por ingressar na faculdade no segundo semestre, tive seis meses para curtir, não só a Europa, mas também por aqui. Aproveitei que uns amigos do colégio estavam indo passar o carnaval em Salvador e parti junto. Não preciso explicar que sexo, drogas e Rock'n Roll estavam incluídos no roteiro. Foram dias e noites que se confundiam e que se somavam a todas as experiências sensoriais que eu já havia vivido. A "canabis" também veio se apresentar e causar ainda mais confusão no mosaico de imagens que desfilavam na minha mente. O que eu, à época, ainda não sabia, era que essas imagens tinham significado e que o domínio desse "mister" seria uma arma explosiva, uma fonte de muito prazer e também de muita dor.

Passado o carnaval, parti para a Europa. Mochila nas costas, e um mundo completamente novo e excitante se revelaria.

Comecei a viagem pela Alemanha, terra dos meus avós maternos. Friso sempre que foram meus avós maternos, pois com os paternos não pude ter contato. Morreram muito cedo, quando eu tinha cerca de quatro anos de idade. Meu avô, Temístocles, faleceu primeiro e, logo em seguida, minha avó, Maria do Rosário.

Eu falava alemão desde pequeno, e isso facilitava bem as coisas. A sociedade alemã revelou-se uma coisa surpreendente para mim. Apesar de eu ter tido contato com alemães no Rio, por ter estudado em escolas alemãs e por, é claro, minha inegável linhagem, a Alemanha que eu conhecia através dos relatos dos meus parentes e amigos cariocas de nada se assemelhava àquela que eu encarava agora.

Estava diante de uma sociedade extremamente liberal, de costumes totalmente diferentes dos meus e com rompantes de "extrema liberdade" até então desconhecidos para mim. Era a época do Regime Militar no Brasil, e liberdade era uma palavra meio que subversiva por essas bandas tupiniquins.

Fiquei morando durante os próximos quase quatro meses na casa de um amigo da época de "ouro" de Teresópolis. Fui extremamente bem tratado e foi-me outorgada liberdade total. Gente da melhor qualidade, a quem devo muito, senão toda a felicidade que pude experimentar em terras germânicas. Rapidamente, enturmei-me com os locais que me mostraram o que se fazia por lá... Fiquei pasmo. Eu, que me achava descolado e o dono do mundo, encarei uma galera pra lá de liberal. Deu no que deu... Festas e mais festas, entre viagens e orgias, imagens confusas e uma alegria de estar vivendo aquilo tudo.

Da Alemanha, segui rodando por quase toda a Europa ocidental (à época, ainda existia o bloco soviético e aventurar-se pelo lado da cortina de ferro era muito difícil, senão impossível). Eu ia ficando em albergues da juventude ou em campings, onde pude conhecer uma diversidade enorme de pessoas e culturas. Dormi em praças, estações de trem e até em acampamentos ciganos. Rodei um bocado até onde o dinheiro me levou. Depois de quatro meses nessa aventura, voltei para o Brasil determinado a encarar minha sina... ser engenheiro! Hoje, sei que não poderia ser diferente, e que tudo aconteceu na hora e do jeito que tinha que acontecer.

Naturalmente, com as drogas consumidas na Europa, as visões aconteciam cada vez mais frequentemente, mas ainda sem significado para mim. A estadia no Primeiro Mundo revelou-se um divisor de águas e uma grande lapidação na minha personalidade. A partir daquela experiência, me tornei muito mais seguro e dono do meu destino. Aprendera a navegar em águas pouco familiares e a me sair extremamente bem nessas situações. Tinha ido um garoto e voltava bem mais maduro (se é que existe maturidade aos 18 anos).

De volta ao Brasil, a vida seguiu. E como seguiu! Na faculdade, eu pude ter contato com grande diversidade de pessoas e ideias. Tendências e radicalismos. Tive o primeiro contato com o engajamento político-social. Participava do DCE e, naturalmente, das festas e churrascos, que tornavam os estudos mais suportáveis.

A faculdade, em si, era chata pra cacete, e o fato de ser integral (das 7h às 17h, inclusive aos sábados) tornava os dias extremamente longos e enfadonhos. Claro que, nesse contexto, surgiram muitos namoros e, como sempre, eles pareciam mais uma viajem de ácido que outra coisa qualquer. Cada encontro íntimo, uma chuva de imagens.

Só fui entender finalmente o que acontecia, em 1982, no reencontro com a "desvirginadora" em Teresópolis. Isso se deu já na metade do tempo de faculdade. Daí para frente, tudo se potencializaria e nasceria o Dom Juan vigarista elevado a enésima potência!

Essa consciência do que eu realmente via trouxe um novíssimo arsenal ao já, então, bem mais experiente eu. Passei a incluir na sedução o vocabulário de vidente sem caráter, o que me garantiu um sucesso estrondoso. Apesar de ainda não saber interpretar corretamente todas as imagens, eu desfiava um rosário de autêntico cartomante. Dizia exatamente o que as meninas queriam ouvir. De sucessos amorosos e profissionais, até o número de filhos e a vida que elas levariam em outros países. Ah, sem nunca deixar de mencionar "uma pequena névoa, que eu ainda não posso atravessar e enxergar muito bem o que está além! Quem sabe da próxima vez, querida?!"

Elas não tinham como não ficar impressionadas com as histórias. Eu mesmo, às vezes, ficava bolado com a minha imaginação. Eu estava mesmo me saindo um belíssimo vigarista! Sentia-me o "Herculano Quintanilha" interpretado por Francisco Cuoco na novela "O Astro".

Quando a notícia se espalhou, minha agenda ficou cheia de deusas do Olimpo e transformou-me em um grande sucesso entre as pobres viventes. Eu era o guru das tolas gostosas. O que elas não sabiam é que, quanto mais eu transava, menos eu via e, quando via alguma coisa, eram fragmentos de cenas indecifráveis. Ora... O que importava?! Eu estava no topo e de lá não queria sair, mesmo que isso significasse enganar e iludir. Afinal, se elas iam a cartomantes para serem exploradas, que fossem então seduzidas pelas minhas maravilhosas histórias de futuro brilhante, dinheiro, luxos e famílias ideais!

Isso se estendeu por muito tempo, até começarem os relacionamentos mais sérios, e o fatídico dia D.

Tempo de despertar

Tudo na vida evolui, e comigo não seria diferente. Entra relacionamento, sai relacionamento, e eu na vigarice. Nessa época, eu tinha reencontrado uma amiga de infância, a Karla.

Tínhamos uma amizade atemporal. A vida cuidou para que nos afastássemos e novamente nos encontrássemos. Karla era uma menina linda, com seu corpo exuberante de 1,72m e uns 60kg, extremamente bem distribuídos. Filha de Húngaros, imigrantes do pós-guerra, fugidos do endurecimento do regime socialista pró-Moscou. Ela era a mais velha de dois filhos, tendo um irmão dois anos mais novo, que era o seu xodó. Falava fluentemente não só o Húngaro, mas também o inglês e o alemão, que ela aprendeu na escola alemã onde nós nos conhecemos. Tinha um rosto angelical, traços finos e lábios bem torneados, emoldurando os olhos azuis quase transparentes e uma juba loiríssima de cabelo muito fino, que lhe caíam até o meio das costas. Uma verdadeira gata europeia, digna de nota.

Tinha uma desconfiança e rigidez típicas dos europeus. Levava a sério tudo que fazia e, quando franzia a testa, sai de baixo! Ela era o que chamaríamos hoje de "mulher empoderada". Superindependente, engenheira química formada pela UERJ e analista de sistemas pela UFRJ. Trabalhava em uma multinacional da área de informática, onde galgou rapidamente para uma posição de comando. Ela não só comandava um bando de marmanjos, com seus 25 anos, como se fazia respeitar e muito! Diziam na firma que ela era carne de pescoço. Talvez a mulher mais inteligente e safa que eu tenha conhecido na vida. Éramos amigos desde os tempos do jardim de infância, onde ela foi meu primeiro amor platônico.

Na realidade, era mais que isso, mas gostávamos de nos rotular assim. Era mais fácil que tudo ficasse nos termos de amizade colorida ou da amizade com benefícios. Tínhamos uma cumplicidade e respeito em que não havia espaço para grandes discussões ou cenas de ciúmes. Éramos amigos, confidentes e amantes ocasionais (pelo menos, isso era o que tínhamos combinado).

Acho que ela foi a primeira pessoa a quem eu contei detalhadamente sobre o meu "dom". Lembro-me dela me olhando com um olhar intrigado, que com a evolução do meu relato passou para um olhar de piedade, quase maternal. Acho que ela havia percebido o que eu não tinha me dado conta: da roubada que aquilo representava. Eu só via a possibilidade de "encantar as pererecas" enquanto ela via as nuances e os dramas que certas revelações poderiam trazer. Ela era muito mais inteligente do que eu, porém, nunca mencionou nada sobre quão cruel aquele meu "dom" poderia ser.

Ela sorriu e brincou, chamando-me de guru do sexo, e perguntou se eu tinha visto algo no futuro dela. Caraca... foi aí que eu me toquei! Com ela, isso não rolava. Tive que improvisar e disse que sim, que eu tinha visto ela bem velhinha sentada em uma mesa, cercada por uma família de três filhos e cinco netos. Ela perguntou se tinha algum marido na mesa, ao que eu respondi negativamente. Gostou do que falei e não inquiriu mais nada. Ela era totalmente exotérica, o que contrastava com a profissão que tinha escolhido. Uma hiponga "hightech" linda, poderosa e gostosa como o quê!

Numa dessas ondas trepo-filosóficas, ela me sugeriu que eu fizesse uma viajem à Índia, em busca de iluminação espiritual. Disse que já havia feito isso e que tinha mudado a vida dela. Falou-me de um guru chamado Rajnish e de sua filosofia de meditação dinâmica, onde o desenvolvimento era individual e guiado pela verdade e pelo amor. Disse que ele pregava a liberdade de escolha individual e que cada um fosse o seu próprio Buda. Disse também que ele batia de frente com qualquer dogma, fosse de que seita fosse, e que ele se referia às religiões como sendo "cegos guiando cegos" e que só com a "desconstrução dos dogmas e dos amores psicológicos poder-se-ia chegar à verdadeira iluminação do autoconhecimento."

Fiquei fascinado com a explanação que ela fazia daquele a quem chamava de "OSHO", outro nome do guru. Pronto! Naquele momento, eu gostei do cara! Foi aí que ela sugeriu que fossemos juntos nessa, que seria a minha viajem de autoconhecimento. Topei na hora! Afinal, nos dávamos superbem, tanto como amigos quanto na cama. Nunca tínhamos viajado juntos, mas não custava tentar. No fundo, eu duvidava que aquela viagem mexesse com meu lado cético e com meu fundamentalismo ateu. Para ela, no entanto, era a esperança de eu me tornar o ser iluminado que ela achava que eu poderia ser. Afinal, eu via o futuro!

Isso se passou por volta de 1988, e eu já gozava de uma razoável independência econômica. Começamos a planejar a viajem, programando o sincronismo das férias de um mês, e a elaborar o roteiro. Confesso que fiquei bem impressionado com a habilidade da Karla em organizar tudo. Nessa época, a internet ainda não era de domínio público, e as pesquisas requeriam muita dedicação, tempo e uma paciência que eu certamente não teria.

Eu já era funcionário da Companhia de Águas do Rio de Janeiro, a CEDAE, e tinha que negociar com meus superiores o período de férias. Não era fácil um cara com pouco tempo de casa conseguir tirar férias na data que ele escolhesse.

Tudo, porém, conspirou a nosso favor, e Karla e eu conseguimos nossas férias para maio. Enfim, ficou acertado que viajaríamos em 01 de Maio de 1989, antes do início das monções, apesar delas variarem entre junho e setembro, dependendo da região da Índia. Isso nos daria tempo de dar uma bela volta pelo país e visitar os "malditos" templos que ela tanto queria me mostrar.

Viajem à Índia

Chegou o dia da nossa odisseia de vinte e poucas horas para chegarmos a Nova Déli.

Pegamos um voo com escala de sete horas em Paris. Em seguida, voamos para o Marrocos, onde teríamos outra escala de duas horas (que foram quatro). De lá para a Turquia, mais duas horas de escala (que foram três) e finalmente, Nova Déli.

Não preciso dizer que cheguei nada espiritualizado na Índia. Queria matar Karla por ter escolhido essa passagem mais barata, de pinga-pinga pelo mundo.

Ao sairmos do aeroporto de Déli, o choque de cheiros e o caos no trânsito foram profundos. Pegamos um táxi para nos levar para o hotel. Nisso eu insisti com Karla: que fosse um bom hotel! Realmente ela reservou um hotel quatro estrelas bem bacana, mas, até chegar lá, eu pensei estar num daqueles trens fantasmas de parque de diversões. O desgraçado do taxista chapava o pé naquela Mercedes velha e não tirava a mão da buzina. O que ele tirava mesmo era fino dos pedestres e dos carros que vinham na contramão.

Eu estava agarrado no descanso de braço da porta do carro e no braço de Karla, que também estava totalmente apavorada. Quando finalmente o desgraçado parou na entrada do hotel, eu não disse uma palavra... saí do carro, fui até o porta-malas e peguei as bagagens. Só depois fui pagar aquela besta fera. Olhei bem na cara dele e, com um sorriso largo, disse em português:

– Toma aqui, seu filho da puta barbeiro do caralho. Espero que você tenha uma morte horrível e demorada! – Ao que ele retrucou:

– Thank You, Sahib. Thank You!

Entramos na recepção, que mais parecia a de um palácio, com tapetes e mármores para todos os lados. Fomos até o balcão e, para minha surpresa, lá estava o taxista novamente. Pelo menos era a cara dele. Depois, fui perceber que tinha clones dele para todos os lados. Identifiquei-me e apresentei o voucher da reserva (nessa época ainda era tudo no papel). O gajo ficou balançando a cabeça de um lado para o outro e, folheando o grande livro de reservas (nada de computadores ou coisas similares), finalmente, ele nos achou e disse:

– Ok. In one hour you may enter your Room, Sir!

Nessa hora Karla me olhou, e eu tive que segurar a moça para ela não voar no pescoço do rapaz.

– Como assim? Caralho! Eu quero ir pro quarto agora!

Eu nunca tinha visto Karla perder a calma. Ela era quase uma monja tibetana que, agora, tinha se transformado em uma leoa protegendo as crias.

– Calma, Karla! Deixa que eu resolvo isso. Senta lá que eu te chamo quando tudo estiver resolvido.

Expliquei para o atendente que estávamos há quase dois dias em trânsito, e que tudo que precisávamos era um banho e uma cama. O amigão sorriu para mim e, sempre balançando a cabeça, disse com a voz mais doce do mundo:

– Sorry ,Sir... One hour.

A sorte é que Karla estava me observando e correu para me segurar antes que, dessa vez, eu pulasse o balcão. O rapaz, de marrom, ficou pálido e gritava:

– Sorry Sir, sorry Sir!

Enquanto eu desfiava meus impropérios em um inglês digno de cais do porto. Agora era Karla que me pedia calma.

Olhamos um para cara do outro e caímos na gargalhada! Depois de passado esse rompante de insanidade, perguntei para o assustado atendente se eu poderia, ao menos, deixar as malas no saguão e ir para o bar do hotel, ao que ele imediatamente acenou positivamente.

Fomos ao bar do hotel. Aliás, ao "PUTA" bar do hotel! Eu nunca tinha visto um bar tão maneiro. Lindo, de cair o queixo! Largamo-nos no balcão e pedimos: Scotch on the Rocks... Double please!

Nunca um whisky desceu tão bem, nem tão rápido. Depois de quatro doses duplas e algumas poucas palavras, o rapaz do front desk veio nos avisar que o quarto estava disponível e que ele tinha conseguido um upgrade para compensar a inconveniência. Fomos acompanhados até o décimo quinto andar e levados até o final do corredor, onde a porta da suíte já estava aberta a nossa esperara.

Ao entrar, mais uma vez, o queixo caiu. Era a suíte presidencial. Enorme, com sala, sofás, lareira e bar completo. O rapaz que nos acompanhou até a suíte entregou-nos as chaves, juntamente com uma garrafa de Möet Chandon e com os cumprimentos da gerência. Legais esses Indianos! Dei a gorjeta de praxe para o rapaz e fechamos a porta.

Olhamos um para o outro e saímos correndo em direção ao banheiro daquela verdadeira Disneylândia. O banheiro era simplesmente dois banheiros interligados por uma hidromassagem para casal. Não foram necessárias palavras, para que Karla abrisse imediatamente os registros da banheira e simultaneamente irmos, cada um para o seu respectivo chuveiro. Aquele foi, com certeza, o melhor banho de banheira que eu já tomei na vida. Colocamos TODOS os sais possíveis e disponíveis até que a espuma estivesse saindo pela borda da banheira. Então ficamos dentro dela por mais de 2 horas, entre relax e, digamos, exercícios nem tão relax assim. Ao final, colocamos os nossos roupões e pantufas absolutamente novos e fomos conhecer a nossa cama.

A cama era do tipo King Size ultramega grande pra cacete, com aquelas cortinas das 1001 noites! Deixamo-nos cair naquela maravilhosa cama macia e descomunalmente grande. Quase que imediatamente, caímos em um sono profundo até o dia seguinte.

Descobrindo a Índia

Acordamos na mesma posição que deitamos. Sequer havíamos tirado os roupões. Já estava amanhecendo em Nova Déli, e o som do trânsito caótico, típico da Índia, já se deixava ouvir. Olhamos um para o outro e, sem dizer uma só palavra, nos engalfinhamos em um nó de pernas e braços de fazer inveja ao "Último tango em Paris". Acho que estávamos, finalmente, comemorando a chegada à índia.

Depois dessa descarga de feromônios e endorfinas, resolvemos descer para tomar café da manhã no restaurante do hotel. Cheguei a pensar em pedir o café no quarto, mas isso pareceu-me demasiadamente coisa de Lua de mel, e eu não queria dar esse mole. Claro que, ao chegarmos ao restaurante do hotel, o queixo novamente caiu. Simplesmente um desbunde total! Um buffet que dava a volta no salão, que já era de dimensões gigantescas. A variedade de pães, frios, queijos, tortas, doces e frutas era simplesmente indescritível. Acho que alguém errou na mão ao dar quatro estrelas para aquele palácio. Ficamos mais de uma hora nos deliciando com aqueles quitutes. Voltamos para o quarto e, depois de mais uma pausa para liberar as endorfinas, resolvemos rodar a cidade.

Karla já conhecia Nova Déli e às vezes se fez de guia. Acho que ela me levou para conhecer todos os templos possíveis e imagináveis, além de palácios suntuosos, que mais pareciam saídos de um conto das arábias, e museus deslumbrantes, que retratavam uma Índia rica e aristocrática (nada parecida com a Índia das ruas e dos guetos da cidade).

Antes de voltarmos para o hotel, fomos ver o pôr do sol na margem do rio Yamuna, que faz parte da bacia do Ganges. Apesar do Ganges ser considerado um rio sagrado e o Yamuna ser um braço dele, ele é considerado também o rio mais poluído do mundo. Isso, porém, não tirou a beleza daquele pôr do sol que parecia ter todas as tonalidades de amarelo e vermelho. Eu sempre me emociono com o poente. Ele me dá uma sensação de divindade (estranho para um ateu, né?), de começo, meio e fim.

Passada a emoção daquele espetáculo majestoso, voltamos para o hotel com Karla já ostentando um adorno na testa, conseguido em uma lojinha, naquele que eu considero o comércio mais caótico do mundo. Dizia ela ser uma homenagem a deusa do sexo. (E eu torcendo para que não fosse da fertilidade!). Acho que, nessa altura dos acontecimentos, ela estava bem apaixonada. Confesso que eu também estava, mas era ainda duro na queda.

Gostava muito quando surpreendia Karla me olhando, meio que me comendo com os olhos. Ainda era difícil para mim, mas nós agíamos e nos portávamos como um casal de recém-casados.

Iríamos ficar ainda mais dois dias naquela cidade. Os planos era irmos para Mumbai e de lá para Pune. Em Pune, Karla dizia ter um templo fantástico do tal Rajnish. Ela até tinha me dado um livro para ler, chamado Tantra, que explicava a doutrina e a filosofia da seita. Achei bacana, mas ainda estava pagando pra ver. Duvidava que alguém ou alguma coisa pudesse quebrar o meu ceticismo. Eu sempre odiei dogmas, religiões e principalmente seitas. Sempre achei isso tudo o fim. Verdadeiro balizamento ideológico e doutrinamento bestial. Quando Karla falou que aquele Rajnish era contra tudo isso e das maravilhas do templo de Pune, foi que eu me permiti ir até lá conhecer. Mal sabia eu que ele iria mexer profundamente com as minhas verdades e certezas.

Curtimos ainda os dois dias restantes naquele hotel afrodisíaco, filial da Disneylândia, com suas mordomias dignas de um marajá.

PUNE e o despertar

Saímos cedo para o aeroporto local, para pegar um voo para Mumbai. Chamamos um taxi e novamente um primo daquele primeiro taxista apareceu para nos apanhar. Claro que voltamos a experimentar emoções de trem fantasma com esse taxista também. Parece que todos frequentaram a mesma autoescola! Chegamos ao aeroporto no terminal para voos domésticos e embarcamos em um avião bem pequeno. Era um bimotor, turbo hélice, que fazia um barulho tremendo e vibrava como brinquedo de sex shop. Entre sustos e solavancos, chegamos bem e relativamente rápido a Mumbai. Pegamos um novo taxista aloprado que nos levou a um hotel, dessa vez, não tão luxuoso, mas igualmente confortável.

O check-in, desta vez, correu sem problemas e, após sermos instalados em nossa suíte, deixamos as malas e partimos para conhecer a famosa Bombaim (nome original de Mumbai). Karla também já estivera por lá e sabia circular com desenvoltura pela cidade.

Mumbai é a segunda maior cidade da Índia, com mais de 20 milhões de habitantes e o maior centro econômico-financeiro do país, além de ter o porto mais ativo da Índia. A cidade é enorme e bem estruturada e tem uma característica mais multicultural do que Nova Déli. Rodamos um bocado, e atrações não faltaram. Confesso que fiquei muito mais bem impressionado com a Índia, a partir de Mumbai. Prédios imponentes com características arquitetônicas bem marcadas, como o portal da Índia e a estação Chhatrapati. Elas mesclam bem as características orientais com a influência forte dos ingleses, no local. Foram dias deslumbrantes e vibrantes naquela cidade.

No café da manhã do hotel, conhecemos um casal americano que acabava de voltar à Índia pela décima vez. Perguntei o que tinha de tão especial por lá, que valesse à pena tantas viagens. Eles só sorriram, fizeram uma daquelas reverências com as mãos unidas e disseram:

– Espere e você verá por si mesmo.

Quando souberam que Karla também era discípula do Osho, eles ficaram radiantes e nos convidaram a acompanhá-los na viajem a Pune. Eles disseram que Osho iria mandar um transfer para pegá-los no hotel, na manhã seguinte e que, se quiséssemos, seríamos muito bem-vindos para acompanhá-los. Foi o que fizemos. Marcamos para o outro dia, às 07h30 em ponto. Não levei muita fé, mas... o que seria uma cuia d'água para quem já estava todo molhado?!

Às 07h15, estávamos prontos na porta do hotel, esperando para encontrar nossos anfitriões. Eles vieram ao nosso encontro, já vestindo aqueles panos vermelhos esquisitos e esvoaçantes. Até que eles ficavam bem naquelas vestimentas. A mulher ficou especialmente sensual com aquela roupa, fazendo-me lembrar um pouco de "Jeannie é um Gênio", seriado de TV da década de 70.

Às 7h30 em ponto, encostou um Rolls Royce branco e dele saiu um motorista com um turbante característico, que eu identifiquei como sendo da etnia Sikh (dizem que esses cabras nunca cortam o cabelo). Ele abriu a porta de trás da limusine e pediu que entrássemos. Deixamos, é claro, os americanos entrarem primeiro e entramos em seguida.

Beatrice (nome ocidental daquela americana, pois o nome Hindú eu hoje não saberia repetir) abriu um sorriso e disse que eu ia adorar a viagem. O carro (se é que podemos classificar aquilo como carro) simplesmente parecia um motel sobre rodas. Um luxo só! Bancos de couro branco com acabamentos em jacarandá (certamente vindos do Brasil), telefone móvel (que era uma supernovidade naquela época). Divisão de vidro para o habitáculo do motorista, enfim... um delírio total! O carro destoava totalmente daquele universo de pobreza e barulho que era a tônica das ruas da Índia.

Conrad (o nome americano do rapaz) foi logo me deixando à vontade e me ofereceu chá de jasmim (que eu gentilmente declinei. Não sabia em que roubada estava entrando, então resolvi não me arriscar). Karla aceitou sem grilos, e eles começaram a conversa, dizendo que iriam me apresentar ao Guru deles, o sábio Bhaghwan Shree Rajnish, também conhecido por Osho. Eu falei:

– OK... let's do it! – Seja lá o que for... se o cara tinha aquele carro, não podia ser tão ruim assim.

Lembrei-me então de que os Beatles estiveram envolvidos com esse cara nos anos 70 e pensei com meus botões: "se tiver drogas, aí que vai ser bom mesmo".

Bem, rodamos por quase duas horas e meia e depois de vários entra e sai de ruelas, ruas e estradas que pareciam não levar a lugar nenhum, chegamos a uma propriedade cercada por um muro alto e com uma entrada digna de mansões hollywoodianas. Quando os portões se abriram, desfraldou-se diante de mim um castelo de proporções indescritíveis. Um jardim digno de um jardim botânico e um gramado de campo de golfe.

O carro seguiu por uma alameda até a porta principal. Bem, chamar aquilo de porta seria como chamar o Maracanã de "campo de várzea". Abriram-me a porta do carro, e fui convidado a entrar naquele mundo onde tudo tinha cheiros, luzes e cores. Simplesmente lindo demais! Os dois americanos andavam ao nosso lado e eram constantemente cumprimentados e reverenciados por todos. Paramos perto de um balcão, que eu presumi ser a recepção, e Beatrice começou a conversar com uma moça muito linda e cheirosa, que não tirava os olhos da minha pessoa. Após muito conversar, Beatrice dirigiu-se a mim e disse:

– Ele vai poder receber vocês daqui a pouco. – Imediatamente Conrad abriu um sorriso de propaganda de pasta de dentes e fez aquela reverência com as mãos, a que todos responderam imediatamente (todos menos eu, que não sabia do que se tratava e nem como me portar ali).

Ficamos perambulando por aquele salão e o casal fazendo questão de ir me explicando as bases da filosofia Rajnish e do que se tratava aquele local. Tudo era lindo, florido e com muitas obras de arte, que a Beatrice explicou serem doações dos seguidores da seita. Explicou também que todo aquele luxo, carros e tudo o que eu pudesse ver por ali, eram presentes de amigos do mestre. Depois me levaram para o pátio de estacionamento, onde o meu queixo, literalmente, caiu.

Diante de mim, vi o que parecia ser uma concessionária Rolls Royce. Tinha Rolls de todas as cores, tipos, tamanhos e idade. Só de Bentleys, eu contei uns dez. De Rolls Royce acho que tinham mais de vinte.

Voltamos para o hall da recepção e, após uns 40 min, finalmente veio aquela mocinha nos chamar para acompanhá-la até o tal ser iluminado (já tava gostando do cara, sem ao menos conhecê-lo!).

Karla estava nas nuvens, pois, da outra vez em que estivera por lá, não tinha tido a oportunidade de conhecer o mestre. Ele estava numa fase reclusa e sem falar com ninguém (parece que isso era uma coisa usual, sei lá). Fomos encaminhados por um verdadeiro labirinto de salas, corredores, mais salas e, finalmente, a mocinha, com um sorriso supermeigo, abriu-nos as portas do que deveria ser o escritório do Osho.

De cara, pude ver um velho magrinho (pelo menos me parecia velho à época, com aquela barba grisalha de papai Noel e um olhar profundo) sentado sobre um sofá grande, com muitas almofadas. Ao redor desse divã, estavam cadeiras baixas com mais almofadas coloridas. A sala tinha poucos móveis, mas muitas obras de arte, tanto ocidentais, como orientais. Ele fez um gesto de acolhimento com a mão direita e nos convidou a sentar nas cadeiras a sua frente. Todos fizeram aquela reverência, e eu imitei, é claro!

Ele cumprimentou os americanos e nos deu as boas vindas. Perguntou nossos nomes e pediu que chegássemos mais perto. Puxamos as cadeiras para junto do cara, que imediatamente mandou servir um chá. Ele olhou para Karla e disse em um inglês carregadíssimo:

– Karla, você já esteve aqui, certo?

Karla se iluminou e de imediato respondeu:

– Sim. Como o senhor sabe?

– Fui informado – disse ele, mostrando um sorriso franco de dentes amarelados.

– Sei que o rapaz aí é novo no nosso templo. Seja muito bem vindo, Tom!

Fiquei impressionadíssimo com a capacidade desse homem de guardar os nomes. Eu teria dificuldade. Ele tinha uma memória digna de Paulo Maluf.

– Sei que você é cético, Tom – disse, se virando para mim. – Isso é muito bom. Gosto de pessoas analíticas. São as pessoas mais puras!

Como ele sabia que eu era ateu e cético? Fiquei bolado.

– Você não está aqui por acaso. Seu caminho cruza com o meu, e isso eu vou te provar.

Ele me estendeu a mão e, quando eu apertei a sua, foi como se um raio estivesse me fulminando. Minha mente viajou para fora de mim, e eu pude ver, além de dezenas de cenas, Osho deitado em uma cama hospitalar, cheio de fios conectados no seu corpo e com oxigênio no nariz. Não era nessa mesma sala em que estávamos. Tinha um médico e uma enfermeira de branco ao lado da cama. Muitas pessoas de túnicas vermelhas cercavam o quarto, e eu pude ver que ele me olhava fixamente, como que me vendo. Senti que ele me fitava. Sorriu e fechou os olhos. Então olhei ao redor, e a sala estava repleta de gente. Vi o médico anotar a hora e o dia da morte.

Acordei em um quarto com Karla segurando minha mão. Eu não sabia exatamente onde estava e perguntei para ela.

– Karla... Onde eu estou?

– Fique tranquilo – disse ela. – Você está comigo no templo de Osho.

Comecei a voltar a mim. Estava totalmente desorientado. Perguntei para Karla o que tinha acontecido, e ela respondeu:

– Você teve uma revelação, meu amor!

– Caraca, Karla, você não vai acreditar... – eu ia falando, quando ela colocou a mão sobre a minha boca, fazendo com que eu me calasse e, com aqueles olhos lindos, me olhou e disse:

– O que você viu é só para você e Osho saberem! Relaxa mais um pouco. Vou ficar aqui contigo até você estar inteiro novamente. – Fechei os olhos e dormi um sono profundo, por mais uma hora.

Quando acordei, Karla estava envolta em uma toalha, recém-saída do banho. Ela me olhou, sorriu e veio se deitar ao meu lado. Fizemos o amor mais lindo e intenso que jamais tínhamos experimentado. Eu podia sentir cada célula do corpo dela conectando-se com as minhas e tenho certeza de que ela também sentiu o mesmo. Se existe um paraíso, ele deve ter essa mesma sensação. É como se fossemos uma única pessoa. Foi o maior êxtase da minha existência. Nada mais se aproximou disso.

Não sentimos o tempo passar e dormimos mais um pouco, abraçados, como nunca antes.

Quando acordei novamente, Karla já não estava mais lá. Levantei, procurei o banheiro e tomei uma bela ducha. O quarto era simples, mas muito confortável. Tinha quadros espalhados pelas paredes, sendo o maior deles, claro, de Osho. A cama era de casal e um pouco macia demais para meu gosto. O banheiro, espartano, mas com um chuveiro excelente. É o que me bastava. Vesti-me com as roupas que eu estava usando ao chegar, pois não achei minhas malas. Saí do quarto e fui procurar Karla ou algum rosto familiar.

Dei de encontro com Conrad, que sorriu, fez uma enorme reverência e então me abraçou e disse em um inglês texano:

– Bem-vindo de volta, meu amigo renascido.

Sorri meio sem graça e perguntei se ele havia visto Karla. Ele disse que sim, e que ela estava com Beatrice na aula de meditação dinâmica.

– Eu te levo lá! – disse para mim.

Fomos andando por um lindo jardim cheio de árvores floridas e canteiros de flores impecavelmente cuidadas. Chegamos a um quiosque onde pessoas faziam movimentos ritmados e entoavam mantras.

– Elas estão lá dentro. Daqui a pouco a aula acaba. Vamos nos sentar aqui nesse banco e esperar.

Fiquei olhando aquela cena de corpos bailando ao som dos mantras. Aquilo me deu uma calma danada. Nem vi o tempo passar. Conrad não fez menção ao ocorrido, ficando lá quieto, fazendo-me companhia. Passados uns 10 min, acabou a aula, e as pessoas começaram a sair. Ao passarem por mim, todos, sem exceção, fizeram uma longa reverência. Senti que tinha virado algum tipo de celebridade no local. Será?!

Logo atrás, veio Karla correndo para me abraçar, seguida por Beatrice. Karla me deu um enorme beijo, olhou no fundo dos meus olhos e disse:

– Eu te amo, seu danado, e sei que você me ama também!

Eu não sabia o que dizer diante daquela afirmação, mas sabia que eu a amava também, do fundo do meu ser. Beatrice veio logo em seguida e me deu um abraço supercaloroso.

– Estou muito orgulhosa de tê-lo conhecido. Você mudou a minha vida.

Não entendi nada. Como podia ter mudado a vida daquela criatura, se eu mal a conhecia?! Saímos os quatro em direção ao que pareceu ser um enorme refeitório. Ao entrarmos no salão, todas as pessoas ali presentes me olharam e fizeram uma reverência respeitosa. Olhei para Karla e perguntei o que estava acontecendo. Karla abriu um sorriso e disse:

– Você aqui é um superstar, my dear!

– Como assim, não estou entendendo nada!

– Você é a mais nova sensação do templo. Você é um iluminado, meu anjo!

– Karla, pelo amor de Deus, me diz o que está acontecendo!

– Depois do jantar te conto em detalhes, agora, deixa eu curtir você um pouquinho. Vamos comer, pois a comida aqui é deliciosa!

Passamos todo o jantar (que aliás, era realmente muito bom) sem dizer uma palavra. Regras da comunidade. Findo o jantar, Karla e eu nos despedimos do casal americano e fomos andar pelos jardins.

– Bem, não sei ao certo como começar a te contar o que aconteceu – disse ela.

– Você esteve em transe por quase três dias.

– O quê? Caralho! Três dias! Como pode? Eu não me lembro de nada ou quase nada!

– Calma. Foram três dias muito intensos, que mobilizaram todo esse complexo aqui. Depois que Osho te tocou, você desabou e foi levado para uma sala onde te colocaram em uma cadeira reclinável. Lá, passaram uns óleos essenciais em você e entoaram mantras superlindos. As pessoas vinham, te beijavam e você falava coisas sobre o futuro delas. Foi muito emocionante. Nunca tinha visto uma atmosfera de tanto amor e solidariedade. Foi como se você estivesse conectado com todo mundo. Uma paz profunda tomou conta de todo o Ashram.

– Mas Karla, eu não me lembro de nada, a não ser...

– Por favor! Não fala nada dessa sua experiência. Foi um pedido do próprio Osho! Ele disse que o que você viu é seu e só seu!

– Ok. E você? O que eu vi do seu futuro?

– Osho falou que eu não poderia participar dessa experiência, visto que eu era o amor da sua vida.

– Como é que é?!

– É isso mesmo, eu sou o amor da sua vida e você, por mais resistente que seja, sabe e sente isso. Só isso já fez a minha vinda até aqui valer à pena.

– Deixa de ser boba. Você sempre soube que eu gosto de você.

– Gosta não, ama e muuuito!

– Ok. Só não sei o que fazer agora. Sou algum tipo de aberração da natureza, um santo, um demônio?

– Deixa de ser bobo! Você sempre teve esse dom e usou e abusou dele. Agora, você só teve a canalização correta dessa energia, e foi lindo!

– O que eu faço agora, Karla? Tô meio perdido.

– Calma. Você acabou de sair do transe. Deixa que daqui pra frente o pessoal vai te orientar. Pode ficar tranquilo. A galera é do bem!

– E o que vamos fazer por aqui? Eu não sou da seita! Não sei como me portar nem o que devo fazer com o meu tempo.

– Relaxa, cara, tudo a seu tempo. Osho mandou dizer que a nossa estada aqui é cortesia dele, e que não vamos ter nenhum tipo de despesa! Somos convidados do Cara! Eu sabia que te trazer pra cá era a coisa certa a fazer, mas, por essa, com certeza, eu não esperava.

– Karla... tô com medo!

Ela me olhou e viu que eu realmente estava abalado. Abraçou-me e colocou a cabeça no meu ombro. Acho que ela sabia exatamente o que fazer para me acalmar. Senti uma paz imediata e um relaxamento total. Essa era a minha Karla, meu grande amor.

Quando voltamos ao nosso quarto, uma atendente estava nos esperando e pediu que a acompanhássemos. Seguimos aquela moça, que nos levou ao prédio principal, residência de Osho. Depois, levou-nos a uma ala, onde abriu uma porta e disse:

– Vocês vão ficar hospedados aqui, que é mais confortável. Suas coisas já estão aí dentro. Tenham uma noite maravilhosa. – Fez aquela típica reverência e foi embora.

Entramos no quarto e novamente nos espantamos com as acomodações. O quarto era enorme, com uma decoração tipicamente indiana.

Quadros e tapetes para todos os lados e uma cama daquelas gigantes! Fomos ver o banheiro e não nos decepcionamos. Enorme e com uma baita banheira. Tudo em mármore rosa e detalhes dourados. Acho que estávamos ficando mal acostumados. Enchemos a banheira e fomos brincar de sermos felizes. O que tinha mudado, é que realmente éramos felizes juntos e cada vez mais!

A estrada do conhecimento

Os dias foram passando, e eu me acostumando à rotina do templo. Acordávamos, íamos ao refeitório tomar o café da manhã (que não tinha café, só chá) e andávamos pelos lindos jardins. Conversávamos com as pessoas, fazíamos as aulas de yoga e meditação dinâmica. Passei a gostar da massagem tântrica, que me deixava com um tesão louco, para alegria de Karla. Ela também fazia as massagens e ficava extremamente sensível.

Numa dessas aulas de conhecimento corporal, onde todos se tocam e se acariciam, Beatrice estava presente e começou a fazer mais do que carinhos em mim. Karla notou aquele assédio e se aproximou. Imediatamente, Beatrice começou a acariciá-la também, e um clima erótico rolou entre nós três. Saímos excitadíssimos daquela aula e fomos os três para o nosso quarto. Não preciso dizer que foi um tsunami de emoções e de pernas e braços para todos os lados. Beatrice era uma mulher linda de seus trinta e muitos anos, com um corpo atlético e um apetite sexual feroz. Bem, ela nos virou do avesso e revirou novamente. Foi uma experiência inebriante, confusa e que não veio mais a se repetir, visto que ela e Conrad estavam voltando para os States, naquele mesmo dia. Parece que Conrad estava mais ligado no lado espiritual da vida do que na parte carnal, propriamente dita. Isso explica a ligação deles com o Ashram e as vindas constantes da dupla.

Confesso que tentamos repetir a dose com outra discípula do templo, mas não foi a mesma coisa. Voltamos a nos concentrar um no outro, o que já era mais do que satisfatório. Minha ligação com Karla só aumentava, e nós quase não precisávamos falar mais nada. Bastava um olhar pro outro, que já sabíamos do que se tratava.

O mês de férias estava por findar e, com ele, a nossa permanência naquele que seria o templo divisor de águas da minha vida. Quando estávamos arrumando nossas coisas para partirmos rumo à Mumbai, uma atendente bateu à nossa porta e falou que Osho queria me ver.

Osho não recebia ninguém já fazia algum tempo, e isso causou algum espanto, até mesmo para os mais próximos. Acompanhei a moça aos aposentos dele. Ela abriu a porta, deixou-me entrar, e deixou-nos a sós. Ele estava sentado em um divã espaçoso e pediu que eu me aproximasse.

– Por favor, tome assento – falou Osho com aquele inglês carregadíssimo de indiano.

Sentei-me diante dele e, ele, olhando-me no fundo dos olhos, disse:

– Por favor, sente-se meu amigo! Não fique com medo de algo que é oferecido pela mãe natureza. Ela só oferece aquilo que você consegue lidar. Use seu dom com sabedoria, com amor e cuidado. E lembre-se, nem todos conseguem lidar bem com a verdade. Seja feliz, pois sua felicidade se espalhará pelos que te rodeiam. Seja o foco de luz que brilha na escuridão. Não se envergonhe de ter dinheiro e, especialmente, nunca abra mão da sua felicidade. Jamais troque tempo por dinheiro. Isso é uma péssima troca. Tempo jamais pode ser reposto, ao contrário do dinheiro. Olhe sempre pra frente, nunca pra trás. A natureza lhe dará as forças necessárias para sobrepujar os obstáculos do seu caminho. O conhecimento é um fardo pesado, meu amigo.

– Obrigado Osho pelas sábias palavras e por tudo que o Senhor fez por nós. Tentarei viver à altura.

– Não, meu amigo. Sou eu que agradeço. Você foi o primeiro facho de luz verdadeira que veio ao Ashram. Você é uma pessoa muito especial, e seu dom uma grande revelação para mim. Isso só prova como a Mãe Natureza é sábia. O lugar certo, na hora certa. Só mais uma coisa. Quando irá acontecer?

– O Senhor tem certeza que quer saber?

– Tom, meu tempo na terra é ditado pela natureza, e nada mais. Eu não tenho medo de morrer. Esse é apenas mais um passo na minha evolução. Esse corpo não me serve mais. Só estou curioso para saber se eu chegarei ao próximo ano.

– Dia 19 de Janeiro.

– Obrigado, meu amigo. Excelente data. Mande meu carinho para Karla. Ela é uma mulher jovem e adorável e existe um amor enorme entre vocês dois. Viva sua vida com prazer e felicidade e deixe o sexo ser a chave para destravar suas visões. Vida e morte são duas faces da mesma moeda. É o trabalho do destino jogar essa moeda. Não seja muito duro consigo mesmo. Você é apenas o televisor. A grade de programação é trabalho de outros. Vá e divirta-se lá fora!

– Obrigado Senhor. Por tudo.! Adeus!

Apertamos as mãos, desta vez sem raios e tormentas, e eu saí daquela sala, certo de que jamais veria aquele mestre novamente. Fui para o quarto acabar de arrumar minhas coisas. Karla me olhou e viu que eu estava visivelmente abalado. Nada disse, só me olhou com ternura e me beijou.

Quando chegamos ao hall da recepção, tinha um sem número de pessoas em uma fila indiana esperando por nós. Formavam um corredor que levava à porta de uma limusine Bentley preta. Ao passarmos, todos faziam aquela reverência típica, com as mãos em prece, e sorriam. O motorista nos esperava e colocou nossas malas no compartimento de bagagens do carro. Eu estava meio sem saber o que fazer, afinal eu esperava pegar um taxi para o aeroporto de Mumbai e não ser levado de limusine. A atendente veio, entregou um ramo de flores para cada um de nós e disse:

– Com os cumprimentos e o agradecimento de Osho e de todo o Ashram. – Nos abraçou e nos beijou.

Entramos naquele salão imenso do carro e partimos rumo à odisseia de retorno ao Brasil.

Sentados agarradinhos olhando a paisagem passar pela janela, veio-me uma nostalgia e uma tristeza profunda. Não sabia bem por quê. Se pelo que eu tinha passado ou se pelo que estava por vir. O certo é que aquela experiência com Osho tinha virado a minha vida de cabeça para baixo, e as palavras dele na nossa despedida ficavam ecoando na minha mente. Olhando a paisagem, as lágrimas começaram a rolar na minha face. Karla só olhou para mim, sem nada dizer ou perguntar, encostou sua cabeça no meu ombro e também chorou.

Seguimos aquelas próximas horas sem dar uma palavra. Aliás, Karla tinha entendido tudo muito melhor do que eu. Ela era a minha guia espiritual, só mais tarde é que eu entenderia isso completamente.

Não sei ao certo como foi o trâmite do retorno. Isso até hoje está um pouco confuso na minha mente. Só sei que nem senti a volta ao Brasil. O enorme vazio me dava uma surpreendente tranquilidade. Tinha ido um vigarista e voltava um ser mais inteiro e completo. Não diria que mais espiritualizado, mas bem mais inteiro, tolerante e cônscio de meu papel naquela estória toda. Tinha achado a minha cara metade e a parceira para a vida. Disso eu tinha certeza.

No meio da viajem de Paris ao Rio, virei-me para Karla, que estava lendo um livro, e perguntei:

– Quer casar comigo?

Ela olhou para mim, com aqueles olhos de um azul quase transparente e retrucou:

– Nós já estamos casados, você não notou? Osho abençoou a nossa união há muitas semanas atrás. Sou sua, e você é meu para o todo o sempre ou qualquer edição extraordinária – disse isso e me deu um sorriso que transbordava amor e certeza. Baixou os olhos e voltou a concentrar-se no livro. Eu como sempre, fiquei pasmo com a sabedoria infinita da minha, agora, mulher.

No dia 19 de Janeiro de 1990, Osho morreu serenamente de falência cardiovascular. Estava deitado em sua cama, com um sorriso nos lábios, cercado de seu médico, enfermeira e de seus seguidores.

Todos, menos o médico e a enfermeira, vestiam túnicas vermelhas.

Vida louca, vida imensa...

De volta ao Brasil e à rotina. Tudo tinha mudado. Até a forma como eu olhava para as minhas coisas e para o meu trabalho estava diferente. Voltei para as minhas atividades diárias, e Karla para sua vida de executiva. Ela se mudou para o meu pequeno apartamento em Copacabana, mas, em pouco tempo, meus pais nos ofertaram outro apartamento que tinha vagado no Flamengo, bem mais espaçoso e com uma vista de cartão postal. Aceitamos a oferta e nos mudamos, no principio de dezembro.

Quando finalmente, em 19 de Janeiro, chegou a notícia do falecimento de Osho, eu já havia conversado e antecipado o fato para Karla que, junto comigo, encarou a situação numa boa.

– Seja forte, baby, sua estrada está só começando! – disse-me.

Por incrível que pareça, suas palavras não soaram estranhas para mim, e eu só acenei positivamente com a cabeça.

Vivíamos uma vida muito confortável e farta. Viajávamos pelo menos uma vez ao ano, para lugares incríveis. No entanto, nunca mais retornamos a Pune e ao Ashram. Aquela era uma página virada, depois da morte de Osho.

Estava cada dia mais ligado a Karla e ela a mim. Mal podia esperar o dia acabar para encontrá-la em casa e lá começar um dia à parte, só nosso. Juntos, fazíamos jantares especiais e elaborados de comida vegana (eu tinha assumido os hábitos alimentares de Karla). Íamos a todos os shows possíveis e disponíveis no Rio. Eu, como fã de Rock'n Roll, fiz a cabeça da Karla, que passou a curtir também esse ritmo. Chegamos a viajar para os States para assistir a um show do Gênesis, em Nova York, e do Marillion, em Manheim, na Alemanha.

Tudo seguia tranquilo. Minha carreira de vigarista comedor usual de patricinhas desesperadas por visões de futuro tinha dado lugar a uma vida de casado, voltada para a empolgante viagem de cumplicidade de casal. Diria que aqueles anos me permitiram experimentar a forma mais próxima da paz e da tão almejada felicidade. Nunca mais tinha tido visões ou coisas do tipo. Nossa vida íntima era plena e intensamente apaixonada. A intimidade só crescia. Não me lembro de ter tido qualquer briga ou discussão mais acalorada com Karla e de pensar numa vida sem ela. Isso estava fora de qualquer cogitação.

Todos os dias, ao acordar, fazíamos o nosso desjejum (o café tinha saído do cardápio) à base de frutas, coalhada, granola e pão sem glúten. Reservávamos um tempo para bater papo, sem nos preocuparmos com as agendas apertadas da rotina diária. Não fazer isso era impensável!

Um belo dia, passados três anos dessa nossa lua de mel, Karla chega do trabalho mais tarde do que eu, o que não era usual. Olhou para mim e, com um sorriso que só ela sabia dar, falou:

– Vem cá, me dá um abraço!

Abracei-a, como era de praxe entre nós, e ela murmurou no meu ouvido:

– Estou grávida! Fiquei sabendo agora há pouco.

Senti-me estremecer, tive imediatamente uma daquelas saídas do corpo, e um filme passou na minha frente.

Estava vendo Karla deitada em uma cama de hospital, bem magra, careca e olhando para mim com aquele sorriso lindo dela. Vi-a virar os olhos e morrer, bem na minha frente.

Acordei deitado no chão da sala, totalmente atordoado, sem saber o que estava acontecendo. Karla, debruçada sobre mim, falava coisas que eu não entendia. Voltei a apagar.

Acordei na cama com ela deitada ao meu lado. Perguntei o que tinha acontecido, Karla me falou que eu tinha apagado, e que o Sr. Manuel, o porteiro, ajudou-a a me colocar e na cama. Ela nada perguntou sobre qualquer visão que eu tivesse tido ou nada do gênero. Apenas falou:

– Tom, você está legal? Posso te trazer algo pra beber ou comer?

– Não, Karla, estou bem, só me sentindo um pouco fraco. Quanto tempo dessa vez?

Ela olhou no relógio da parede e disse:

– Cinco horas, honey!

– Caraca, não lembro de nada! Eu falei alguma coisa? Eu quebrei alguma coisa?

– Não, tirando o galo que está na sua testa, tá tudo bem.

– Você está grávida, meu amor! Que notícia mais inesperada e maravilhosa!

– Ufa! Pensei que você não tinha gostado! Sim, grávida de 5 semanas.

Claro que nada falei sobre o que tinha visto, e ela nunca mais falou do assunto comigo também.

As semanas foram passando, e Karla se sentindo muito mal. Fomos ao ginecologista dela e ele, depois do Ultrassom, disse que estava tudo normal com o crescimento do feto e que os sintomas dela eram normais para aquela fase. Fiquei mais aliviado.

O tempo foi passando, e nada de Karla melhorar. Ela teve que tirar licença médica, tamanha era o desconforto que sentia.

Um dia, chegando do trabalho, encontro Karla chorando, sentada no vaso do banheiro. Corri para ver o que estava acontecendo, e ela me mostrou o vaso de placas de sangue.

– Acho que perdi o nosso bebê!

Dei um banho rápido nela e de pronto levei-a ao hospital. Demos sorte, pois o médico estava lá e deu o primeiro atendimento. Passados alguns minutos e com os exames do Ultra e de sangue nas mãos, ele me chamou do lado de fora do quarto e disse:

– Realmente ela perdeu a criança, mas isso não é tudo.

Gelei! Eu sabia que vinha merda.

– Como assim? – disse eu.

– Os exames de sangue mostram uma alteração significativa nos monócitos.

Eu sabia que não poderia significar nada muito legal.

– Vamos encaminhá-la ao hematologista para exames mais específicos, ok?

– Ok, Dr. Ficarei aguardando.

Entrei novamente no quarto e acho que minha cara disse tudo.

– O que foi que ele disse?

– Falou que você teve mesmo um aborto espontâneo e que eles vão fazer mais alguns testes para ver se está tudo ok.

– Tudo bem. Estou me sentindo supercansada. Acho que vou dormir um pouco.

Ela apagou quase que instantaneamente.

Fiquei vagando pelo quarto como um zumbi sem saber o que pensar. Aliás, sabendo o que pensar e do desenrolar daquela situação. Às vezes, a ignorância é uma benção. Infelizmente, eu tinha visto aquela cena de Karla terminal e não me iludia com o diagnóstico que estava por vir.

Não deu outra. Após novos exames, veio o diagnóstico de "Leucemia mielóide aguda". Começou aí a sina de Karla, com quimioterapias cavalares, transplante de medula e mais quimio.

Vi minha companheira definhar e ser lançada em um redemoinho de sofrimento e angústia. Em nada podia ajudá-la. A não ser, não sair do lado dela até que ficasse curada. Passei a ignorar a visão e a acreditar que tudo não passava de um grande engano meu. Claro que havia de se curar, afinal, tinha feito o transplante de medula!

Karla morreu serenamente em um hospital qualquer, de um bairro qualquer de uma rua qualquer de uma cidade qualquer, levando consigo tudo de bom que existia dentro de mim...

No abismo do abismo

A morte de Karla foi novamente um divisor de águas na minha vida. Nessas horas, ser ateu atrapalha bem. Eu não tinha Deus para culpar. Tinha raiva da vida, do vento, das coisas e, principalmente, de mim. Passei por uma profunda depressão não percebida pelos outros, mas uma cisão interna me consumia. Meu lado cético clamava por respostas a perguntas que eu nem sabia ao certo quais eram. Nada mais me fazia ter gosto pela vida e pelas coisas. Mesmo as férias forçadas do trabalho nada resolveram. O fato inegável é que minha couraça tinha sido perfurada, e eu sangrava por dentro. Nem os amigos sabiam como me ajudar. Nem eu queria ajuda!

Esse autoflagelo entrou em um ritmo de retroalimentação, ou seja, quanto mais eu esperneava, mais eu precisava espernear. Lembrei-me das palavras do sábio Osho, me avisando sobre as pedras no caminho da minha estrada. Infelizmente, essa pedra tinha não só me derrubado, mas me aleijado. Talvez um poema que achei há pouco tempo, entre as minhas coisas, mostre um pouco do meu estado, à época:

Estou morto.
Sei que morri, pois não sinto nada.
Sei que estou morto, pois o vento sopra e eu não ligo,
vejo as coisas e não enxergo, alimento-me e nada tem gosto.
Estou morto ou em coma.
Acordo sem vida para uma vida vazia. Estendo a mão e você não está.
Não sinto seu cheiro, seu gosto, nem seu toque.
Não ando, flutuo sem saber aonde ir.
Se é coma, que eu morra. Se é morte, que me enterrem!
Só não entendo: se estou morto, porque a dor não passa?
Se como dizem "tudo passa", por que não passo eu também?
Enquanto isso, estou morto e como morto restarei.
Se um dia voltar, tal qual Fênix, que eu renasça com asas para alçar um voo.
que possa me levar mais próximo de ti.
Sei que estou morto. Então, por que dói?

Seguia sem rumo e sem propósito. Decidi refugiar-me no meu canto seguro, no alto da serra. Mudei-me de mala e cuia para Terê, de onde descia ao Rio diariamente para trabalhar. Essa distância do trabalho ajudou-me a ter tempo para curtir a estrada e para refletir sobre o tudo e o nada. Sempre rodava sozinho sem nunca ofertar carona para ninguém. Precisava dessas quase duas horas de viagem entre ida e volta para ficar só com os meus botões.

Minha família acompanhava tudo com atenção, mas sabia que só eu mesmo poderia sair daquele buraco onde me encontrava. Pedi que meus pais e a mãe de Karla desmontassem o apartamento do Flamengo. Não conseguia mexer nas coisas dela, e só o fato de voltar àquela casa, agora com uma estória tão barra-pesada, me arrepiava.

Eles prontamente atenderam ao meu pedido, e eu nunca mais voltei lá.

A partir daí, concentrei-me no trabalho, estudando muito e fazendo várias atualizações e pós-graduações. O tempo tem um jeito de ir amenizando as coisas, mas até hoje, quase 30 anos depois, me pego conversando com Karla. Acho que, de alguma forma, isso me ajudou a superar a falta que ela me faz.

Seguindo em frente

Dizem que o mundo, no seu girar, tem um jeito de nos puxar junto na sua rotação. Precisava de um passatempo que consumisse o que restava do meu tempo livre e decidi entrar em grupo de caminhadas.

Inicialmente foi estranho, pois não conhecia ninguém além do meu amigo Pedro, que, aliás, foi quem me arrastou para essa empreitada.

Pedro foi o primeiro amigo que fiz em Terê. É um cara muito bacana, simples e extremamente gentil. Filho de um Marceneiro, Sr. José, e de uma simpaticíssima dona de casa, a D. Maria.

Eu brincava com ele, chamando-o de Jesus de Nazareth. Era o terceiro filho de cinco. Estudara em escola pública, mas, com uma garra danada, formara-se advogado e exercia a profissão na cidade. Aliás, tiro o meu chapéu para aquele casal. Criaram muitíssimo bem aquela molecada. Todos, sem exceção, são hoje profissionais competentes. Mesmo o mais novo, Mateus, que decidiu seguir a profissão do pai, tem hoje uma fábrica de móveis e uma baita loja de decoração no centro da cidade.

Em pouco tempo, os laços com o grupo foram se estreitando, e eu fui me sentindo mais e mais à vontade entre eles. Andávamos por todos os lados em caminhadas que podiam ser de horas ou, às vezes, de dias. Eles se tornaram minha nova família.

Comecei a me aventurar em encontros com os novos amigos, e também em "happy hours".

Pedro, querendo sempre atravessar alguma amiga na situação, e eu me esquivando, qual peixe ensaboado. Aos poucos, comecei a quebrar o casulo que me mantinha inerte.

As saídas noturnas começaram a ser mais usuais e relaxadas e, quando vi, estava novamente ambientado na noite. Fiquei arisco por um bom tempo, até que, numa fatídica noite, rolou!

Conheci uma morena muito bonita e sensual que pareceu se encantar por mim. Não que eu tenha me esforçado para ser simpático, mas parece que ela já me observava fazia algum tempo. A conversa rolou fácil durante boa parte da noite, e eu descobri que, assim como Pedro, ela era da área do Direito. Ela era defensora pública em Teresópolis e tinha sido transferida para lá no ano anterior. Originalmente, ela era de Valença, onde mantinha a sua residência oficial, mas rodava as comarcas de todo o Estado do Rio por força de transferências sucessivas.

A conversa foi fluindo bem, até que, em determinado momento, ela perguntou se eu estava de carro. Disse que sim. Ela então pegou a minha mão e me puxou para fora do bar, para o meu carro, que estava estacionado em uma rua próxima. Antes mesmo que eu pudesse ligar o motor, ela me tascou um beijo e disse que de hoje eu não escaparia.

Acabamos em um Motel onde tudo parecia muito estranho. Apesar da minha vida pregressa de vigarice, eu tinha perdido a prática das saidinhas sem compromisso. Rolou um sexo intenso e, naturalmente, as imagens voltaram a acontecer. Não cheguei a apagar, mas vi nitidamente aquela mulher com outro homem e duas crianças que pareciam ser filhos deles, entrando em um carro, tipicamente de família.

Passado o furor do momento, falei para a moça:

– Você é casada, né?

– Como você sabe? – Ela me olhou intrigada.

–Acabei de ter uma visão sua com seu marido e duas crianças. São dois meninos, um que parecia ter 3 e o outro 5 anos. Seu marido tem cabelos grisalhos e uma ainda bela cabeleira.

A mulher ficou bolada e meio sem graça, e eu, sorrindo marotamente, pensei: "O vigarista voltou!"

Claro que o resto da noite resumiu-se a dar explicações sobre o meu dom, de como ele acontecia e o que eu conseguia ver. Fantasiei um bocado, ao estilo "vidente trapaceiro" e ela foi ficando cada vez mais fascinada. Ficava com os olhos vidrados e quase não piscava, tentando não perder nada do meu relato. Obviamente, aconteceu o que eu esperava: ela espalhou para as amigas.

Voltei a ter uma vida sexual bastante intensa e descompromissada. Tinha jurado jamais permitir me apaixonar novamente, e cumpri. Pulava de cama em cama e alimentava o ego das madames, com minhas falsas profecias. Virei celebridade novamente.

Não havia beldade que não tivesse o desejo secreto de saber o que o futuro lhe reservava. Essa estória chegou aos famosos "globais" e eu passei a frequentar festas "calientíssimas" regadas a sexo, drogas e Rock'n Roll, não necessariamente nessa ordem. Acho que me relacionei com quase todas as atrizes solteiras e com a maioria das casadas também. Eu voltara a ser o guru do sexo e estava novamente na crista da onda, apesar dos meus 52 anos.

Tudo vem com um preço nessa vida, no entanto. E o meu estava prestes a ser cobrado. Estava namorando uma global que mais vivia nos States do que aqui. Viajávamos bastante de lá para cá, ela me levando a tiracolo. Cheguei a pedir licença não remunerada no trabalho, para poder acompanhá-la. Eu era um verdadeiro boneco de luxo. Vigarista e, agora, gigolô. Não que o sexo fosse ruim, ou a companhia desagradável, mas a agenda da moça era muito intensa, e o hábito de cheirar cocaína começou a me incomodar. Falei com ela para maneirar com aquilo, mas ela ignorou completamente minhas palavras.

Um belo dia, quando ela estava trilouca, eu arrumei minhas malas e avisei:

– Tô indo embora, não dá mais. Adoro você, mas gosto mais ainda de mim. Fique em paz.

Ela então se jogou no chão, na minha frente, e fez uma cena Shakespeariana, dizendo que ia se matar e coisa e tal. Quando se agarrou ao meu tornozelo, PAM! Outra vez aquela visão de Black out. Vi aquela mulher, entubada no quarto de hospital com médicos a sua volta.

Acordei 24 horas depois numa cama de hospital com ela segurando minha mão e chorando copiosamente.

– Oi! – disse eu. –Tá tudo bem?

Ela me olhou, agarrou com força e disse:

– Achei que tinha perdido você! – E desatou a chorar mais forte.

– Calma. Onde é que eu estou?

– Estamos no Memorial Hospital. Você caiu duro no chão lá de casa e só acordou agora. Os médicos não conseguiram achar nada errado contigo e disseram que, possivelmente, foi um Nervous Break Down. FOI MINHA CULPA! ME PERDOA,TOM, ME PERDOA!

– Calma, querida, eu já te explico o que aconteceu. Não foi a primeira e, certamente, não será a última visão-porrada que eu tive!

– Visão?! Você teve uma visão?

O choro deu lugar a uma cara de curiosidade e ansiedade.

– Mas, conta aí. O que você viu?

– Faz uma coisa, me tira daqui, que em casa te conto tudo.

Mais que rapidamente a atriz se recompôs e foi caçar o médico para me dar alta.

Tava na cara que aquele choro era só encenação e que, na verdade, eu não passava de um guru de aluguel.

Chegamos de volta ao seu apartamento no Upper East Side. Fui tomar um banho e, ao sair do banheiro, lá estava ela com uma taça de vinho na mão e um cigarro de maconha na outra.

– Conta aí, meu gato, o que você viu?

Pela primeira vez, eu não tive pudores em falar a verdade. Contei a cena que tinha visto, ela entubada em um hospital, possivelmente morrendo. Contei também que todas as vezes que eu tinha tido aquele tipo de visão, as pessoas que estavam nelas morriam. Porém, disse também que eu nunca havia divulgado para as pessoas envolvidas o que eu tinha visto, a não ser para Osho, mas que esse já era esperado. Falei também que o que está previsto acontecer pode sempre ser mudado, e é por isso que se chama visão e não realidade. Disse então para ela que eu achava mesmo que se eu tinha aquelas visões, possivelmente era esperado que eu interviesse no sentido de mudar o curso das coisas.

Abri meu coração e botei para fora toda aquela energia esquisita que estava presa dentro de mim. Ela não disse um A. Não deu um "tapa" sequer no baseado e não tomou uma gota do vinho caro. Só ficou me fitando com seus lindos olhos castanhos, com cílios postiços e rosto com botox emoldurado pelo cabelo loiro pintado.

Fui para o quarto, fiz minha mala e saí sem dizer mais nada.

Bem, nunca mais tive contato com aquela figura e pelo que sei, ela continua viva e trabalhando.

Mudanças no rumo

Depois daquele episódio em NY, mudei a minha forma de lidar com as visões e com as pessoas. Saí do circulo de futilidade dos "famosos" e embrenhei-me nas coisas que tinha deixado de fazer, como ler, fazer esculturas em madeira e passear de moto. Acho até que essa "despirocada" de proporções descomunais foi válida, pois serviu de ruptura com o meu passado de dor e fechou o circulo de guru vigarista. Claro que, quando saía, ainda era assediado por curiosas do amanhã para as quais eu correspondia à altura. Isso, porém, passou a ser mais um hobby do que uma atividade de tempo integral.

Quando estava carente, baixava o guru e lá ia eu escolher a fêmea mais sexy da noite para seduzir. Nada mais do que isso. Passei a gozar de uma tranquilidade até então pouco vivida, e isso me remeteu aos idos do Ashram, em Pune.

Os anos foram passando, e eu passando junto com eles. Não tinha senão relacionamentos casuais e levava a vida de funcionário padrão, almejando a aposentadoria.

Estava eu andando pela praia de Ipanema, pensando nas coisas que tinha vivido na Índia, do amor absurdo que eu tinha podido viver. Lembrava também do encontro com Rajnish, que, digam o que quiserem, foi uma figura pra lá de maravilhosa. Enfim, eu me lembrava de toda a trajetória que havia seguido até chegar naquele momento. Foram lembranças serenas, sem dor ou melancolia. Estava realmente absorto nos meus pensamentos, quando tropecei numa pedra solta da calçada e me esborrachei no chão.

PAM... Mais uma saída de cena, desta vez, forte como o quê! Eu me encontrava caído na rua, onde tinha pessoas me rodeando, e tudo estava muito confuso até que as cenas clarearam e eu me vi deitado na cama de um hospital, respirando por máscara e ligado a zilhões de fios e aparelhos. Um médico checava meu pulso no pescoço e dizia:

– Hora da morte: 14h20, do dia 24 de maio de 2018. Causa da morte, parada cardiorrespiratória.

Nesse momento, acordei rodeado de curiosos e com um policial segurando a minha carteira e o meu celular.

Dessa vez, recuperei-me rápido, e o policial me perguntou se eu estava legal. Eu disse que sim, que foi uma baixa repentina de pressão e que isso era frequente. Agradeci a atenção, peguei minha carteira e celular, e segui em direção ao Arpoador, onde estou agora, sentado na beira do rochedo olhando o por do sol, olhando para o tudo e me enchendo de nada.

Parece que a sina do gigante que fez o trato com o capeta vai mesmo se cumprir. Tudo que pude ver do meu futuro foi o dia e a hora da minha morte. Daqui a um mês e dois dias, estarei em outra viagem, dessa vez, sem a menor ideia de para onde irá me levar. Se existe outra coisa além daqui, isso eu não sei. Seria mais fácil se eu não fosse ateu praticante. Esse conforto eu não terei. Sei, no entanto, que foi uma vida bem agitada, de altos e baixos. Tive encontros e perdas, idas e voltas. Nada do que vivi foi em vão. Nada do que sofri foi demasiadamente insuportável. Sofri e tive alegrias, como qualquer vivente. Arquitetei meus planos mirabolantes, e às vezes malévolos como o "Cérebro", que eu fui e sou. Vi o futuro de muitos e, finalmente, tinha visto o meu. Acho difícil que eu consiga reverter o que está por vir, mas vou tentar!

Tudo que posso garantir nesse momento é que, se as coisas se desenrolarem como vistas, terminarei deitado em uma esquina qualquer, de um bairro qualquer de uma cidade qualquer, sem importância nem glamour. Serei só mais um corpo estendido no chão e mais um risco nas páginas da vida. Serei lembrança passageira nas mentes dos amigos e uma cicatriz nos corações dos chegados. Nada mais de visões. Nada mais de vigarices. Nada mais de amores infinitos. Apenas mais um caso de parada cardiorrespiratória.

E, para falar a verdade, acho que agora entendo plenamente o que OSHO quis dizer sobre ser apenas a TV e não o programador. A moeda do destino seria novamente jogada e, fosse qual fosse o resultado, eu estaria preparado e em paz.

FUTURO DO PRETÉRITO

O recomeço

Olá!

Deixe-me fazer a devidas apresentações. Meu nome é Antônio Carlos de Almeida Salgado, tenho 60 anos. Separado pela 4ª vez e sem filhos. Sou arquiteto, urbanista e trabalho na Prefeitura do Rio de Janeiro, onde chefio o departamento de parques e jardins do município. Sou filho de Paulo José Salgado, bancário, e Esmeralda Gertrudes de Almeida, do lar (sempre achei essa expressão extremamente preconceituosa e pejorativa, mas taí a qualificação oficial dela).

A última coisa que me lembro: estou pescando nas pedras do Forte de Copacabana, o tempo começando a fechar, e meu camarada Joca (João Carlos) dizendo para irmos embora, porque "vem raio por aí!".

Rapaz... Eu de cima sou bem feio mesmo! Careca, gordo, branco pra cacete e agora, com esse aventalzinho que deixa a bunda de fora, tô pior ainda! Com certeza, alguma enfermeira sádica deve ter colocado essa merda em mim. Será que vou sair dessa? Terá sido um raio que me acertou ou foi excesso de cerveja? Será que, finalmente, o coração resolveu que não queria mais brincar?

É... a coisa não parece lá muito boa não. Estão trazendo aquela máquina que dá choque no peito. Ai, cacete! Essa porra tá me puxando pra baixo. Assim, acabo caindo. Ai, porra! Assim tá complicado, doutor!

Ai... ihhh....sumiu tudo! Onde tá todo mundo? Onde estou eu? Acho que deu ruim! Tá tudo preto...

***

Acordo com o despertador barulhento. O mesmo que eu tinha vontade de jogar na parede quando tinha meus 16 anos. Abro os olhos e... caraca... que quarto é esse?! Olho em volta, e é o quarto onde eu morava quando tinha uns 16 anos! Sento na cama, olho em volta, olho para as minhas mãos. Caramba! Tão novinhas, sem manchas, nem rugas! Logo noto uma coisa estranha e vejo que estou com uma puta ereção! Rapaz... fazia um tempo que não acordava assim! Dou uma gargalhada, e a minha voz soa estranha. Levanto, ando até o pequeno armário, abro a porta e me olho no espelho. Que é isso?! Sou eu! Só que com 16 anos, 15, 17, sei lá! Fico sem saber o que pensar. Só pode ter sido a porra do choque! Deixa eu voltar pra cama. Deve ser um pesadelo. Fecho os olhos e adormeço novamente.

Devo ter dormido alguns poucos minutos, quando uma voz estridente grita e me estremece.

– Antonio Carlos de Almeida Salgado! Levanta, desconjurado, que tu vai perder a primeira aula, infeliz!

Cara... não pode ser! Só a minha mãe me chamava por esse nome ridículo e, ainda mais, pelo nome completo! Infelizmente ela se foi desse mundo em 2014, com a mente corroída pelo Alzheimer. Que coisa cruel é a demência! Leva tudo embora e deixa pra trás uma casca vazia, que não se mantém de pé. Sofri horrores ao participar da decrepitude da Dona Esmeralda Gertrudes de Almeida. Mulher porreta, de atitudes firmes, e que não se intimidava com absolutamente nada. Ficara viúva aos 40 anos e nunca mais teve coragem de se relacionar com outro homem, pelo menos de forma oficial. Sei que os tempos eram outros naqueles idos da década de 70, onde uma viúva era meio que discriminada socialmente. Acho que as mulheres se sentiam inseguras com outra mulher disponível no pedaço. Lembro bem que meus pais tinham uma vida social bem ativa, frequentavam clubes e bailes, e eram requisitados para jantares o tempo todo.

Meu pai era gerente do Banco do Brasil e, à época, ser gerente de banco, principalmente do BB, era um cargo bem importante. Os gerentes tinham uma autonomia administrativa que, hoje em dia, pertence aos computadores e normas centralizadas. Infelizmente, meu pai teve um "mal súbito" aos 50 anos de idade, deixando minha mãe viúva com três filhos para criar. Minha mãe era a típica dona de casa e dedicava sua vida inteiramente à casa e a criação dos filhos (no que ela se saiu muito bem). Recebia uma boa pensão do meu falecido pai, o que nos garantiu continuar a morar na mesma casa, no Jardim botânico. Era uma casa de vila, na Rua Lopes Quintas, onde havia mais três casas. Garagem não havia, pois ter carro ainda era visto como luxo na década de 40, quando a vila fora edificada.

Meu pai comprara a casa pelo BNH e, com a morte dele, o financiamento fora quitado, garantindo, assim, um teto sobre nossas cabeças. A casa era até bem espaçosa e tinha dois andares. No térreo, contava com uma sala pequena, uma saleta de jantar, cozinha ampla que dava para uma área de serviços grande, com uma casinha anexa de empregada. No segundo andar, ficavam os três quartos e o único banheiro da casa.

Minha irmã, Fátima, era a mais velha. Tinha quase seis anos de diferença para mim. Casou-se aos vinte com o Humberto, baiano e filho de fazendeiro Cacaueiro em Ilhéus. Quando ela se casou, liberou o quarto para que eu pudesse ocupá-lo, já que eu dividia o mesmo espaço com Felipe, meu irmão mais novo, que se achava o rei do pedaço. Felipe era meu irmão chegado. Tinha apenas um ano e meio de diferença para mim, o que nos tornou muito amigos. Claro que, vez por outra, o pau cantava, mas a demanda era imediatamente apaziguada pela educadora de plantão, que, com seu cinto milagroso, colocava ordem no galinheiro. Tenho certeza de que minha mãe nunca tinha ouvido falar de Piaget, só se ligava no modo Pinochet de ser. Descia o sarrafo e ai de quem respondesse ou se sentisse injustiçado! Não queria saber quem estava certo, batia democraticamente em todos, até em algum amigo que estivesse com a gente, na ocasião. Bem, acho que funcionou, pois tanto meu irmão quanto eu amávamos de paixão aquela tirana.

Nossa, que saudade daquele tempo da Lopes Quintas! Na época, tinha pouco trânsito, o que permitia que andássemos de bicicleta pelo bairro e ficássemos dando voltas na Lagoa Rodrigo de Freitas. Aliás, que Lagoa fedorenta aquela. Naquele idos anos 70, havia uma mortandade enorme de peixes na Lagoa. Quase que anualmente voltava aquele fenômeno por causa da pouca oxigenação causada pela baixa vazão de troca de água do mar que vinha do canal do Jardim de Alá, mais o despejo clandestino de esgotos e, certamente, do descaso das autoridades. Isso só foi melhorar já quase na década de 90, quando um trabalho de dragagem do canal e caça a ligações de esgotos clandestinas melhoraram consideravelmente a qualidade daquelas águas. Claro que a balneabilidade nunca foi atingida. Afinal, isso é Brasil!

***

Abro os olhos e lá está ela, linda, radiante, com seus 40 anos, no máximo! Que alegria! Levanto eufórico e dou um abraço apertado na minha mãezinha querida.

– Sai pra lá, moleque! Que foi que deu em você hoje? Você não é disso! E sai pra lá com esse negócio duro aí! Respeite a sua mãe, moleque!

Que alegria ver minha mãe viva e novinha! Só por isso já valeu o sonho. Mas, peraí... o sonho já deveria ter acabado faz tempo, né? Dou mais uma checada no ambiente, me dirijo ao banheiro, olho no espelho, e eis que sou eu mesmo, só que novinho.

O que é que está acontecendo? Faço o tradicional teste do beliscão e nada! Caraca, eu estou acordado! Como... eu não sei, mas voltei a ter 16 anos. Aliás, não. Voltei no tempo, pois lembro de tudo. Estava totalmente confuso. Tinha o rosto de que eu me lembrava aos 16, sem barba e com espinhas, mas com a consciência de um cara de 60 anos. Voltei para o quarto e me sentei na cama. Estava transtornado. Não sabia o que estava acontecendo nem o que fazer. Minha mãe voltou para me dar um corretivo e me encontrou chorando. Ela parou, não disse nada, abraçou-me e perguntou o que estava acontecendo. Eu só disse:

– Mãe, isso não tá certo! Eu não sei quem eu sou. Isso tá errado, mãe!

Ela olhou para mim e só falou:

– Fica em casa hoje, você não tá bem para sair. Fica aí mais um pouco, organiza suas ideias e desce quando estiver melhor.

Aquela mulher não cansava de me surpreender! Brava como um Pitbull e meiga e compreensiva, quando menos se esperava. Essa era a minha mãe querida.

Fiquei rodando pelo quarto, tentando achar algum sentido naquela situação. Do nada, acordara com 16. Só tinha visto isso em filme americano categoria B. Vesti-me com o que eu achei no guarda-roupa. Achava tudo aquilo muito bizarro. Não sabia nem o que se usava naquela época, então me vesti com uma calça LEE, que estava pendurada, e com uma camiseta Hering branca, que estava dobrada na gaveta. Coloquei o tênis que estava no canto da parede (um Adidas branco com três listras azuis). Estava "basicão" e não iria destoar de ninguém, seja lá que época fosse. Desci, e o café ainda estava sobre a mesa. Tomei um café com leite, comi pão com margarina e, sem dizer nada, saí para a rua.

A última vez que tinha ficado assim, tinha sido quando tomei um chá de cogumelos na fazenda de um amigo em Varginha. Será que eu tava viajando de chá ou de LSD? Mas eu não me lembrava de ter tomado nada, principalmente por eu estar em casa, no Rio de Janeiro. Quanto às drogas, elas só foram fazer parte da minha vida bem mais tarde!

Andei sem rumo pelas ruas, vendo aqueles carros antigos, novinhos, rodando pra cima e pra baixo. Chevetes, Opalas, Mavericks, Doges Polaras, Corceis, Fuscas, VW quatro portas fazendo às vezes de Taxis. Galaxis e o poderoso Dodge Dart rodavam sem pudor e absolutamente preservados, pelas ruas da cidade. Os carros sequer tinham encosto para a cabeça, e ninguém usava cinto de segurança! Em cada esquina, eu encontrava um "Orelhão" vermelho. Fui ver e eram de fichas! Como pode?! Dormir com 60 e acordar com 16... peraí...dormir, não: MORRER!

Naquele momento, "caiu a ficha" (gíria bem apropriada para aquele momento da história). Eu estava pescando com o Joca e... morri. Cacete! Então, será que morrer é isso?! Você volta no tempo e vive tudo outra vez?! Que bárbaro! E eu ainda estou lembrando minha vida passado/futura. Seguindo esse raciocínio, eu tenho um conhecimento privilegiado sobre coisas que estão por vir! Será que todo mundo passa por isso também? Não creio, pois, dessa forma, todos cometeriam menos erros e poderiam ter suas vidas retificadas. E se essa porra só estiver acontecendo na minha mente em coma? Essa é uma boa possibilidade. Explicaria mais racionalmente tudo que está acontecendo. Mas se é isso, como eu posso estar sentindo o vento, os cheiros, os sons. Como posso estar sentindo calor e transpirando? Bem, acho que todas as possibilidades estão em aberto. Eu terei que racionalizar essa questão com muita calma e ver se é realidade ou sonho. Possivelmente isto esteja acontecendo somente na minha mente, e eu tenha que dar um jeito de sair dessa arapuca! Enquanto isso, vou aproveitar esse momento e curtir a minha mãe, nova e bem de saúde.

Voltei para a casa e fui até a cozinha ver a minha velhinha, que de velhinha nada tinha. Era uma mulher até bem vistosa, que estava lavando as louças na pia da cozinha. A bancada era de mármore branco, já bem encardido, do jeito que me lembrava. Cheguei por trás dela e dei um abraço forte. Dessa vez, ela não se assustou e falou:

– Tá melhor filhote?

– Tô mãe... deve ser a crise da meia idade!

Caímos na gargalhada, ela se virou e me deu um daqueles abraços que só mãe sabe dar. Ficamos batendo papo, coisa que não era usual lá em casa. Ela me contou as fofocas da família (ele adorava uma fofoca! Acho que puxei isso dela). Falou de tudo e de todos, o que me ajudou a lembrar das pessoas e de seus nomes. Contou que a minha irmã estava grávida e que, assim que desse, ela iria vê-la lá em Ilhéus. Dei a maior força e disse que eu e meu irmão nos viraríamos muito bem sem ela, principalmente agora que eu tinha entrado na meia idade. Uma nova gargalhada, e ela falou:

– Acho que a meia idade tá te fazendo muito bem, Antônio Carlos! Acho que estou vendo até alguns cabelos brancos aparecendo!

Nova gargalhada e mais meia hora de papo, sentados na mesinha da cozinha.

Como é bom sentar à mesa da cozinha! Normalmente o lugar mais informal da casa e onde todo mundo fica sem máscaras.

– O almoço tá quase pronto. Deixa eu fritar os pastéis, pois o teu irmão já deve estar voltando do colégio.

Não deu outra! Dez minutos se passaram, e a porta se abriu e entrou o meu irmão. Tava todo estrupiado! Tinha saído na porrada com um moleque da minha sala. Era um moleque folgado, grandão e sem noção. Sempre ficava pegando no pé dos menores e mais fracos que ele.

– Deixa que, com ele, eu me entendo amanhã!

– Faz isso não, Toninho. Ele é grande pra cacete!

– Fica tranquilo. Só vou ter uma conversa com ele.

Estudávamos no mesmo colégio, o Andrews do Humaitá. Aquele colégio reunia as patricinhas e mauricinhos da Zona Sul. Cada um mais cheio de si do que o outro! Eu agora tinha a mente de um sessentão! Sabia artes marciais e tinha sido campeão estadual de judô no meu passado/futuro. Conhecia muito também de Jui Jitsu e de Aikidô. Aquele medo normal juvenil tinha dado lugar às certezas de adulto. Iria ter uma conversa íntima com aquele babaca!

Almoçamos, e eu conversei longamente com o meu irmão. Dei oportunidade dele falar de si e do que estava acontecendo com ele e tudo o mais, que normalmente, garotos de 15 e 16 anos não conversam. Minha mãe ficou ouvindo, meio que em êxtase, aqueles dois irmãos conversando civilizadamente sobre temas adultos. Saímos depois de eu ajudar o Felipe com seus problemas de matemática e português. Fomos dar uma volta de bicicleta pela Lagoa, juntamente com o Chico, nosso vizinho de casa.

Chico tinha a nossa idade ou um pouco mais, difícil de dizer, pois era bem pequeno e mais atarracado. Já tinha músculos bem definidos nos braços, pernas e tórax. Era gente da melhor qualidade e, juntos, dominávamos as ruas do bairro. Ele tinha uma bicicleta de três marchas, que, na época, era o que havia de melhor. Eu e meu irmão tínhamos, respectivamente, uma Caloi barra circular e uma Monareta da Monark. Curtimos um bocado nossas bicicletas, indo até o mirante do Leblon, que era um namoródromo, à época.

Durante o dia era tranquilo, mas bastava entardecer que enchia de carros para ver as "corrida de submarinos". Volta e meia a polícia passava por lá para tocar o terror nos namorados e, obviamente, arrecadar de quem estava no "devo". Voltamos lá por volta das 18hs, com minha mãe já nos acusando de não cumprimos os horários estipulados. Não fez nenhum escândalo, pois naquele dia estava todo mundo "ZEN". Fomos tomar banho, e, como a casa só tinha um banheiro, havia uma ordem de preferência: primeiro eu, depois o Felipe e depois, bem no final do dia, minha mãe.

Jantamos o que restou do almoço e depois de assistir a novela da Globo (já a cores nessa época), fui para o meu quarto como que para me preparar para o colégio do dia seguinte. Não tinha a mínima ideia do que fazer e como agir no colégio. Já se tinham ido quase 45 anos, desde que tinha saído da escola. Teria que me concentrar e procurar saber quais as aulas que teríamos no dia seguinte e onde diabos eu sentava em cada sala de aula. Lembrava que mudávamos de sala dependendo da matéria a ser estudada.

Uma vez que tinha faltado naquele dia, seria inquirido no dia seguinte do porque da falta. Bem, podia ser que o amanhã nem chegasse, caso isso estivesse acontecendo somente na minha mente. Fiquei apreensivo com a iminência de ter que rever e reestudar tudo novamente. Reencontrar os amigos de turma enchia-me de ansiedade. Rever as meninas que me esnobavam na época, e depois ficariam umas "barangas" de fazer concorrência à bruxa Meméia, também seria interessante de vivenciar. Se eu estava tendo uma segunda chance, será que eu teria a capacidade de fazer melhor, desta vez? Bom, era esperar para ver...

Começa o desafio

Acordei na manhã seguinte e já não estranhei a ereção. Isso significava que ainda tinha os 16 de ontem! Levantei e fui ao banheiro tomar uma ducha para me aprontar para o colégio. Eram 6h30 e minha mãe estranhou que eu já estivesse de pé. As aulas começavam 7h40, o que me garantiria tentar lembrar o que levar para o colégio. Achei a escala de aulas na minha mochila e procurei os cadernos e livros que fizessem parte dela. Coloquei o uniforme, que consistia de calça Jeans e camiseta branca com a logo do colégio. Procurei um perfume, mas só achei um desodorante Rastro no espelho do banheiro. Bom, vai ter que servir. Depois eu corro atrás de algo mais adequado. Antes de sair, minha mãe me deu uns trocados para o lanche, que eu não fazia a mínima ideia de quanto custava. Nem o preço do ônibus eu sabia!

Saí com o Felipe e fomos para o ponto de ônibus quase na esquina da Lopes Quintas com a Rua Jardim Botânico. No ponto, também estava o Chico, mas ele estudava no Santo Ignácio e só seguiríamos com ele por parte do caminho. Pegamos o ônibus e paguei com uma moeda de um cruzeiro. Soltamos na esquina da Voluntários da Pátria e subimos a ladeira do Hospital São José. Chegamos bem na hora da campainha. Deixamos as cadernetas nas caixas de cada turma, na portaria. A caderneta era um tipo de identidade do aluno onde constavam, além do nome e da turma, as faltas e outras notificações necessárias para os pais. A minha era a 201, o que deveria significar 2º ano do 2º grau turma 1.

E então.... eu não lembrava onde eram as respectivas salas de aula. Bem, reconheci alguns colegas de turma, que me saudaram e perguntaram o porquê da minha falta no dia anterior. Eu disse:

– Crise da meia idade!

Caímos todos na gargalhada, inclusive a Monique, menina linda que eu lembrava agora ser um "Crush" meu, na época. Entrei na sala meio sem saber o que fazer, e a Monique disse:

– Quer sentar aqui comigo hoje?

Claro que aceitei. Monique era uma menina linda, ruiva, com olhos verdes, típicos da região da Irlanda, de onde vieram ela e sua família. Disso eu também me lembrava. Era alta para os padrões brasileiros, o que fazia com que destoasse das outras meninas. Seu corpo era magro, porém bem torneado. Não sei o que ela se tornou depois do colégio, pois lembro dela ter saído antes do final do 2º ano. A família voltaria para a Irlanda definitivamente. Acho que o pai trabalhava em uma multinacional da área de energia. Mas o que realmente me chamava a atenção era o seu sorriso de dentes muito brancos e bem arrumados nas arcadas dentárias.

A 2ª sineta tocou e entrou porta adentro o Maciel, professor de história. Maciel era magro como o quê. Era também um comunista de carteirinha. Disso eu também me lembrava. Exercia um fascínio sobre seus alunos com aquela postura rebelde e antissistema, típica de comunistas da Zona Sul. Sempre dizia:

– Vou contar a história como eu acho que tem que ser contada, e não como esses livros "fascistóides" querem que ela seja .

E todos adoravam o cara. Afinal, vivíamos os rigores do regime militar e respirar ares de liberdade era tudo que a molecada esperava.

Dizem que, se você não for socialista até os 20 anos, você não tem coração. Já depois dos 30, você não tem cérebro!

O professor começou a falar sobre a revolução bolchevique. Falou com um entusiasmo de fazer qualquer um querer virar "Stalinista" vermelho e de uniforme. Foi falando sobre as maravilhas do socialismo e da sociedade igualitária e de como o capitalismo aprisiona o cidadão na rede de consumo. Levantei o dedo, e ele disse:

– Sim, Toninho!

– Desculpe professor, mas se a sociedade socialista é tão maravilhosa, por que pessoas são mortas tentando escapar da cortina de ferro?

– Isso é propaganda americana. Não acredito em nada disso!

– Bem, professor, além das fugas do bloco soviético, temos as revoltas na Tchecoslováquia e Hungria. Isso sem falar da fuga de Cubanos em barcos improvisados para Miami. Isso também é mentira?

A galera da sala não entendeu nada, afinal, não era comum esse tipo de debate em sala de aula. O rosto do Maciel, se transformou, e eu podia ver ele me fuzilando atrás daqueles óculos fundo de garrafa.

– Claro que isso é uma manipulação da mídia ocidental!

– Mas como explicar então o muro de Berlim, construído às pressas, do dia para noite, separando famílias e proibindo dissidências? Isso sem falar nas republiquetas comunistas da África subsaariana com o povo morrendo de fome e de doenças aos borbotões, tendo crianças de 6 anos raptadas para engrossarem as forças rebeldes, pelo que sei, também comunistas e com tropas cubanas promovendo verdadeiros massacres entre a população nativa?!

O cara ficou bolado. Ficava agora com seus argumentos utópicos, seriamente desacreditados.

– Toninho, isso é papo para mais de metro. Não sei de onde você tirou essas informações, mas, certamente, devem ser de revistas controladas pelo nosso regime. De qualquer forma, aceito suas observações e prometo trazer respostas à altura, ok?

– Claro, professor, não queria trazer polêmica para a sua classe, foi só curiosidade mesmo.

Eu sempre quis enfrentar essa comunistada de merda, que vivia realidades de Zona Sul e arrotava "sociedades igualitárias". Se quisessem vivenciar o comunismo, que fossem então para Cuba ou pro bloco soviético. Com certeza, voltariam com outro discurso, a não ser, é claro, que fossem amigos da "cúpula". Aí tudo podia e tudo se tinha!

Bem, a aula seguiu sem maiores incidentes e, finalmente, a campainha tocou, dando trégua àquela maçante enxurrada de bobagens.

Monique me olhou e disse:

– Que deu em você hoje, Toninho?

– Sei lá, acho que enchi o saco de ouvir abobrinhas.

Veio a próxima aula. Era de Inglês. Eu sabia que era da turma adiantada e que Monique também. Fiquei observando o que ela ia fazer. Como ela não levantou, assumi que a professora viria para a sala onde nós já estávamos. A aula começou, e a professora Mônica pediu que abríssemos o livro na página 23, para interpretarmos o texto escrito ali. Matei a pau. Afinal, tinha vivido quase 5 anos nos States, fazendo pós na Universidade de Harvard, em Massachusetts. Mônica elogiou minha pronúncia e perguntou se eu estava estudando em algum curso particular. Respondi que sim, no IBEU. Eu sabia que ela havia se formado lá, e que isso iria iluminar seu rosto (que, aliás, era lindo). Ela devia ter uns 25 anos, no máximo, e era o sonho de todo o garoto da minha faixa etária.

– Muito bom curso, só tenho elogios! Vale a pena o esforço para poder falar corretamente. – Ao que eu acenei positivamente com a cabeça.

Tocou a campainha do final de aula, e agora teríamos o intervalo do recreio. Saí batendo papo com alguns colegas quando cruzei com o brutamontes que tinha dado porrada no meu Irmão. Ele saía da sala de inglês básico e ia para o pátio, junto com seus asseclas da gang. Chamei o nome dele (um dos que eu ainda lembrava).

– Aí Robert, tô precisando levar um papo contigo!

Todos que estavam comigo olharam espantados, pois ninguém gostava de se envolver com aquela galera escrota.

– Pode falar Toninho, sou todo ouvidos! – disse em tom irônico e rindo para a plateia de debilóides amigos dele.

– Sabe o que é, tô achando que tu tá querendo namorar meu irmão e vim aqui saber se suas intenções são sérias.

– Qual é, Toninho, perdeu a noção do perigo? – perguntou com cara de fúria.

– Calma, calma, eu só queria saber se você vai ser meu cunhado ou não e, se for esse o caso, quero te dizer que o meu irmão é bem dotado e é capaz de te deixar meio empenado!

– Seu filho da p... – E veio com tudo pra cima de mim.

Eu me esquivei e, com um belíssimo "Kochiguruma", derrubei aquele mané no meio do corredor. Imediatamente, imobilizei o garoto e comecei a deixá-lo sem ar. Quando senti que o menino ia apagar, soltei-o e me levantei oferecendo a mão para que ele segurasse. Robert tentou levantar, mas a hipóxia o deixou tonto e ele caiu novamente. Estendi mais uma vez a mão, e, dessa vez, ele a pegou. Quando estava de pé, tentou me dar outro soco, do qual eu também consegui me esquivar e que me fez descer com ele ao chão já com uma chave de braço encaixada. O garoto gritava de dor, e os amigos dele pediam pra eu parar. Perguntei bem alto para todos escutarem:

– Você vai ser um bom menino ou eu vou ter que quebrar esse teu braço de punheteiro?

– Não, Toninho, para aí, para aí!

Eu soltei o braço dele e saí para o pátio, bem a tempo de evitar a inspetora que já chegava no prédio. Ela me perguntou:

– O que é que tá havendo aqui?

– Sei lá. Acho que Robert escorregou e machucou o braço. – E fui saindo.

Meu irmão veio correndo falar comigo.

– Pô, eu falei pra deixar pra lá.

– E eu deixei! Olha ele lá!

Quando o rapaz viu que olhávamos na direção dele, baixou a cabeça e foi indo em outra direção. Não preciso dizer que eu realizei o sonho da maioria dos meus colegas! Dali pra frente, eu era o Toninho "matador de gigantes"! Fiquei bem mais popular no colégio depois desse episódio.

As aulas foram acontecendo, e eu, aos poucos, me lembrando das matérias. As garotas passaram a me notar, e Monique estava decidida a me namorar.

– Toninho! Você vai fazer o quê hoje?

– Sei lá, acho que nada, talvez dê umas voltas na lagoa.

– Posso ir contigo?

– Claro que pode! Eu adoraria passear contigo. Passo na tua casa, então. Você ainda mora na Lagoa?

– Sim. Lá na curva do Calombo.

– Você tem bicicleta?

– Tenho sim. Uma Caloi Seci, novinha!

– Beleza. Me passa o teu telefone, que te ligo quando estiver saindo de casa e você me encontra na orla.

– Ok. Anota aí! – E me passou o telefone, com coraçãozinho do lado.

Nada como a tranquilidade da maturidade. Tava começando a gostar da brincadeira. Voltei para casa com Felipe, almoçamos juntos e, logo em seguida, eu liguei para Monique, e nós marcamos de nos encontrar em frente ao clube de remo do Botafogo. Fui pedalando sem pressa e, de longe, já vi a menina me esperando sentada no murinho em frente ao Botafogo.

– Demorei?

– Nada. Rapidão!

– Escuta, Monique, você tá a fim de mim, é isso?

A menina ficou vermelha de vergonha e gaguejou ao responder que sim.

– Fique nervosa não! Eu também gosto de você. Acho você muito gatinha e menos fútil do que a maioria das nossas colegas de colégio. Vem cá!

E tasquei um beijo bem molhado na menina, que, obviamente, não tinha experiência suficiente nessa matéria. Imediatamente, antes que ela ficasse com vergonha, falei:

– Que tal um sundae na Chaika?

– Eu topo. Vamos lá!

Fomos pedalando e conversando. Achei até que ela era bem madura para os seus 16 anos. Fomos até a sorveteria Chaika de Ipanema, tomamos o sorvete (onde foram embora os últimos caraminguás que eu tinha no bolso). De lá, fomos ver o por do sol na praia e resolvemos pedalar até Copacabana. Na volta, ficamos de agarramento na praia até quase escurecer. Deixei-a em frente ao prédio onde morava e botei força nos pedais para chegar em casa antes que a D. Esmeralda tivesse um troço! Ao chegar em casa, passei despercebido, já que minha mãe estava na sua atividade habitual, ao telefone. Fazendo fofocas, é claro! Eu precisava resolver a questão financeira. Mas como?

Fiquei espremendo as minhas memórias para ver se lembrava do que tinha ocorrido de importante em 1974. Lembrei-me de que aquele era o ano da copa do mundo! E eu sabia quem venceria! Alemanha ia dar de 2x1 na Holanda, essa que, naquele ano, inaugurava o famoso "Carrossel Holandês" com o craque Creuff e Cia. A Holanda iria arrasar com o Brasil.

Depois da copa de 1970, a confiança era total no tetra. Só que não foi bem isso o que aconteceu. O Brasil perdeu para o time Holandês e depois perdeu para a Polônia na decisão do 3º lugar. Disso eu lembrava! Talvez conseguisse levantar alguma grana com esse conhecimento.

Faltava pouco mais de 2 meses para a copa e eu tinha que arrumar um jeito de apostar. Sabia que os jogos seriam também usados na loteria esportiva. Mas eu não lembrava de todos os resultados dos jogos. Ia tentar, mas sem muita chance de marcar os 13 pontos. Podia apostar no colégio, mas a grana seria pouca. Tinha ainda algum tempo para pensar. Iria me informar e saber se a lotérica da esquina sabia de apostas paralelas e quanto elas estariam pagando. Seria legal se eu ganhasse uma bolada, pois eu também sabia que, em 1975, a Microsoft entraria no mercado. Era só esperar a empresa abrir o capital para poder comprar ações a preço de banana. No momento, precisava de dinheiro, e rápido, pois estava namorando e isso requeria uma certa autonomia financeira. Afinal, tava mais do que na hora de irmos às vias de fato.

Voltando a ser adolescente

A minha autoconfiança deixava Monique supersegura e à vontade. Conversávamos sobre tudo de forma despretensiosa e sem nenhum preconceito, coisa rara para aquela época de OSPB e Moral e Cívica. A garota, talvez por ser europeia, trazia consigo uma liberdade de pensar e agir que destoava da média, principalmente naquele colégio de classe média ascendente. Aproveitei a ausência da minha mãe, que tinha ido ver minha irmã na Bahia, para levar Monique lá pra casa. Felipe tinha treino de futebol nas terças e quintas e depois partia para o curso de inglês. Avisei a Filipe que eu não iria ao Inglês naquela terça, pois tinha um trabalho em grupo para fazer lá em casa e que ele se virasse pra voltar. Pois bem, falei para Monique dar um "perdido" na casa dela e ir me encontrar lá em casa, na terça. Ela ficou toda animada. Acho que estava doida pra resolver a questão da sua "primeira vez", pelo menos, foi isso o que eu assumi... que aquela poderia ser sua primeira relação. Sabia que seria a minha. Pelo menos com esse corpo.

Terça-feira, 14h, toca a campainha. Era Monique.

– Entra, Monique!

– Tem mais alguém aí?

– Não, só nós dois. Por que, tá com medo?

– Na verdade, estou apavorada. E você?

Tive que mentir um pouco:

– Também não sei direito o que fazer. Vai ser a minha primeira vez! Espero que não seja a sua também, pois não tenho manual de instruções de como proceder. Por favor, não abuse de mim!

Nós dois caímos na gargalhada.

– Vamos subir pro quarto e colocar umas músicas, né?

– Ok!

Subimos e fomos para o quarto, que já estava com pouca luz (tudo preparado nos mínimos detalhes, para não assustar a moça).

Coloquei o disco do "Renaissance" como fundo musical e fui me chegando para perto da menina. Ela tremia, mas não se assustou. Fomos nos despindo aos poucos e, finalmente, ficamos nus, um em frente ao outro. Ela era uma ruivinha linda e bem branquinha, que apresentava um visual interessante com os seus seios róseos e a sua virilha de poucos pelos avermelhados. Começamos a dançar e a nos acariciar. E foi aí que começou a covardia. A minha experiência da vida anterior, que na verdade era essa vida só que mais tarde, deu-me uma vantagem enorme sobre como conduzir aquela situação. Ela chegou a perguntar se eu realmente nunca tinha feito sexo antes. Ao que respondi que não. Estava apenas deixando a emoção me levar. Foi uma transa tranquila, longa e sem dor. Como macaco velho, eu tinha adquirido umas camisinhas na farmácia do bairro. Certamente isso a deixou bem mais relaxada, sem a possibilidade de uma gravidez indesejada logo na primeira transa. Fiz aquela primeira vez dela ser inesquecível. Ela simplesmente não sabia que aquilo poderia ser tão prazeroso e eu, pelo meu lado, também curti muito cada segundo daquela minha nova primeira vez.

Foi tudo muito bacana e intenso. Tanto de minha parte como da dela. Senti de cara que tudo tinha excedido em muito as expectativas de Monique e que, de agora em diante, seríamos mesmo namorados. Ela saiu antes do Felipe voltar, e marcamos um novo encontro na quinta-feira. Minha mãe ficou quase um mês fora e eu, quase um mês namorando minha gata ruiva. Realmente, estávamos gostando um do outro. Ela era linda, doce e com muita personalidade. Claro que não falei dessa transa com ninguém, pois, do alto da minha experiência, aquilo era totalmente desnecessário. Ela, no entanto, contou para as amigas, o que me colocou sob um holofote de curiosidade e quase me deixou irresistível para outras moças. Quando eu passava por elas, notava que me comiam com os olhos. Se antes era o Toninho "matador de gigantes" era agora o Toninho "bom de cama". Claro que Monique se arrependeu de ter contado, pois as colegas começaram uma rotina de assédio velado sobre a minha pessoa. Mesmo assim, o namoro seguiu muito bem e apaixonado, principalmente depois que Monique começou a tomar anticoncepcional, o que nos deu mais liberdade e segurança. Enfim, eu estava com 16 anos, tinha uma namorada que gostava de transar comigo e dezenas de meninas doidas para serem as próximas namoradas. O que mais um garoto de 16 anos poderia almejar?

Tomando as rédeas do destino

Continuamos aquele namoro, com Monique frequentando a minha casa. Ela fez logo amizade com minha mãe e com meu Irmão. Vinha quase diariamente e, quando tínhamos oportunidade, transávamos! O meu foco, porém, em vez do sexo, teve que ser redirecionado para fazer dinheiro. A grana que minha mãe me dava mal cobria as despesas do lanche no colégio. Comecei a fazer trabalhos escolares para os mais "burrinhos" e cobrava por isso, é claro! Deixava também que colassem da minha prova em troca de uns trocados. Virei traficante do saber. Minha mente, porém, estava arquitetando uma maneira de ganhar muita grana. Perguntei para o Sr. Felix da lotérica se ele sabia de algum esquema de apostas paralelas para a copa do mundo. Ele falou:

– Tem a loteria esportiva, Toninho!

– Não, Sr. Felix. Tô falando em coisa maior, tipo apostar nos vencedores, no vice e coisa e tal. Coisa de apostas em dólar, compreende?!

O Sr. Felix arregalou os olhos e ficou parado, me olhando.

– Sabe o que é, sonhei com os resultados. Pode ser bobagem, mas queria aproveitar a oportunidade, já que tenho uns dólares guardados.

Menti descaradamente! Não só não tinha dólares, como também não sabia como consegui-los. Só sabia que a inflação daquele período era alta e queria me garantir em moeda estável. Sr. Felix ficou de se informar com o bicheiro que fazia ponto na esquina da Lopes Quinta.

Passados alguns dias e faltando menos de um mês para a copa, passei na lotérica.

– E aí, Sr. Felix. Conseguiu alguma coisa?

– Consegui! O patrão do bicheiro faz essas apostas. Só que ele quer passar aqui para te conhecer.

– Tudo bem. Quem é o patrão?

– Tenório Cavalcante.

– O homem da capa preta?

– Isso. Fiquei de marcar para ele passar aqui e te conhecer.

– Tudo bem, Sr. Felix. Pode marcar. Amanhã passo aqui pra saber os detalhes, ok?

– Ok. Pode ficar tranquilo que Tenório é brabo, mas super gente boa!

– Valeu, Sr. Felix!

Saí meio bolado. O homem da capa preta era famoso por andar sempre com sua "Lurdinha", uma metralhadora. Isso, porém, para quem já havia vivido a violência do Rio no novo milênio, era pinto! Tinha que levantar aquela grana. Resolvi abrir o jogo com minha mãe. Sabia que ela tinha dólares guardados, pois era hábito do meu pai capitalizar em moeda americana. Entrei em casa, e minha mãe estava preparando o jantar.

– Oi mãe.

– Oh, meu amor. Teve um bom dia?

– Sim. Melhor do que esperava. Tô precisando ter uma conversa contigo.

– Não vai me dizer que você engravidou a Monique?!

– Não, mãe, não é nada disso. É uma conversa longa e vai deixar você um tanto quanto confusa...

– Agora você me preocupou!

– Fique tranquila, não é nada ruim. Depois do jantar conversamos. Só eu e você, ok?

Tenho certeza de que deixei a alma de fofoqueira de minha mãe em polvorosa. Jantamos e ela não tirava os olhos de mim. Depois do jantar, pedi para que ela fosse comigo até o meu quarto. Ela subiu e entrou.

– Feche a porta, mãe, por favor. – Não queria que meu irmão ouvisse as minhas revelações.

– Vai falando logo, Toninho, que eu tô curiosa e não tenho a noite toda!

– Mãe. Senta aqui na cama.

E ela se sentou com os olhos meio arregalados e esperando ouvir alguma tragédia.

– Mãe... você não acha que eu estou diferente?

– Sim. Mas isso é normal da idade!

– Não, mãe... é mais que isso!

Desatei a contar toda a estória da minha reencarnação, se é que podemos definir como tal. Dei detalhes do que iria acontecer no Brasil nas próximas décadas e expliquei que esse meu conhecimento seria comprovado com o passar dos anos. Ela me olhava fixamente, sem nem sequer piscar. Os detalhes que eu fornecia eram muito bem elaborados para serem ficcionais. Contei para ela que eu sabia como terminaria a copa de 1974, com o Brasil ficando em 4º lugar e a Alemanha sagrando-se campeã do mundo.

– Impossível! – disse ela, em tom irônico que demonstrava total descrédito ao revelado. – Brasil em 4º é impossível! – Naquele instante, eu senti que fazê-la crer no que eu dizia seria bem mais trabalhoso do que eu supunha.

– Pois é mãe. Vai ser assim, e eu quero aproveitar essas informações que tenho, para ganhar uma belíssima grana!

– Como assim?

– Fazendo apostas em dólar com o Tenório Cavalcante.

– Cê tá doido, menino?! O homem da capa preta não é pro seu bico! – E desatou numa gargalhada debochada.

– Já fiz contato com ele. Ele vem me conhecer por esses dias.

– Como é que é?!

– Pedi para o Sr. Felix da lotérica fazer um contato com ele para eu poder apostar em dólar.

– E você, por acaso, tem dólares?

– Eu não... mas você sim!

– Você só pode estar brincando comigo! Tirou o dia pra zoar a sua mãe? Você acha que eu vou acreditar numa loucura dessas? Você tá se drogando, infeliz? Se for isso, eu arranco o seu couro para fazer tapete!

– Claro que não estou tomando drogas, mãe! Detesto essas coisas. Tô falando seríssimo. Tanto da minha volta à juventude, quanto de botar a mão em alguns milhões de dólares! – Minha mãe continuou perplexa, com dificuldade de processar tanta informação junta. Por fim, após muito matutar, disse apenas:

– Cê tá doido se tá pensando que eu vou te dar dinheiro pra jogo!

– Mas é uma oportunidade única! Sei os resultados, e quero usar esse conhecimento para enriquecer!

Aproveitei o hiato entre os impropérios que a minha mãe começaria a proferir e disse:

– Deixa eu te provar que eu sei o que está por vir. A Renata, filha da Mirtes, sua Irmã, está grávida e não é do namorado!

– Que absurdo, Renata é uma santa e só tem 15 anos!

– Se isso se confirmar, o que será por esses dias, você entra nessa empreitada comigo?

– Se a Renatinha estiver realmente grávida, eu te dou o dinheiro para essa loucura sua. Onde já se viu uma coisa dessas, a Renatinha grávida, como se Mirtes não ficasse de olho nela o tempo todo!

– Que dia é hoje mesmo?

– Quarta-feira , 8 de maio.

– Então pode ligar pra tia Mirtes, ainda não tá tão tarde assim, e perguntar se tá tudo bem. Isso, se você acha que a tia conta tudo pra você, principalmente se ela estiver com esse tipo de problema pra resolver.

– Claro que conta! Ela é minha irmã e confidente!

– Então liga!

Imediatamente, minha mãe desceu para a sala e ligou para a tia Mirtes. Fui junto pra ver no que dava. Pior é que eu não tinha certeza da data em que ficamos sabendo dessa gravidez, mas tinha que arriscar! Sabia que tinha sido no 1º semestre de 1974. Minha mãe ligou e tia Mirtes atendeu de pronto.

– Oi Mirtes...tá tudo bem com vocês? Eu tô ligando, pois o Toninho sonhou que Renatinha estaria com problemas.

O outro lado da linha ficou mudo.

- Alô Mirtes, cê tá me ouvindo, irmã?

Logo, eu vejo a cara da minha mãe se desfigurar.

– Calma, Mirtes, o que foi que houve? Fala com calma... não chora... fala, irmã!

– Não sei como Esmeralda, que o Toninho ficou sabendo disso, mas a Renata está grávida! – E desatou a chorar copiosamente.

– Calma, Mirtes! Não é o fim do mundo. Isso acontece. Ela não tava namorando?!

– Isso é que é o pior. Não é do Rafael!

Minha mãe congelou. Estava pasma com aquela revelação.

– Como assim?!

– É de um homem casado!

– Ai, meu Deus!

– Pois é... você disse que Toninho sonhou com isso?

– Pois é, Mirtes, ele deu pra essas coisas agora. Olha, fica calma que amanhã passo aí na sua casa para conversarmos melhor. Beijo e fique calma, viu?

Minha mãe desligou o telefone, me olhou com a boca entreaberta, e disse:

– Meu filho, então tudo isso é verdade? – A ficha começava a cair. –

Como é que isso foi acontecer com você, Toninho? Isso é um castigo? Uma bênção?

– Já te contei como foi, mãe. Se quiser, conto de novo, mas não vai mudar nada. Eu acho é que gente vai ter que lidar com isso da melhor forma possível. E a melhor forma que eu vejo é ficando rico! – Minha mãe pensou por mais alguns minutos. E sua expressão foi gradativamente passando de preocupação para êxtase.

– Toninho, meu filho, se é assim, se não tem jeito... O dinheiro é seu! Vou pegar. Quanto você quer?

Pulei de alegria.

– Bem mãe, pra ganhar alto, temos que apostar alto. US$5.000,00.

– Já vou pegar, meu filho. Espera aí que eu já vou pegar.

Minha mãe saiu da sala igual um zumbi e voltou em alguns minutos, com um pacote com os dólares.

– Toninho, meu filho. Se tudo o que você disse é mesmo verdade, eu vou ter que digerir isso aos poucos!

– É verdade, sim, mãe. E fique tranquila, viu? Que nossas vidas continuarão muito boas, só que com mais dinheiro! Respeitarei o seu tempo, mas, por favor, não fale disso pra ninguém, pois vão achar que você enlouqueceu! Para a tia Mirtes, você dê uma desculpa qualquer e diga que eu não controlo esse dom e que foi um caso isolado, ok?

– Sim! Mas, meu filho, eu só te peço que você nunca me fale o que vai acontecer comigo, certo?

– Claro, mãe! Até porque você vai ter uma vida feliz e longa. – Abri o pacote e contei 50 notas de 100 Dólares.

Fazendo a roda girar

No dia seguinte, depois da aula, fui até a loteria, e o Sr. Felix falou:

– Toninho! Tava mesmo indo buscar você. O homem marcou aqui hoje, às 15 horas.

– Perfeito, Sr. Felix! Estarei aqui com o dinheiro.

– Você tem certeza do que está fazendo?

– Fique tranquilo, Sr. Felix. É só dinheiro. Se eu perder, não será o fim do mundo!

Fui para casa e, às 14h40, já estava eu na porta da loteria, aguardando o homem da capa preta. Na hora exata, encosta um "Galaxie" preto com vidros escurecidos na porta da lotérica. Claro que naquela hora fiquei nervoso. Afinal, Tenório Cavalcante era um contraventor famoso por resolver tudo na bala, mas também conhecido por sua honra e justiça. A porta do motorista se abriu e saiu um cara com seus 2 metros, forte pra caramba, que abriu a porta de trás do carro e falou pra mim:

– Entra aí.

Nem argumentei... entrei. No interior, estava sentado um Sr. muito magro com barba e roupas pretas, e com uma metralhadora atravessada sobre as pernas. Cumprimentei o senhor e me apresentei.

– O prazer é todo meu, Antonio Carlos. Como vai sua mãe Esmeralda e seu irmão Felipe?

Claro que ele falou o nome da minha família para mostrar o seu poder. Fez o dever de casa como qualquer mafioso que se preza faria.

– Estão ótimos, senhor.

– Soube que você quer apostar em dólares no resultado da copa. Isso é verdade?

– Sim, senhor. Acho que é uma boa oportunidade para eu mudar a minha vida. Tenho um palpite meio na contramão das pesquisas, e já que tenho esse dinheiro guardado, resolvi arriscar.

– Hum... palpite, é?

– Sim. Andei pesquisando as seleções e acho que meu diagnóstico é bem real. Como estão as apostas?

– Depende. Apostando no Brasil em primeiro, pago um por um. Qualquer outro resultado, depende de quem você coloca como vencedor.

– Eu quero apostar no resultado dos quatro primeiros.

– Bem, podemos fazer em ordem aleatória ou na cabeça. Na ordem aleatória, pagamos 3x1. Já na cabeça, com cada time na sua posição exata, 50x1.

– E se eu colocar o Brasil em 4º lugar?

Ele deu uma gargalhada e disse:

– Meu garoto. Você é mais doido do que eu pensava. Tem certeza de que quer jogar seu dinheiro fora?

– Sr. Tenório. Tenho muita fé nas minhas pesquisas. Quanto vocês pagariam em uma situação dessas?

– Humm... Brasil em 4º? Quem seria o 3º?

– A Polônia.

Mais uma gargalhada.

– Você tá doido, moleque! Mas gosto de gente doida. Me passa toda a ordem dos times.

– Bem, Brasil, 4º ; Polônia 3º ; Holanda 2º e Alemanha 1º.

Ele começou a coçar a barba e falou:

– A única seleção mais ou menos aí, é a Alemanha. O resto é loucura da sua cabeça.

Pensou um pouco, e mais um pouco e disse:

– Mas, taí. Gostei de você. Se sair essa merda aí, pago 500x1!

– Feito! – E passei o envelope para ele.

Ele contou os dólares e falou pro motorista:

– Montanha, anota o jogo do garoto doido!

Imediatamente, o "Montanha" me entregou a cópia em carbono do jogo e disse:

– Se, por um milagre, você ganhar, entrego a grana na sua casa da vila, certo?

– Perfeito. Obrigado, Sr. Tenório e Sr. Montanha. Foi um prazer conhecê-los!

Saí do carro e o Sr. Felix estava me esperando na entrada de sua loja.

– Tudo certo, Toninho?

– Mais que perfeito!

O carro preto saiu lentamente.

"Quinhentos x um". Isso daria dois milhões e meio de dólares. Em 1974, isso era uma fortuna digna de chamar alguém de milionário. Fui para casa ainda sob o impacto daquele homem todo de preto com sua "Lurdinha" atravessada nas pernas. Tinha certeza de que, quando eu ganhasse, eu poderia ficar tranquilo quanto ao recebimento. Essa gente do bicho era muito séria quanto ao pagamento de jogo, fazia parte do código de ética da contravenção, e também exigiam que os apostadores honrassem suas dívidas. No meu caso, o pagamento tinha sido adiantado, mostrando a minha confiança neles também. A única questão que estava me preocupando era se o meu estado atual de consciência teria o "efeito borboleta" de mudar o que estava por vir.

Efeito borboleta era como os teóricos chamavam a consequência que qualquer mudança em eventos do passado poderia ter em eventos futuros. Eu achava que até poderia haver alguma alteração em situações mais próximas, mas não em escala mundial. A prova disso era a gravidez da Renatinha. Até ali, os fatos continuavam os mesmos, mesmo comigo adiantando a notícia e alterando pequenas coisas no dia a dia.

Aguardando os fatos

Estávamos quase no período de férias de meio de ano, que nessa época era de um mês, e Monique me disse que ela e a família iriam até a Irlanda aproveitar o verão. Fiquei me sentindo meio excluído, mas entendi a situação. Fizemos as provas de meio de ano – que eu gabaritei –, e fizemos uma festinha junina antecipada no colégio. Foi super bem organizada, com prendas, jogos, barraquinhas de tudo que era quitute e, é claro, uma quadrilha.

Ensaiamos a dança da quadrilha. Quando tinha a troca de par, eu via a nossa colega de turma, Angélica, me olhar fundo nos olhos. A princípio, não dei muita importância, mas, a cada nova volta e troca de par, ela voltava a me encarar. Eu, com a experiência que tinha, sabia o que ela queria, mas disfarcei e dei sequência na brincadeira. No dia da festa, tudo pronto, todos vestidos à caráter, a festa começou. Quando eu era par de Monique tava tudo tranquilo, mas quando era a Angélica, ficava um clima tenso. Terminada a dança, Monique disse que iria ao banheiro e eu falei que pegaria um refresco para nós. Quando estava na barraca dos refrigerantes, Angélica encostou do meu lado. Não dei muita importância, mas ela se dirigiu a mim e disse:

– A Monique vai viajar nas férias, né?

– Sim, acho que vai.

– Então, me liga para pegarmos uma praia juntos. – E me passou um bilhete com o seu telefone.

Que situação. Tudo bem que namoro de colégio é passageiro mesmo, só que eu tinha cabeça de velho. Peguei o papel, e ela saiu justo quando Monique chegou.

– Aqui seu refrigerante, minha gata!

– Foi linda a quadrilha, né?! – disse ela com um lindo sorriso no rosto.

– Oh, se foi!

– Vamos lá pra casa? Meus pais estão em Itaipava, e Steveson (irmão mais velho dela, com dois metros de altura por dois de largura) não vem para casa hoje. Ele disse que vai ficar com a namorada dele até amanhã.

Bem que você podia ficar comigo até amanhã também, o que acha?

– Claro! Vou ligar para minha mãe e dizer que vou dormir na casa do Júlio.

E assim eu fiz. Tinha a roupa "civil" na mochila, para poder trocar aquela fantasia ridícula de Jeca Tatu.

– Então não vamos perder tempo. Vamos nessa pra aproveitar bastante a ausência da sua família! – disse eu, com um sorriso malicioso.

Chegamos à casa dela, ainda vestindo os trajes da festa. Entramos no prédio. Era um luxo só. Pegamos o elevador e subimos até a cobertura. Quando ela abriu a porta, eu quase caí para trás. Era um apartamento enorme, duplex, com piscina na varanda superior. Não me fiz de rogado. Arranquei aquela fantasia e pulei pelado na piscina. Monique veio na sequência.

– Eu sonhava com isso! – disse ela.

– Meus sonhos eram bem mais modestos, devo te confessar, Monique!

Passamos momentos maravilhosos naquela piscina, tomando champanhe importada – que ela fez questão de abrir – e curtindo aquele visual noturno da Lagoa, com certeza, um dos mais belos do mundo! Depois ela me arrumou um roupão e fomos jantar à luz de velas, um risoto de camarão maravilhoso que ela esquentou para nós.

– Você planejou tudo direitinho, né, danada?!

– Você merece, Darling.

Foi uma noite inesquecível aquela. Dormimos pela primeira vez agarradinhos, até a manhã seguinte.

Acordei cedo e demorei um pouco para saber onde estava. Fui ao banheiro e tomei uma ducha. Me vesti e, quando estava voltando para o quarto, dei de cara com um baita Irlandês.

– Opa, bom dia! Você deve ser o Steveson! – disse eu, temendo as consequências daquele flagrante – Sou eu sim. E você deve ser o Toninho. Minha irmã me falou de você. Muito prazer! – A gentileza dele me desconcertou.

Nesse instante, apareceu Monique.

– Você madrugou hoje, Steve?

– Madruguei. Tenho treino de Rugbi, bem cedo.

– Mas vai tomar café conosco, né?

– Claro! Vai ser um prazer.

Esses europeus estavam anos luz na nossa frente! Não rolou sequer um constrangimento dela e do irmão! Gente civilizada e moderna.

Tomamos o café que a copeira serviu. Tinha de tudo e para todos os gostos. Agradeci e tomei o caminho de casa. Esperava que minha mãe não tivesse ligado para o Júlio. Cheguei em casa e o café ainda estava servido sobre a mesa. Minha mãe veio e me deu um beijo de bom dia.

– Como foi a festa ontem?

– Legal e reveladora.

– Aproveite o Domingo, para colocar seu quarto em ordem, certo?

– Ok, mãe!

Entramos de férias e Monique foi viajar com a família. Eu continuava na minha rotina de "duro" esperando ansiosamente pela Copa do Mundo.

Estava eu pedalando na orla da lagoa, quando cruzou por mim, fazendo Jogging, a Angélica. Ela olhou para trás e eu também. Paramos e voltamos para conversar.

– E aí Angélica! Só dando uma corridinha para manter esse corpo em forma?

– Pois é. Não dá para relaxar. A concorrência é grande!

– Quer tomar uma água de coco?

– Claro. Vamos lá!

Fomos até um dos quiosques no Cantagalo e ficamos bebendo água de coco e conversando. Menina boa de conversar. Nunca tinha realmente reparado na moça. Era bonita e tinha um corpaço! Ficamos de ir a um cinema mais tarde. Encontramo-nos no Cine Pax em Ipanema. Estava passando "O Jovem Frankenstein" filme de Mel Brooks, excelente por sinal. Sentamos nas últimas fieiras e, assim que apagou a luz, a menina debruçou-se sobre mim e me deu um beijaço! Levei um susto, mas claro que ela foi devidamente correspondida. Ficamos naquele assanhamento o filme todo e, quando terminou, ela me convidou para ir até a sua casa, bem perto dali. Angélica era filha única de pais separados. A mãe, médica, estava de plantão, e só voltaria no dia seguinte. Bem... o que se sucedeu, foi um belíssimo final de tarde regado a sexo e vinho bom. Além do corpo nota 10, tinha também uma tremenda desenvoltura no sexo! Tava na cara que ela já era veterana nesse assunto.

Já eram quase 20hs, quando eu finalmente decidi que era hora de ir para casa, e nós nos despedimos com um sincero desejo de "quero mais".

O restante das férias foi uma sucessão de encontros calientes, sempre no plantão da mãe de Angélica. Claro que aquilo era traição, mas a minha desculpa era a minha pouca idade e o desejo de viver intensamente... de novo! Angélica também tinha namorado, que de pronto foi dispensado por ela.

E veio a Copa

E assim passou o mês e chegou finalmente a Copa do Mundo. Tinha jogado também na loteria esportiva, mas, como antecipara, errei bastante os resultados. Assistia aos jogos com minha mãe e meu irmão. Ele torcendo desesperadamente pelo Brasil, e nós para os resultados que eu antevira. Minha mãe estava mais angustiada do que eu, mas para nossa satisfação, deram os resultados previstos. Alemanha era a campeã do mundo, seguida de Holanda e Polônia. O Brasil ficara realmente com a 4ª colocação. Abracei a minha mãe, para o desespero do meu irmão que me chamava de Judas. Pedi calma pra ele e disse que, em breve, ele saberia o porquê da minha alegria.

No dia seguinte ao final da copa, campainha tocou. Eu abri e era o Tenório Cavalcante, em pessoa, diante da porta. Montanha estava logo atrás dele, carregando duas valises. Pedi para que entrassem e lhes apresentei minha mãe. Eles foram muito cordiais. Eu os convidei a se sentarem na sala. Minha mãe disse que iria passar um café fresquinho para os nossos ilustres convidados. Tenório sentou-se na poltrona, e eu me sentei no sofá. Montanha ficou de pé ao lado do patrão.

– Desculpe eu ter feito pouco caso de você, meu garoto! Você agora é um homem rico! – E abriu as valises sobre a mesa de centro. – Pode contar. A grana é sua!

– Negativo – disse eu. – Confio totalmente no senhor.

– Dinheiro foi feito para ser contado. Se fosse ao contrário, eu contaria.

– Sr. Tenório. Eu não tinha nada, agora tenho essa montanha de dinheiro na minha frente. Dispenso as formalidades, pois sei da lisura e retidão que permeiam os jogos de azar no Rio. Quem tem a reputação que o senhor tem dispensa desconfiança.

Ele agradeceu as belas palavras e disse:

– Você é um garoto muito especial. Se quiser trabalhar para mim, tenho sempre um lugar para uma pessoa com o seu talento.

Agradeci, mas disse que ainda tinha uma longa estrada de estudos pela frente. Ele acenou com a cabeça, agradeceu pelo café e se despediu de minha mãe com um aperto de mão e de mim com um abraço. Acho que ele estava feliz por eu ter ganhado, apesar de ter dado um "puta prejuízo" para ele.

– Fiquem com Deus!

Saiu calmamente e, junto com Montanha, entrou no carro que ficou embicado na entrada da vila. Com certeza, multas eram coisas impossíveis para aquele homem. Em cima da mesa ficaram as duas valises cheias de verdinhas. Minha mãe mal podia acreditar.

– Estamos ricos, meu filho!

– Mãe, dois milhões e meio de dólares! Você sabe lá o que é isso?!

– O que faremos com esse dinheiro todo, meu filho?

– Deixa comigo. Vou multiplicar essa grana em pouco tempo! Afinal, mãe... eu sei o que vai acontecer no mercado de ações!

– Sabe mesmo, meu filho?

– Sei. Tenho um roteiro de investimentos pronto para entrar em ação.

– Quer dizer que essa estória de voltar no tempo é verdade mesmo? – perguntou minha mãe, mais uma vez. Será que ela nunca ia acreditar?

-- É, mãe! Agora é só eu achar o caminho certo para aplicar esse dinheiro que ele vai durar a vida inteira.

Minha mãe pegou uma mala, colocou todo o dinheiro dentro e levou para o quarto. Afinal, o dinheiro era dela, ela que tinha aplicado! Nada mais justo.

Assim começava a minha carreira de milionário. E bota milionário nisso!

Dono do meu destino

Monique não voltou mais da Irlanda. Aproveitou os planos de seus pais de retornarem à terra natal e matriculou-se na escola, por lá, já que o ano letivo naquelas bandas começava em Julho. Escreveu-me uma linda carta falando do seu amor por mim e do desejo de que nos reencontrássemos num futuro próximo. Realmente aquela carta me tocou e fiquei triste por não poder mais vê-la. Do alto da minha experiência de vida pregressa, eu sabia que, possivelmente, a vida nos empurraria para destinos diferentes e dificilmente voltaríamos a nos encontrar. Sua mãe já havia retornado e me ligou pedindo para que eu passasse na casa deles no Rio, pois Monique havia mandado uns presentes para mim.

Passei lá e peguei uma caixa cheia de coisas que ela queria que ficassem comigo. A mãe dela era um amor de pessoa e por trás de seu sotaque irlandês carregadíssimo, tinha um tom suave de pura bondade. Conversamos em inglês, o que ela achou maravilhoso. Disse-me que Monique gostava demais de mim e que foi muito difícil tomar a decisão de ficar na casa de sua tia, na terra natal. No entanto, como a família iria voltar para a Irlanda até o final do ano, eles acharam melhor que ela já começasse os estudos por lá. O ano letivo começava no 2º semestre na Irlanda. Seu irmão também resolvera ficar por lá e ingressar em uma universidade Irlandesa. Confesso que, ao falar com aquela mulher, vieram-me lágrimas. Eu era um jovem de alma madura... e velhos choram à toa. Sra. Ingrid, mãe de Monique, abraçou-me e chorou junto comigo.

Fui carregando aquela caixa enorme até a minha casa e passei o resto da tarde olhando item por item daqueles muitos presentes. Monique tinha deixado sua coleção de discos, de fitas K7, inclusive o seu gravador, além de dezenas de fotos, algumas delas de nós dois juntos. Mandou-me uma garrafa de Whisky Irlandês e um casaco lindo feito por um artesão local. Caraca... aquela menina tinha mexido mesmo com o meu coração maduro e velho de guerra! Eu sabiam no entanto, que seria muita crueldade eu tentar usar a minha experiência para influenciar ou mesmo mudar o destino daquela menina. Talvez no futuro, quem sabe?

Bem, o tempo foi fazendo o seu trabalho, e eu o meu. Para o meu irmão, falamos que ganhamos alto no bicho e começamos o trabalho de organizar e a viver a vida de quem tem grana. Eu usava minhas lembranças como trunfo para ganhar mais dinheiro, sabia, no entanto, que deveria manter um padrão de vida compatível com a vida que tínhamos. Nada de sair comprando coisas de luxo nem fazer extravagâncias por aí. Afinal, o dinheiro de apostas clandestinas, é dinheiro não contabilizável!

O que fiz de imediato foi pedir para minha mãe contratar uma diarista lá para casa. Não fazia sentido ela manter sua rotina de dona de casa e continuar a lavar, cozinhar e arrumar. Sugeri também que ela entrasse em uma academia de ginástica e fosse fazer um curso qualquer para conhecer pessoas.

Disse para ela:

– Mãe! Tá mais do que na hora de você conhecer gente nova e, principalmente, arrumar um namorado. Ninguém é feliz sozinho. Qualquer dia desses, eu e meu irmão saímos de casa para viver nossas vidas e eu quero que você faça o mesmo!

– Tá louco, menino? Eu gosto dessa minha vida!

– Mãe... lembre-se de que quem lhe fala é um cara bem mais velho e experiente do que você! Do alto da minha vivência, que não foi pouca na vida pregressa, posso te assegurar que tudo que não devemos perder nessa vida é tempo! Você é jovem, bonita e pode perfeitamente refazer sua vida ao lado de um companheiro ou companheira que lhe faça bem.

– Para com isso, menino! Ai meu Deus, eu já tinha até esquecido desse seu problema de reencarnação. E quanto a esse negócio de companheira, que é isso, Toninho? Tá me estranhando? Eu gosto é de homem, viu?

– Sem ofensas, mãe! É que no futuro as relações humanas serão mais multifacetadas do que agora, e casais do mesmo sexo serão coisa comum e corriqueira.

– Jesus! Misericórdia! Me ajude! Vamos por partes: tudo bem, vou me matricular em uma academia para manter a forma e a saúde. Aceito também contratar a ajudante que você sugeriu. Quanto ao curso, vou pensar. Vou pensar no que eu gostaria de fazer.

Eu sabia que tinha lançado uma semente para a independência da minha mãe, do meu irmão caçula e da minha também. Comecei a busca por imóveis e, assim que encontrei o que procurava, comprei um apartamento de dois quartos para mim e outro para o meu irmão. Era um lançamento imobiliário no Leblon, com previsão de entrega para daqui a seis meses. As obras estavam bem adiantadas e parecia que a empreiteira iria cumprir a data de entrega. Fiz questão de que colocassem cláusula punitiva caso isso não acontecesse, o que eles fizeram prontamente, já que a entrada seria considerável. Pedi que minha mãe fizesse o financiamento dos imóveis, pois a sua renda era compatível com o valor a ser financiado. A entrada ofertada colocou o saldo devedor dentro do pagável e abaixo do radar da receita federal. Sabia que o cruzamento de dados da Receita, nessa época, era muito simplório e que dificilmente teríamos problemas com isso. Procurei uma corretora de valores e comprei cem mil dólares em ações PN da Brahma, pois sabia também que elas eram ouro em forma de papel. A valorização futura dessas ações, principalmente quando a Brahma virasse AMBEV, seria meteórica. As ações da Souza Cruz também seriam lucro certo, mas, devido ao produto comercializado, o cigarro, decidi não comprar. Perguntei se eles negociavam ações da bolsa de Nova York, e o corretor, com olhar espantado, acenou positivamente. Pedi que ele me desse a posição de ações de tecnologia disponíveis no momento para aquisição. O rapaz me pediu dois dias para a pesquisa (nada era online nesta época). Expliquei para o corretor que eu era um Nerd aficionado pela bolsa e que quem iria endossar minhas escolhas e fazer frente ao aporte financeiro, era a minha mãe. O moço acenou novamente com a cabeça e disse que me ligaria assim que ele tivesse a posição requisitada. Eu acrescentei que, no dia seguinte, minha mãe faria a transferência do montante relativo aos cem mil dólares para a conta da corretora e viria assinar a papelada. Um novo aceno de cabeça e um aperto de mão desconfiado se seguiram. Saí com a impressão de não ter sido levado a sério. Tudo bem, eu tinha apenas 16 anos. Vou dar um desconto para o "gajo". Cem mil dólares era dinheiro à beça nessa época e eu, possivelmente, iria me tornar um acionista com direito a voto na assembléia da Brahma.

No dia seguinte, levei minha mãe para finalizar a transação. O que eu queria mesmo era adquirir ações da Microsoft, mas faltava ainda elas ganharem o mercado. Isso, se eu não estava enganado, seria por volta de 1975. Eu ficaria monitorando a entrada no mercado de todas as empresas de tecnologia que virariam gigantes e fariam da Nasdac uma bolsa à parte. Esse era um poder inebriante: ser jovem com o conhecimento de um sessentão. O Sonho de qualquer um. Era como dar asas a cobra. As possibilidades eram infinitas. Eu poderia reescrever todo o livro da minha vida. Endireitar as derrapadas e tomar decisões mais acertadas em momentos cruciais. No fundo, eu tinha certeza de que não tinha sido merecedor de tamanho prêmio, mas já que aquele "coma" estava se estendendo por tempo demais, decidi viver minha nova realidade intensamente! Ou tinha sido um engano da natureza ou o preço a ser pago estaria em algum lugar ao longo dessa jornada. Quanto à tediosa obrigação do colégio, eu a cumpria com preguiça.

Minha nova namorada, Angélica, não largava do meu pé, e isso foi deixando o velho dentro de mim bem impaciente. Apesar de ser uma gata digna de nota, era chatinha e cheia de pequenos problemas existenciais.

Sentia falta da minha ruivinha que tinha uma cabeça infinitamente mais avançada do que a dessas patricinhas do colégio. Queria achar uma mulher mais madura, mas, com aquele corpo de garoto, seria impossível. Resolvi, então, cuidar do corpo.

Entrei para uma academia e malhava todos os dias, além do Judô e do JiuJitsu que eu passei a praticar duas vezes por semana. Isso me mantinha em forma e deixava a minha mente mais em paz. Angélica e eu logo terminamos, depois de uma crise ridícula de ciúmes. Sendo assim, estava livre para circular por aí. Nada de compromissos infantis. Passei a ser o que esperavam de mim no colégio, um pegador inveterado!

Minha meta agora era saber em que direção eu deveria encaminhar minha vida. Sabia o que eu não queria fazer, mas não tinha certeza do que queria. A escola terminaria no próximo ano e daí para frente o futuro estaria em aberto. Seguir com a arquitetura como hobby, pois grana eu tinha de sobra, ou fazer outra escolha? Mas para que outra carreira, se eu não teria que trabalhar para sobreviver? Esse dilema pouquíssimas pessoas tinham no mundo, e eu era uma delas. Sentia-me como o filho de uma família Real, sem reais obrigações a não ser acenar e sorrir. Resolvi que pensaria em minhas escolhas no seu devido tempo. Agora, iria sair do curso de inglês, pois eu já era fluente, e me dedicaria a outras línguas. Francês, essa seria a nova escolha.

As oportunidades que o destino traz

Passei a cursar a "Alliance Française". De cara, pude notar que as pessoas que frequentavam aulas de Francês, eram muito diferentes dos bobos frequentadores de cursos de inglês. O Inglês era sempre uma imposição familiar, já o francês era uma escolha pessoal. Os alunos tinham objetivos claros do por que estavam a estudar francês. Fosse por curiosidade, por demanda profissional ou cursos no exterior, eram mais determinados e bem mais interessados. Eu não via por lá aquelas patricinhas fúteis ou os garotos bobos do colégio. Via, sim, estereótipos bem distintos dos que me cercavam usualmente, visto a minha tenra idade. Na minha sala do 1º ano, tínhamos alunos de todas as idades, até uma senhora de 75 anos que estava estudando para poder se comunicar com os netos nascidos na França. Eu era o segundo mais novo, pelo menos de corpo! Abaixo de mim, só a Stephanie, uma loirinha de olhos azuis, magrinha e bem alta, de 16 anos, toda espevitada. Ficamos amigos de cara! Ela, muito falante, contou toda a sua vida em poucos minutos. Mal tive como falar um A. Descobri que ela era filha de brasileiros de ascendência alemã e que já falava o alemão de berço, já que, em casa, era essa a língua corrente. Estudava em um colégio alemão em Botafogo e também já havia dominado o inglês. Faltava o francês, pois ela queria tornar-se uma cidadã do mundo e, para tal, quanto mais línguas melhor. No meu caso, as aulas de Francês se tornaram um desfio novo para esse HD já bem cheio. Não podemos esquecer que, de vida cerebral, eu já contava com 60 anos!

Passei a me dedicar bastante e estudava muito com Stephanie, em sua casa. Seus pais eram muito bacanas e me recebiam com muita delicadeza e carinho. Sempre tinha um chá ou café com bolo. O pai trabalhava na área financeira da IBM, e a mãe era professora de alemão no colégio onde Stephanie estudava. Moravam no Leblon perto do Jardim de Alá, o que facilitava bastante eu poder ir de bicicleta para lá. A mãe se chamava Corinna, e o pai Max. Eles tinham uma filha mais velha de 18 anos, chamada Karin, mas essa estava estudando na Alemanha. Corinna era uma mulher de seus quarenta e poucos anos, alta e muito bonita. Olhos azuis e cabelos castanhos claros. Tipo de mulher que meu cérebro de 60 almejava, mas que meu corpo de 17 tornava impraticável. Max parecia ser um tanto mais velho que ela, eu diria perto dos cinquenta. Era também um homem alto, loiro de olhos azuis e ainda ostentando um belo corpo atlético, possivelmente mantido pelo tênis que ele praticava quase que diariamente. Passei a visitá-los com frequência e fiquei bem íntimo da casa. Gostava de conversar com o pai dela, principalmente sobre as tecnologias vindouras. Ele ficava impressionado com a visão que eu tinha do futuro virtual. Disse eu, em um dado momento:

– Sr. Max. Em breve, pode crer em mim, teremos uma rede mundial de computadores interligados e, em muito pouco tempo, as pessoas comuns usarão essa tecnologia no seu dia a dia. As escolas, como as conhecemos, e as formas de pesquisa e o isolamento do saber, estão com os dias contados! Não tardará para que computadores portáteis tomem a forma de um telefone, e também não está longe a mudança radical na telefonia, como a conhecemos hoje.

Ele me olhava com espanto e certa admiração pela minha mente fantasiosa e ousada.

– Pode ser, Toninho, mas acho que não estarei mais aqui para ver esses milagres acontecerem.

– É aí que o senhor se engana! Isso tudo acontecerá muito mais rápido do que podemos imaginar. A evolução da informática, com suas novas linguagens cada vez mais acessíveis aos seres comuns, tornarão isso tudo possível. Computadores menores, mais rápidos e cada vez com mais espaço de memória estão bem perto de se tornarem realidade. Daí pra frente, é um jogo de retroalimentação. Quem viver verá!

– Tenho que te parabenizar pela sua imaginação bem embasada, rapaz! Difícil isso em um jovem da sua idade!

– Obrigado Sr. Max, mas acho que a minha imaginação de hoje será a realidade de um amanhã bem próximo. O que eu quero é estar antenado e participante dessas transformações!

Toda vez que tinha a oportunidade, espetava o Sr. Max com as pequenas transformações que se faziam noticiar na imprensa. Confesso que tinha um prazer sádico de depois poder perguntar: Não falei?

Certa vez, não sei como, mas o assunto chegou à copa do mundo da Alemanha e eu disse:

– Adorei a Alemanha ter ganho a copa!

– Por que? – perguntou a Sra. Corinna.

– Ganhei um bom dinheiro apostando nesse resultado.

– Você apostou contra o Brasil?

– Não só apostei contra, como classifiquei os quatro primeiros colocados na ordem exata!

– Nossa! Que incrível! Que sorte!

– Pura sorte e talvez, um pouco de estudo dos times em questão.

– Ganhou muito dinheiro?

– Bastante!

– Posso perguntar quanto?

– Dois e quinhentos.

– Dois mil e quinhentos Cruzeiros?

– Dois milhões e meio de dólares!

Todos ficaram petrificados.

– Como é?

– Dois milhões e meio de dólares livres de impostos.

Raspei a poupança que meu pai me deixou e apostei tudo no que eu considerei um ousado devaneio. Mas isso me valeu nunca mais ter que me preocupar com o futuro. Não se preocupem, não sou um jogador contumaz. Essa ideia me veio em sonho, e eu pesquisei e pareceu viável. Tomei como um sinal e apostei. Agora, é só eu ser responsável com as aplicações financeiras, que jamais terei que me preocupar em procurar emprego. Posso seguir meu coração aonde e quando ele quiser me levar. Por favor, não me olhem assim. Eu sou do bem! – completei.

Todos ficaram ali, se olhando, sem saber o que fazer. Stephanie ficava me olhando quase não acreditando no que eu estava dizendo.

– Toninho de Deus! Então você é um milionário! – exclamou Stefanie.

– E o que você está pensando em fazer com essa fortuna? – perguntou o Sr. Max.

– Inicialmente, eu comprei dois apartamentos pequenos em construção aqui no Leblon, logo ali, na Carlos Góes. Depois, eu adquiri ações da Brahma. Preferenciais nominativas, para ter participação ativa na empresa. Tenho certeza de que essa empresa ainda vai crescer, e muito. Tenho um corretor analisando as empresas de tecnologia americanas. Acho que investir nessa área é o certo a fazer, pois como o senhor sabe, essa é uma área que eu acredito ser o futuro do mundo.

– Nossa, Toninho! Nem sei o que dizer. Para mim, você era só um garoto de colégio, cheio de sonhos, e uma baita imaginação. Agora, estou diante de um milionário que sabe muito bem o que fazer com o seu futuro. Parabéns! – disse o Sr. Max com um tom de admiração na voz.

– Sr. Max, continuo sendo aquele garoto que ainda não saiu do colégio e que anda de bicicleta, toma sorvete, e gosta de ir ao cinema com sua filha, nada mais. Só quis ser sincero com vocês, para saberem que não sou um moleque transloucado quando eu disser que, possivelmente não irei fazer faculdade. Acho que o conhecimento pode ser adquirido informalmente e não necessariamente por meio de uma universidade. Só irei ingressar em um curso que eu ache que estiver me fazendo falta. O fato de eu não ter que procurar um trabalho formal para sobreviver abre um leque muito grande de novas oportunidades, de conhecer e viver o mundo e seus mistérios. Pretendo viajar muito para ver do que são feitas as coisas, para onde vão os pensamentos e que línguas são faladas pelo mundo. Mas, posso ser absolutamente sincero? A ficha de milionário ainda não caiu! – disse isso e percebi que a Sra. Corinna me olhava com os olhos arregalados, sem tecer nenhum comentário.

Stephanie e eu continuamos saindo bastante para tomar sorvetes e ir ao cinema. Ela demandava pouco do meu arsenal sedutor, já que, por ser franzina, estava fora do meu radar de predador. Isso nos dava uma liberdade de amigos.

Eu continuava com meus "casinhos furtivos" com as garotas do colégio, o que era pouco ou nada satisfatório, apesar de serem gatinhas lindas e de corpos admiráveis. Eu só não conseguia ficar muito tempo ouvindo as tolices que elas falavam, então eram mesmo transas casuais e nada mais. Na verdade, eu sentia falta de um relacionamento real e mais de acordo com o intelecto de um cara da minha idade mental. Isso, porém, estava fora do meu alcance. Mulheres mais maduras não se interessam por caras com espinhas no rosto, mesmo que esse cara tenha algo para dizer e debater. Eu teria que me contentar em ser um rapaz de 17 anos, e nada mais. O fato de eu meio que ignorar as fedelhas do colégio tornava-me ainda mais cobiçado, passando a ser quase obrigação delas conseguirem me namorar. Eu gostava mesmo era de passar meu tempo com aquela menina esguia, quase esquálida, com corpinho de criança que nada me inspirava. Não rolava entre nós a "tensão sexual" normalmente presente com as outras garotas.

Stephanie e eu continuávamos a sair quase que diariamente, sempre em programas inocentes e regados por uma conversa solta e desencanada. Apesar do seu aspecto quase infantil, ela era uma mulher decidida e de personalidade marcante. Sabia bem o que queria e o que não queria também. Opiniões embasadas e uma cultura bastante ampla para uma garota da sua idade.

Ela havia adorado aquela estória do "Toninho milionário", mas isso em nada mudou sua forma de me olhar. Chegou mesmo a me inquirir se era realmente verdade aquela estória.

– Vou te levar para conhecer os meus apês. Eles já tão quase prontos.

Fomos andando até a Carlos Góes e eu mostrei o prédio. Peguei-a pelo braço e fui até a portaria, que já estava funcionando com um vigia de plantão.

– Boa tarde Sr. José. Tudo certo por aí?

– Tudo certo Sr. Toninho!

– Posso levar minha amiga para ver os meus apartamentos?

– Claro. Só não tem o elevador social funcionando. O de serviço tá ativo. Pode ir, que eles estão abertos.

Subimos até o oitavo andar. Saímos em um corredor todo empoeirado, como é natural em uma obra, cheio de caixas, sacos de argamassa e pisos para todos os lados. Fomos andando, e eu falei:

– Esse é o meu e o do lado é do Felipe.

Entramos e a unidade já estava ficando com cara de apartamento. A cozinha já estava com piso e revestimento. A sala ainda esperava o piso de tábuas corridas. Os banheiros, tanto o social quanto o da suíte já estavam prontos, só esperando a colocação dos boxes. Fomos até a varanda da sala que tinha uma vista parcial do mar, o suficiente para saber se o céu estava azul ou não.

Ela adorou tudo, achou superaconchegante e de um tamanho ideal para um solteiro ter todo o espaço que precisava. Fomos até o apartamento do Felipe, que era espelho do meu e também tinha vista frontal para a rua e a visão lateral do mar.

– Acho que eles vão me entregar até o meio do ano que vêm.

– Que máximo, Toninho! Você vem morar aqui?

– Acho que sim. Quero que minha mãe comece a se desprender de mim e leve uma vida própria. Ela não faz outra coisa a não ser cuidar da gente, desde que o pai morreu.

– É, faz sentido. Você vai deixar eu te visitar de vez em quando ou você vai virar um Don Juan esnobe, do Leblon?

Dei uma gargalhada e respondi:

– Claro! Você pode vir a hora que quiser! Mi casa su casa. Ou melhor Chez moi, Chez toi.

E caímos os dois na gargalhada. Ela era uma menina muito fácil de se gostar, mas por ter um aspecto de tão novinha, pintava uma barreira ético-moral que o espírito velho que em mim habitava não permitia maiores ousadias. O curioso é, que com as garotas do colégio, já bem mais encorpadas e pra lá de safadas, apesar de as idades se equivalerem, não rolava esse bloqueio moral. Talvez fosse o fato de eu não ter qualquer relação afetiva com elas. Enfim, eu era um espírito sexagenário aprisionado em um corpo adolescente com conflitos de gerações e reencarnações. Dá pra entender?!

Bem... podia ser pior se fosse ao contrário.

Tempo de mudanças

O tempo foi passando, e nós cada vez mais grudados. Eu achava que ela tinha visto em mim o irmão que não tinha e vice-versa. Era impressionante como aquela menina absorvia informações rapidamente e, em questão de segundos, formava uma opinião bem embasada. Acho que isso deveria ser, possivelmente, fruto da educação germânica. Como eu tinha entrado um semestre depois do início das aulas do ano letivo da Aliança, sentia a dificuldade natural desse vácuo de embasamento. Nisso a Stephanie ajudava, e muito. Fazia troça quando eu errava coisas ridículas e me ajudava a dar sentido a uma língua difícil de escrever e de falar. Entender o que era falado era bem mais fácil do que o falar. Bem, nada que a repetição e o esforço não pudessem sanar. Pelo menos, minha pronúncia não era de todo ruim.

Eu continuava frequentando a casa dela, mas de alguma forma, a revelação de que eu era um milionário abalou um pouco a intimidade que eu estava desenvolvendo com os pais. Cheguei a comentar isso com ela, mas ela afirmou que isso iria passar. Era só dar tempo ao tempo. Eles teriam que digerir aquela situação. Em momento algum, eles me hostilizaram ou proibiram Stephanie de sair comigo. Só ficaram um pouco mais distantes, como que pressentindo algum perigo.

Chegou dezembro, com ele as férias escolares e um sem par de dúvidas do que fazer com o tempo livre.

Eu continuava firme na malhação e nas artes marciais onde, graças à experiência pregressa, fui passando de faixas rapidamente. Já contava com a faixa roxa de judô e a verde do JiuJitsu. Fora isso, porém, sem perspectivas de nada excitante para fazer, liguei para um camarada do colégio, Pedro que morava na Barra, e perguntei se ele sabia como se subia a pedra da Gávea. Ele disse que sim, que tinha um amigo que subia toda hora e que, se eu quisesse, marcaria com ele para que nos guiasse numa subida. Topei na hora.

Liguei para Stephanie e perguntei se ela e os pais não gostariam de fazer essa aventura. Ela disse que, de qualquer maneira ela iria, e que perguntaria aos pais se eles gostariam de ir conosco.

Ligou-me 10 minutos depois, falando que os pais adorariam ir também, que a irmã dela tinha chegado da Alemanha e, possivelmente, se uniria a todos. Eu disse para ela que iria confirmar dia e hora e entraria em contato, mais tarde.

Falei com Pedro que já havia localizado o seu amigo e marcado uma subida para aquele Sábado, às 07h da matina. Sairíamos da porta da casa dele na Barra. Perguntei quanto o amigo dele iria cobrar, e ele me deu um valor ridiculamente baixo. Topei na hora, sabendo que eu faria a alegria desse amigo se lhe desse duas notas de cem dólares na mão, ao invés da soma super-humilde que ele havia pedido. Com certeza, ganharia um fã!

Deveríamos levar farnel e bastante água, pois era uma caminhada de muitas horas para subir e muitas outras para descer. Agradeci e, imediatamente, liguei para a Stephanie passando o que eu tinha combinado com Pedro. Ela confirmou com os pais e disse que estava acertado então. Perguntou-me se eu gostaria de ir ao cinema com ela e a irmã. Perguntei-lhe a que horas seria, e ela disse que a sessão seria às 16h40h, no cine Veneza, entre Botafogo e Urca. Confirmei que iria então direto do treino para encontrá-las em frente ao cinema.

Acabado o treino, tomei uma bela ducha, fiquei cheiroso e fui de taxi até o cinema (estava ficando besta. Ônibus nunca mais!). Cheguei antes delas, com a bilheteria abrindo para a sessão e comprei as três entradas. Duas meias e uma inteira, pois sabia que a irmã dela não tinha carteirinha de estudante brasileira. Assim que me virei, as duas estavam chegando. Vinham da direção da Luz, e eu só pude ver duas silhuetas, uma mais magra e a outra de um ser alto, de curvas bem feitas e cabelos soltos, balançando no ritmo do seu andar. Fiquei parado, olhando as duas se aproximando e então elas pararam na minha frente. Stephanie pulou no meu pescoço e me deu um beijo longo na bochecha, como se querendo se mostrar para a irmã mais velha. Retribui o beijo e olhei para aquela mulher com possivelmente quase 1m80, loiríssima com dois faróis azuis na cara e um sorriso de anúncio de pasta de dente. Naquela hora, fez a diferença o espírito mais velho que em mim residia.

– Oi, Karin. Até que enfim estou te conhecendo. Só conhecia você de ouvir falar e de fotos pouco atuais. Prazer! Eu sou o Antonio Carlos, Toninho é como me chamam!

Ela retrucou em uma voz aveludada de chamada de aeroporto:

– Oi, Toninho. Ouvi falar muito e bem de você. Aliás, minha irmã não fala em outra coisa!

Imediatamente, a loura levou um catrancão da magrinha, que disfarçou e perguntou:

– Vamos comprar os ingressos?

– Já comprei. Estão aqui. Duas meias e uma inteira. Assumi que você não teria o desconto de estudante, então... inteira para a senhorita! Vamos entrando, e aproveito para comprar a pipoca. Alguma preferência? Eu sei que Stephanie gosta de pipoca doce, e você?

– Salgada, por favor. Toma aqui o dinheiro.

– Negativo, cherry, hoje é por minha conta. As senhoritas têm um encontro com um cavalheiro das antigas!

As duas riram e agradeceram a gentileza.

Quando voltei com os sacos de pipoca, que eu mal conseguia segurar nas mãos, Stephanie tinha ido ao toilette.

– Me ajuda aqui. Tá quase caindo! – pedi socorro.

Karin, de pronto, pegou os dois pacotes.

– E aí, como é viver na Alemanha? – perguntei para puxar assunto.

– Legal, eu gosto da organização das coisas e do jeito certo e ordeiro do povo se comportar.

– Jura? Me parece meio engessado, não?

– É, às vezes é mesmo muito formal. Mas a gente acaba se acostumando com as coisas. Hoje, eu já transito nessa rígida formalidade com alguma desenvoltura. Confesso que, no começo, eu queria ir embora de qualquer maneira. Sentia saudades e não conseguia sentir aquilo lá como sendo meu lugar, apesar da minha tia ter-me acolhido como filha. O tempo e a paciência acabaram por acertar as coisas. Hoje, acho que fiz a opção certa.

– Com certeza, você terá um futuro bem mais promissor em terras desenvolvidas do que por aqui. Lar é onde nosso coração decide que seja. Mesmo que longe, sempre estejamos perto daqueles que amamos e, vai por mim, o mundo vai ficar menor a cada dia. As notícias passarão a ser instantâneas, transformando o mundo em uma confraria de comadres. Tenho vontade de viver fora daqui. Só não escolhi ainda qual será o meu primeiro destino. Acho que tenho uma alma universal. Quem sabe não passo um tempo na Alemanha também. Ihh... mas aí pega o alemão! No Inglês, espanhol e agora um pouco de francês, eu me viro, mas alemão é um pouco fora do meu alcance! – falei eu com a tranquilidade e a segurança de um ancião.

– Que nada, eu te ensino! – exclamou e me olhou no fundo dos olhos, com a maldade de uma "Mata Hari".

Aquele olhar, mesmo com toda a minha experiência de vida, deixou-me sem reação. Acho que era isso mesmo que ela queria, deixar-me sem graça. Stephanie chegou para aliviar minha barra.

– Sentiram a minha falta?

– Não! Quem é você mesmo? – brinquei.

Rimos, e o desconforto que aquela loira fatal me causou passou imediatamente. Senti que a menina queria ser a femme fatale para competir com a irmã caçula. Eu só não queria ser pego nesse fogo cruzado.

As portas se abriram, e entramos de imediato, para procurar um lugar para sentarmos. Achamos três lugares juntos, apesar de a sessão estar bem concorrida. Stephanie adiantou-se e sentou-se na terceira poltrona, eu a segui e, por último, veio Karin com seus quase 1m80, para o desespero de quem ia se sentar atrás daquela cabeleira. Não que eu ficasse para trás, pois eu também já tinha quase isso aos 17 anos e sabia que ainda cresceria mais, até os 1m85, mas meu cabelo era bem curtinho, o que fazia a diferença, principalmente quando a mulher fica mexendo o tempo todo nas madeixas, para chamar a atenção.

As luzes se apagaram e começou a exibição dos "trailers". Na mesma hora senti o braço da Karin aconchegar-se no meu braço direito. Disfarcei, peguei o saco de pipoca e ofereci para Stephanie. Ela agradeceu, olhou para mim e deu um sorriso. Aquilo me desmontou. Que situação eu iria passar naquelas próximas duas horas! Karin se esfregava em mim e eu disfarçava para que a Stephanie não percebesse nada.

Finalmente, quando a sessão terminou e nos levantamos para sair, Karin ficou parada no corredor e esperou que Stephanie e eu passássemos. Quando eu estava passando por ela, senti aquela passada de mão na minha bunda. Olhei, e ela deu um sorriso safado. Aí eu fiquei com raiva daquela guria. Se eu fosse um moleque de 17 anos, ficaria envaidecido e, possivelmente, entraria naquele jogo de sedução, me entregando nas garras daquela deusa da maldade. Mas, como em mim vivia o sexagenário, macaco velho, mais rodado que catraca de ônibus, ficou difícil de aturar.

– Vamos comer uma pizza, eu pago! – disse Stephanie.

– Sorry, Stephanie, fica pra outro dia, estou muito cansado. Très fatigué.

– Que é isso, vem com a gente, Toninho. Preciso te conhecer melhor! – disse Karin de forma sedutora.

– Dessa vez não vai dar. Tchau, meus amores, fico devendo essa. Beijos, Stephanie, tchau Karin. – E saí dali com passos firmes e rápidos. Tenho certeza de que Stephanie deve ter achado estranha a minha reação, mas, se ela conhecia a irmã víbora que tinha, acho que faria um diagnóstico rapidinho.

Passei os próximos dois dias sem dar notícias. Achei que seria um recado bem claro para aquela deusa do mal. De qualquer forma, no sábado, estava marcado o passeio ao pico da pedra da Gávea, portanto, eu teria que fazer contato, no máximo até quinta de manhã, para combinar os detalhes.

Quando estava entretido nos meus pensamentos, tocou o telefone e a nossa nova ajudante da casa, Sebastiana, me chamou para atender.

Desci as escadas e peguei o telefone.

– Alô! Toninho falando.

– Oi, Toninho, aqui é Karin. Tudo bem com você? Como você sumiu, resolvi te procurar.

– Ué, como você conseguiu meu telefone?

– Peguei na agenda da minha irmã. Tava precisando te ver e conversar um pouco contigo.

– Eu também gostaria de falar contigo. Você pode dar um pulo aqui na minha casa?

– Posso. Onde você mora?

– Moro no Jardim Botânico, na Rua Lopes Quintas. É a primeira entrada de Vila, à direita, casa 3. Te espero aqui. Vem agora, que não tem ninguém em casa!

– Tô saindo. Beijos!

Não deu meia hora e a campainha tocou.

Sebastiana abriu e gritou:

– Toninho, é uma amiga sua querendo te ver.

– Pode mandar subir!

Ouvi os passos na escada, ela se aproximando da porta do meu quarto, onde eu a estava esperando.

– Oi gato, tudo bem?

– Tudo ótimo, Karin – disse eu, me esquivando de um beijo certeiro.

– Senta aí, minha linda!

Ela se sentou na beirada da cama, e eu ao lado dela.

– Karin... Deixa eu colocar as coisas muito bem colocadas para você. De forma límpida e transparente, para que não tenhamos nenhuma falha na nossa comunicação.

– Pois é, eu vim aqui para me desculpar pelo meu comportamento no cinema...

Cortei a desculpa no meio e fui largando o verbo:

– Sabe o que é, minha querida? Eu tenho 17 anos recém-feitos. Tenho cara de 17, corpo de 17, disposição de 17, mas uma alma de 60. Sou um espírito muito experiente e trago comigo uma bagagem que você não faz a menor ideia qual seja. Já vi e vivi coisas incríveis e terríveis também. Fui amado e amei. Fui traído e trai. Seduzi e fui seduzido. Transei como você, possivelmente, nunca possa imaginar como uma transa pode ser. Pois é... acontece que, quando você me olhou pela primeira vez nos olhos, eu vi nitidamente com quem eu estava lidando. Conheço muito bem esse tipo de olhar. Um olhar de predadora, de comedora de almas e provocadora de desejos. Você é linda, com certeza, sabe muito bem disso. E usa essa sua estampa para atrair as vítimas para a sua teia. Já passei mais de uma vez por situações assim, e sei que elas nunca acabam bem. Gente como você não tem respeito por nada que não venha ao encontro dos seus próprios desejos, taras e necessidades momentâneas, só para massagear seu enorme ego. Você usa os homens, e as mulheres também, para conseguir sentir alguma coisa, pois tem algo quebrado dentro de você! A sua necessidade de dominar vem de um buraco que não fecha, de uma falta de amor que você não consegue cicatrizar.

A menina me fitava com os olhos arregalados, sem pronunciar uma palavra, um som sequer. Segui com a descompostura.

– Em algum momento de sua vida, alguma coisa se quebrou dentro de você e ainda não cicatrizou. Entendo a sua motivação, só não entendo como você poderia querer magoar a sua irmã. Você bem sabe como ela sofre com suas investidas em tudo o que ela se apega. É assim com a atenção dos seus pais e é assim com coisas materiais. Você tenta menosprezar uma pessoa que te ama incondicionalmente, apesar de nunca ter recebido o amor em troca. Ela olha para você como um modelo a ser seguido, sendo que, o modelo a seguir é o dela. Não sei como te explicar o quão importante a sua irmã é na minha vida, pois nem eu ainda tinha me dado conta disso. Existe um respeito mútuo entre nós, difícil de ser achado entre pessoas do sexo oposto. Um misto de admiração e cumplicidade que eu ainda não tinha experimentado com ninguém. Apesar da pouca idade, sua irmã é uma criatura madura e centrada. Sabe do que gosta e quer, e tem uma generosidade que é rara encontrar no ser humano. Tenho certeza de que ela iria abrir mão de mim para te agradar, pois isso é dela. Ela iria sangrar calada só para te ver feliz. Mal sabe ela que você nunca será feliz, enquanto não achar o ralo aberto que drena a sua ternura e o seu amor pelas pessoas. Só você pode achar e enfrentar aquilo que fez essa tampa do ralo sair e se perder. – A essa altura as lágrimas já vertiam abundantemente por sua face.

– Tenho certeza – continuei – de que algo no seu passado é responsável por essa sua postura diante da vida. Espero que você consiga dar a volta por cima e, se vale algum conselho, procure uma ajuda profissional para que você possa exorcizar esse mal que te aflige. Você talvez seja a mulher mais bonita que eu já tive a oportunidade de conhecer, mas também a mais perigosa e seca. Você é um animal ferido e, como tal, perigoso para qualquer um que se aproxime de você!

Torço para que essa conversa sirva para fazer você se sentir menos sozinha, sabendo que alguém conseguiu enxergar você por dentro. Porque ficar usando o sexo como uma arma vai acabar sendo a sua ruína e causar a destruição de tudo que te cerca, principalmente a sua família."

A menina estava pálida, inerte como atingida por um raio. Lágrimas sentidas corriam em abundância, entre soluços sofridos. Juro que fiquei com pena da moça, pois fui impiedoso, seco e até um pouco sádico.

Karin levantou-se sem dizer uma palavra, saiu lentamente da casa – como que flutuando –, andou até a esquina da rua Jardim Botânico, pegou o primeiro táxi que apareceu e desapareceu.

A descoberta do amor verdadeiro

No dia seguinte, liguei primeiro para Pedro, confirmando o passeio e, uma vez confirmado, liguei para Stephanie perguntando se estava tudo em cima para o passeio.

– Toninho, tudo certo. Só a minha irmã que decidiu não ir mais. Poxa, você deu um chá de sumiço. Fiquei preocupada, achando que tinha feito algo errado.

– Princesa, presta muita atenção! Você nunca vai conseguir fazer nada de errado, pois você é a coisa certa nas horas certas, o tempo todo na minha vida. Adoro você, e queria que você soubesse disso. Queria poder te dizer isso pessoalmente, mas já que você tocou nesse assunto, não posso mais segurá-lo dentro de mim. Eu quero você, só não sei se estou à sua altura. Você é a pessoa mais linda e amiga que já conheci. Pensei que poderíamos ser só amigos, mas isso é uma mentira, pois eu quero você pra mim, do meu lado, sendo a minha outra metade. Sei que você pode vir a se frustrar em suas expectativas, pois certamente vai conhecer os meus defeitos, que, aliás, não são poucos! Porém, minha alma enxerga a sua, e acho que a sua enxerga a minha também! Se isso não é amor, então não sei o que é.

Seguiu-se um silêncio sepulcral e, depois de um tempo, escutei, entre soluços:

– Essa foi a coisa mais linda que alguém já disse pra mim. – Mais soluços. – Também te amo, Toninho e muito! Nunca pensei que iria ouvir você falar essas coisas para mim. Você é tudo que eu sempre quis e sonhei. Quem eu acho que vai ficar decepcionado é você, pois eu não passo de uma menina tola que precisa crescer muito e rápido para não te perder! – Mais soluços.

– Vem pra cá, vem! – disse ela, em meio a um choro contido.

– Não, gata, vem você pra cá, pois estou sozinho aqui em casa. Até a Sebastiana teve que sair para fazer compras. Acho que teremos um tempinho só pra nós dois. Pega um táxi que eu pago aqui. Te espero no portão da vila.

– Tô indo!

Vinte e três minutos depois, o táxi encostou e saiu dele a figura mais querida e amada que Deus colocou na face da terra. O resto... bem, é o começo de um amor lindo e apaixonado que, só por si, já faria valer à pena ter reencarnado.

Nasce uma das metades da laranja

Apesar de eu ter um espírito velho e pra lá de experiente, Stephanie e eu éramos dois jovens pós-adolescentes com todo tempo para descobrirmos juntos as nuances do amor e do sexo. No meu caso... revivê-las! Por dentro, no entanto, eu estava me achando um pedófilo! Isso, porém, era rapidamente sublimado quando eu me encontrava com ela, com sua ternura e sua cabeça adulta.

O passeio à pedra da Gávea foi um sucesso total.

Tivemos um dia maravilhoso, com vistas de cartão postal e caminhadas de maratonistas. Os pais de Stephanie aguentaram muito bem a caminhada, mostrando um vigor físico invejável. Ao final, agradeci ao nosso guia, dando-lhe os dólares e, com isso, ganhando um novo amigo de infância, que insistiu para que nós o acompanhássemos em uma nova caminhada, dessa vez à Pedra Bonita. Prometemos que faríamos esse novo passeio e nos despedimos, todos realmente satisfeitos.

Acho que aquele rapaz ñunca tinha visto tanto dinheiro de uma vez só. Fiquei feliz por ele.

Os pais de Stephanie me deixaram em casa e, ao sair do carro, ela me puxou de volta e me deu um baita beijo na boca.

A Sra. Corinna virou-se e disse:

– Até que enfim vocês estão assumindo esse namoro! Já não era sem tempo. Estamos felizes por vocês e damos todo o apoio. Gostamos muito de você, Toninho. Para nós, você é como um membro da família. Obrigado pelo dia maravilhoso que nos proporcionou!

– É isso aí! – disse Sr. Max

Saí com um peso a menos nas costas. Afinal, se eles autorizavam o namoro da "filhinha" caçula, isso era um sinal de aprovação total da minha pessoa. Quanto à Karin, ela se manteve distante de mim pelo resto do período em que esteve no Rio. Stephanie, inclusive, comentou comigo que ela havia mudado muito, depois dessa estada na Alemanha, e que estava mais sincera, amiga e atenciosa com os pais. Parece que nossa conversa surtira algum efeito prático. Fiquei feliz por eles, mas sabia que, se ela não procurasse ajuda profissional, dificilmente conseguiria ser inteira nessa vida.

Algum tempo depois, recebi uma carta de Karin:

"Querido Toninho, ou talvez eu possa te chamar agora de cunhado! Você foi como um raio que me partiu ao meio, com as suas verdades sem anestesia. Acho que eu realmente estava precisando de alguém sincero como você, para me colocar no meu lugar! Tudo o que você me disse é a mais pura verdade. eu uso as pessoas, pois já fui usada, aliás, abusada. Só depois que você me enquadrou daquele jeito foi que eu me dei conta de que aquele abuso que eu tinha sofrido tinha deixado marcas profundas na minha personalidade.

Fui molestada por um amigo de meu pai quando eu tinha apenas 12 anos. Nunca falei disso para ninguém. Você é a primeira pessoa a quem estou revelando esse abuso. E talvez porque eu não me sinta ameaçada por você, pois, de alguma forma, você conseguiu se conectar com aquela menina machucada dentro de mim. Venho lutando com essa amargura por todos esses anos e, realmente, usei a minha beleza para me vingar, de alguma forma, daquele homem nojento! Passei a manipular, ao invés de ser manipulada. Inverti os valores e usei e abusei do sexo. Algo do tipo: 'agora nos meus termos!'.

Virei realmente a 'manipuladora' que você falou. E eu só tenho a agradecer por você ter aparecido em nossas vidas. Sei que minha irmã está feliz, como eu nunca tinha visto antes. Meus pais também adoram você. Você pode ter apenas 17 anos, mas é um grande homem. Espero que um dia alguém assim venha a me amar como você ama minha irmã. Sei que, para isso, eu ainda tenho um longo caminho pela frente.

Consegui, junto à faculdade, um auxílio psicanalítico, como você me sugeriu. Ainda é prematuro dizer, mas acho que começo a me sentir melhor, podendo falar de coisas tão íntimas e deixando as emoções aflorarem. Estou, pela primeira vez, realmente namorando um rapaz da minha faculdade. Ainda não estou certa se é sério, ou se eu vou pirar e sacanear ele no meio do caminho, mas, pelo menos, estou tentando ser fiel. Já é um primeiro passo, né?! Obrigada, meu amigo, se é que você me permite te chamar assim. Gostaria de poder contar com a sua amizade, pois de todas as que pude experimentar até hoje, a sua foi a mais sincera!

Um grande beijo para você e obrigada por tudo, novamente!

P.S. Por favor, não fale nada disso com a minha irmã. Quando eu estiver pronta, eu mesmo me abrirei com ela. Beijos."

Isso era tudo o que eu esperava ouvir. Ela procurando ser uma pessoa inteira novamente. Fiquei muito feliz com essa carta e logo escrevi para ela, empenhando meu apoio e amizade, e dizendo que estaria sempre pronto para ser um ouvido amigo.

Ficando rico

Como eu havia planejado, consegui aplicar meu dinheiro em ações de tecnologia nos States. Comprei muitas ações da Microsoft a preço de banana e sabia que, em breve, eu seria um multimilionário. Estava com o radar ligado para as ações que entrariam no mercado, como as da Orakle, Apple e Amazon entre tantas. Seria eu agora o George Soros tupiniquim? Acho que poderia dizer que sim. Na realidade, eu já tinha muito mais do que podia gastar e gastava muito pouco. O que eu realmente precisava era de alguém que organizasse a questão fiscal e contábil. Nisso eu confesso que era péssimo.

Outra coisa que precisava ser resolvida era a minha locomoção.

Faltava ainda quase um ano para meus 18 anos e a tão sonhada carteira de motorista que me daria rodas como asas. Por enquanto, tinha meu taxista de plantão, que me levava e trazia de todos os lugares. Eu deixava ele ligado nas necessidades de Stephanie, também. Mas não era a mesma coisa. Eu queria levá-la para lugares ermos, para podermos curtir a lua e por de sóis deslumbrantes, tipos de intimidade que não dava para ter dentro de um táxi.

Decidi que ligaria para o meu amigo da capa preta. Ele saberia como resolver essa questão.

– Alô, eu poderia falar com o Sr. Tenório? Por favor, diga para ele que é o Toninho da copa do mundo.

– Só um minuto!

Esperei um pouco na linha e ouvi uma voz grave, dizendo:

– Toninho, tudo bem meu filho? Em que posso lhe ser útil?

– Primeiramente, é um enorme prazer voltar a falar com o senhor. Bem, é o seguinte, Sr. Tenório. O senhor deve conhecer pessoas que talvez consigam resolver um problema meu.

– Também é um grande prazer ouvir sua voz, Toninho. Aliás, sua mãe e a família vão bem? E em que é que você precisaria de uma ajuda minha?

– Estão todos ótimos. É o seguinte: eu só farei 18 anos no final desse próximo ano e eu estava precisando antecipar a minha condição de motorista. Já dirijo muito bem, já faz um bom tempo. Mas dirigir sem carteira deixa o sujeito à mercê de transtornos e perigos, o senhor sabe como é... Então eu pensei se seria viável conseguir uns documentos em que eu já constasse com 18 anos e... habilitado. O senhor pode ficar tranquilo que eu arco com qualquer despesa que isso possa causar. Posso garantir que, apesar de jovem, sou bastante centrado e responsável. Jamais sairia por aí fazendo loucuras.

– Oh, Toninho, esse é um pedido até normal, na sua idade. Afinal, nos Estados Unidos, já é permitido dirigir à partir de 16 anos. Tenho certeza de que você é responsável, até porque tenho acompanhado a sua vida e vejo que você está aplicando bem o seu dinheiro, não está esbanjando, nem fazendo alarde de milionário. Admiro muito isso e sei que, com essa sua cabeça boa, você vai longe.

"Faz o seguinte, dá os detalhes aqui para o Montanha, que eu vou ver o que consigo para você. Um forte abraço e fique com Deus! Dê lembranças minha aos seus!

– Obrigado, Sr. Tenório, nem sei como agradecer a gentileza de ter me ouvido.

Ele passou o telefone para o Montanha, que anotou meus dados: número do RG, CPF (que eu já tinha devido ao inventário de meu pai). Enfim, todos os dados necessários para o trâmite.

Passadas duas semanas e já véspera de ano novo, a campainha da minha casa tocou e escutei a Sebastiana dizendo:

– Tá sim, quem deseja?

– Diz para ele que é da parte do Sr. Tenório Cavalcante.

Sebastiana não se ligou naquele nome, até porque o nome dele já não estava mais tão em voga, e me chamou. Desci rapidamente as escadas e lá estava o Montanha. Quando me viu, ele abriu um sorriso e me estendeu a mão. Era a primeira vez que eu via esse homem sorrir. Acho que ele gostava da minha trajetória. Com ele fora diferente, pois era afilhado de Tenório por parte de um colaborador seu, morto em troca de tiros com rivais. O pai dele salvou a vida do padrinho, oferecendo o seu corpo como escudo. Como gratidão, Tenório acolheu o garoto e a mãe como seus parentes e tem cuidado deles como se fossem do seu sangue. Montanha, enfim, virou uma verdadeira montanha depois de completar a faculdade de administração, que Tenório fez questão que ele cursasse. Ainda quando cursava a faculdade, ele veio a ser o braço direito e o esquerdo do padrinho. Hoje, era quase a sombra do "Homem da Capa Preta".

O Homem da Capa Preta ganhara fama quando fez Flávio Cavalcante, um popular âncora de programa de televisão da década de 60/70, pular de roupa e tudo dentro da sua piscina por não ter gostado do tom da entrevista que estava acontecendo.

Não só estendi a mão, como dei um abraço naquele gigante e falei:

– Que bom ver o senhor, Sr. Montanha! Entre, vem tomar um café que a Sebastiana passa em um segundo!

Pedi imediatamente que Sebastiana fizesse um café e insisti que Montanha se sentasse.

– Que bons ventos o trazem aqui? Tá tudo bem com seu padrinho?

– Tá tudo ótimo com ele, apesar de estar começando a ficar com as dificuldades naturais da idade. Aliás, ele mandou um grande abraço para você e sua família. Ele gosta muito de vocês, e podem ter certeza de que vocês contam com a proteção dele, mesmo que não saibam. Ele sentiu logo que vocês eram pessoas de bem, e isso, junto com a união da família, é o que o padrinho mais considera!

– Agradeça o carinho e a atenção dele!

Montanha esticou a mão com um envelope pardo e disse:

– Tá habilitado, moleque, isso e muito mais!

Fiquei meio pasmo na hora e, meio sem saber o que fazer, fui abrindo o envelope. Dentro dele estavam uma nova carteira de identidade, agora de militar, de 2º tenente da reserva não remunerada do exercito brasileiro. Uma carta patente de Oficial do exército, com baixa honrosa e, o mais incrível, um certificado de conclusão do segundo grau e uma certidão nova de nascimento, juntamente com uma carteira de identidade civil nova, dando conta de que eu tinha 20 anos e a tão amada CNH categorias AD (motos, carros, ônibus e caminhões, categoria profissional).

– Agora, até armado você pode andar, tenente!

– Sr. Montanha, que loucura, isso é tudo forjado?

– Negativo, tenente. Oficialíssimo, constando de diário oficial e tudo.

– Nem sei o que dizer. Isso é muito mais do que eu podia esperar. Agradeça antecipadamente ao seu Padrinho, mas, de qualquer modo, eu mesmo vou ligar para ele. Aliás, Sr. Montanha, me passe o custo disso, porque não deve ter sido barato.

– Relaxa, tudo por conta do Padrinho. Ele tem gente que lhe deve favores até onde você nem imagina. E ele fez por gosto, pois, como eu disse antes, ele gosta muito de você e confia em você. Poucas vezes vi meu padrinho ter tanta confiança em uma pessoa, principalmente num rapazote. Tenho certeza que ele viu em você o mesmo que eu: um cara muito especial. Deixe-me ir, pois ainda tenho coisa para fazer aqui pela Zona Sul. Feliz Ano Novo, para vocês.

Montanha tomou seu café de um gole só, levantou-se, entregou-me seu cartão e falou:

– Esse é meu número particular. O que precisar, ligue pra mim, ok? – Deu-me um fortíssimo abraço e, após despedir-se de Sebastiana e agradecer o café, foi embora.

Eu estava ainda sem saber o que pensar, quando minha mãe entrou e disse:

– Acabei de passar pelo motorista do Sr. Tenório Cavalcante, que me desejou um bom Ano Novo e abriu um baita de um sorriso.

– Ele esteve aqui para me entregar isso. – Mostrei os documentos para minha mãe.

– Toninho, esses documentos são falsos? Será que não vai dar problemas para você?

– Não, mãe. São todos verdadeiros. Acho que, agora, realmente, eu renasci com uma idade mais compatível com minha vida pregressa.

Imediatamente, liguei para o Sr. Tenório. Foi ele mesmo a atender ao telefone. Agradeci e ficamos conversando animadamente por uma meia hora. Pedi que ele me passasse um endereço de correspondência, para que eu pudesse lhe enviar um cartão de Natal atrasado. Ele riu e me passou o endereço de sua fortaleza em Caxias. Nos despedimos depois de muita conversa e ficamos de marcar um encontro para o ano vindouro. Imediatamente, liguei para a loja "Lidador", que sempre trabalhou com as melhores bebidas importadas, e pedi que fizessem a cesta de réveillon mais incrível que eles, por ventura, já tivessem feito, não importando o custo. Ficaram de me retornar para passar o valor.

Quando retornaram a ligação, passaram-me o preço, meio que constrangidos, pois o valor era exorbitante para aquela época: US$12.000,00!

Confirmei e perguntei se eles tinham portador para vir pegar o dinheiro. Eles disseram que sim, que naquele mesmo dia viria um rapaz receber a importância. Perguntaram se seria cheque e se eu gostaria que eles calculassem o câmbio. Disse que não, que seria em dólares mesmo, e passei o endereço de entrega. Eles logo disseram que sabiam onde e quem iria receber a cesta e nada mais perguntaram.

Ano novo,vida nova

Chegou o Réveillon e fomos todos, inclusive minha mãe e meu irmão, junto com os pais de Stephanie, para a praia de Copacabana. Estávamos todos de branco, como manda a tradição, e cheios de brilho nos olhar. Stephanie não desgrudava do meu braço, e eu estava gostando disso. Naquela época, os fogos eram bem mais modestos, mas não menos bonitos, e eram localizados nos fortes de Copacabana e do Leme, além da queima tradicional do Copacabana Palace.

Chegamos mais cedo e ficamos sentados na praia, em um semicírculo em cima de uma toalha branca imensa, que minha mãe tinha levado. Caprichamos nas frutas e no champanhe. Além dos quitutes que minha mãe preparara e que todos adoraram.

Eu estava sentado ao lado do Sr. Max, e nós conversávamos sobre tudo. Eu fazia minhas previsões, que agora não mais o assustavam, pois, no ano anterior, antes de acontecer, eu havia dito que o ministro da Fazenda iria ser substituído. Sairia o Delfim Neto e entraria o Mario Henrique Simonsen. Disse também que o rumo da economia levaria a um maior protecionismo nacional. Eu sabia que aquela política econômica que estava sendo implantada nos levaria, em meados de 1976, a uma proibição de importação de veículos automotores, além de muitas outras restrições no campo tecnológico. Tudo com o intuito de desenvolver a indústria nacional. Isso levaria o país a um inevitável descompasso tecnológico; a um sucateamento da indústria, que perderia competitividade, e tornaria o Brasil um país ainda mais fechado para o mundo dos negócios. Quando eu dei minha posição do futuro econômico do país, ele me ouviu atentamente. Sabia que o que eu falava tinha sentido, pois ele era da área de finanças da IBM e, certamente, tinha planilhas de projeções futuras. Então, não viu nenhum absurdo no que eu dizia. Stephanie estava conversando animadamente com meu irmão, e minha mãe tricotava com sua nova comadre, Corinna. Em dado momento, perguntei para o Sr. Max (fazia sempre questão de manter a cerimônia, pois sabia que os alemães eram mais formais que nós brasileiros, em geral) se ele era feliz no que fazia. Ele me olhou com curiosidade e perguntou por que.

– Sr. Max. Tudo na vida podemos mudar, trocar, refazer e refazer novamente. Podemos negociar, ganhar e perder dinheiro, mas o que não podemos jamais é trocar tempo por dinheiro! Tempo é a única commoditie pessoal e intransferível, impossível de ser reposta. As palavras que pronuncio neste momento já ficaram no passado, não tenho como buscá-las de volta e nem mudar o que foi dito. Pergunto se é feliz no trabalho, pois isso eu tenho o poder de mudar. Se for um trabalho prazeroso e recompensador, se o senhor é valorizado e recebe o devido reconhecimento, isso é uma coisa, mas, caso contrário, largue tudo e venha viver a vida.

"O que posso lhe oferecer é uma generosa participação nos lucros da empresa que deverei formar para administrar meu patrimônio. Preciso alguém em quem possa confiar e que tenha a competência para me ajudar a navegar na nada fácil contabilidade brasileira. Sei como e onde aplicar, mas não sei os trâmites legais dessas operações administrativas. Se quiser, o emprego é seu. De início, pago o que o senhor recebe mensalmente na IBM, e, assim que a empresa estiver estabelecida e lucrando, estabeleceremos um percentual de produtividade, além dos possíveis bônus anuais."

Ele ficou me olhando fixamente, meio que não acreditando que aquele moleque, além de estar se engalfinhando com a sua filha, agora queria ser seu patrão.

– Toninho, deixa eu pensar com calma. Agradeço o seu oferecimento e me sinto muito honrado com a proposta, inegavelmente tentadora. Mas me dê alguns dias para que eu possa refletir, certo?

– Claro, o tempo que o senhor precisar.

Veio a meia noite, os fogos, os abraços e beijos apertados e uma esperança enorme de que essa vida pudesse ser vivida na sua plenitude, escapando das muitas armadilhas espalhadas pelo caminho.

Logo nos primeiros dias do ano, passei na casa de Stephanie e saímos para olhar uns carros.

– Você não acha prematuro? Você só faz 18 no final do ano! – perguntou.

Saquei do bolso a minha estimada CNH e mostrei para ela. Mostrei também a minha carteira de Oficial do exército.

Ela olhou chocada e disse:

– Tá doido, Toninho, andando com documentos falsos por aí!

– Falsos nada! Tudo graças ao meu amigo e protetor Tenório. Agora, sou três anos mais velho, acredita nisso?

– Como assim? Você conseguiu documentos legítimos aumentando a sua idade?

– Sim. Agora você me respeite, pois sou "di maior"!

Rimos um tanto, e ela continuou meio sem entender. Expliquei os detalhes.

– Ah, eu também quero!

– Claro que não! Desde quando você já viu uma mulher querer ser mais velha do que realmente é? Você seria a primeira e, no futuro, iria me detestar!

Mais risadas seguidas de um longo abraço e um belo beijo.

Rodamos pelas concessionárias e olhamos todos os carros possíveis e imaginários. Eu, sabendo o que era carro de verdade, olhava aquelas porcarias sem ar nem direção hidráulica. Nem sequer cinto de três pontos eles possuíam. Umas verdadeiras carroças, como diria, no futuro, nosso "nada brilhante presidente", Fernando Collor de Melo.

Ficamos entre um SP2, pequeno esportivo da VW, e um Alfa Romeu 2300. Stephanie adorou o SP2 com suas linhas mais esportivas, enquanto eu queria mesmo um Dodge Charger ou um Maverick V8. Achei que o SP2 ia ser muito pequeno para carregar a família e, por falta de opção, então optei pelo Alfa. Era meio careta, mas era superconfortável e muito mais indicado para passear. Voltamos à concessionária do Alfa Romeu e encomendei o carro mais completo que tinha. Perguntei se poderia vir com ar-condicionado de fábrica e direção hidráulica. Disseram que poderiam colocar o ar, mas que a direção hidráulica não estava ainda disponível para aquele carro. Lembrei-me imediatamente que as direções hidráulicas da época, além de roubarem potência dos motores já fraquinhos, eram extremamente sensíveis em altas velocidades, tornando-se um perigo para controlar o carro.

Fechei o negócio e fiquei de receber do carro com as modificações pedidas dentro de 2 semanas. O vendedor perguntou como seria a forma de pagamento e eu perguntei se poderia pagar em dólares americanos. Ele consultou o gerente, que veio falar comigo e, após um acerto de valores, ele me acompanhou até minha casa, onde lhe passei as verdinhas e ele me passou a nota de compra. Com isso, eu já não seria mais um garoto desprovido de rodas. Dali para frente, vida nova!

Quando o gerente me ligou avisando que o carro havia chegado, eu, mais que rapidamente, fui buscar. O carro já estava devidamente emplacado em meu nome e com o tanque de gasolina cheio, cortesia da concessionária. Saí da concessionária e fui direto buscar Stephanie em casa. Ela e a mãe desceram correndo para ver o carro.

– Que lindo, Toninho! Vamos dar uma volta? – exclamou ela.

– Claro! Entrem aí. – Stephanie pulou logo para o banco do carona, e a mãe sentou-se no banco de trás.

Saímos rodando pela orla da Lagoa Rodrigo de Freitas e segui em direção à Av. Niemayer, rumo a São Conrado. Elas estavam amando aquele carro e eu também, pois novo é novo, e não importava que eu já tivesse rodado e possuído carros infinitamente melhores que aquele. Quando seguia em direção à Barra da Tijuca, a Sra. Corinna me perguntou:

– Peraí, Toninho! Você tem carteira?

– Tenho, desde os 18 anos.

– Mas você ainda tem 17!

– Calma que isso é uma estória longa e requer uns churros do ônibus Uruguaio, que fica parado logo ali no largo da Barra. Lá, esclarecerei todos os detalhes para a senhora.

Aquele ônibus vinha todo ano no verão carioca e estacionava na orla da Praia, normalmente em um largo que tinha por lá, e ficava o verão todo vendendo o melhor churros do universo. Pelo menos que eu soubesse!

Chegamos rápido e paramos do lado do ônibus que, àquela hora do dia, contava com pouco movimento. O movimento forte era à noite, com a presença de casais de namorados, que gostavam de ficar vendo o mar e assistindo as famosas "corridas de submarino", termo usado na época para os calorosos "amassos" que eram dados dentro dos carros. Sentamos em uma das poucas mesas que havia por lá, eu pedi uma cesta com sabores variados (doce de leite ou creme) e nos deliciamos com aqueles maravilhosos churros.

– Explique-me agora como você conseguiu a sua habilitação – pediu a Sra. Corinna.

– Pois é. Eu tenho um contato, o mesmo que fez a minha aposta e me pagou aquela fortuna em dólares... Ele conseguiu, de forma legal, os meus documentos. Renasci com 20 anos, tenente do exército e habilitado para carros, motos e caminhões. Tenho certidão de nascimento, diploma de 2º grau e carta patente de oficial que podem provar isso. Coisas de Brasil, Sra. Corinna! Já sei dirigir há um bom tempo e me sinto bem à vontade fazendo isso. Acho que é natural para mim! A senhora gostou da minha forma de conduzir?

– Sim! Você dirige realmente muito bem e com total segurança. Também pude notar que não abusa da velocidade, apesar do carro potente. Parabéns, Toninho. Você continua a me surpreender positivamente. Confesso, porém, que essas transgressões brasileiras ainda me chocam bastante. De qualquer sorte, se você diz que está tudo dentro da lei e devidamente registrado, quem sou eu para criticar?

– Pode ficar tranquila que é tudo superlegalizado.

– Max me contou da sua oferta generosa. Está avaliando, e, em breve, te dará a resposta. Você é um amor. Sorte nossa você ter entrado em nossas vidas. Uma pena que Karin não tenha tido a oportunidade de te conhecer melhor. Acho que ela iria gostar de ter você por perto, se tivesse tido a oportunidade de te conhecer como nós te conhecemos.

– Quem sabe, na próxima vez que ela vier, Sra. Corinna, nossos laços se estreitem, não é?!

– Acho que sim. O fato é que, se você e Stephanie brigarem, botamos Stephanie pra fora de casa e damos o quarto dela pra você! – Disse e riu um bocado.

– Que horror, mãe! Que família desnaturada que eu tenho! – E caímos todos na gargalhada.

Voltamos para casa, agora pelo túnel dois irmãos.

Parei em frente ao prédio delas, pois iria ter que voltar para casa. Sra. Corinna subiu, enquanto Stephanie e eu ainda ficávamos no chamego.

– E aí, minha gata, quer inaugura realmente esse carro hoje?

– Tava esperando você perguntar. Quero namorar contigo hoje de qualquer maneira! Tô que não me aguento de saudades. Queria ir ver corrida de submarinos contigo.

– Fechado. Te pego às oito?

– Oito não, 7h30. A saudade é muita para esperar até as 8h .– Deu-me um sorriso safado que lembrou-me sua irmã. Apesar de não se assemelharem muito, nessas horas elas ficavam bem parecidas.

Às 7h30 eu passei na casa dela, e ela já estava lá embaixo me esperando. Partimos novamente para a Barra e, dessa, vez subi pela estrada do Joá. Eu me lembrava – da outra vida – de um "Drive Inn" sem tela, que tinha naquela estrada, com uma vista de cair o queixo. Era um lugar gaiato, onde tinha uns estacionamentos privativos separados por muros, igual baias de cavalos, onde se podia parar com toda a segurança e namorar tranquilo, sem ser incomodado. Se quisesse alguma coisa do bar, era só ligar o pisca alerta, que logo vinha um garçom fazer seu pedido. Mas só valia à pena se você chegasse relativamente cedo para poder parar nos boxes de frente para o mar. De outra sorte, seria de frente para o barranco.

Fiquei feliz, pois aquele lugar já existia nessa época. Entramos ali, e eu escolhi um lugar magnífico com uma vista deslumbrante do mar. Foi uma inauguração e tanto do carro, que se mostrou muito espaçoso e confortável. Curtimos cada minuto que ficamos por lá. Pedimos refrigerantes, batatas fritas e, é claro, namoramos apaixonadamente noite adentro. Por conta de problemas hormonais, Stephanie já estava tomando anticoncepcionais há alguns anos e isso tornou a nossa vida de casal bem mais tranquila. Ela era uma mulher superintensa e apaixonada, e seu corpo começava a ficar mais bem torneado a cada dia. Começava a ter ares de mulher madura e a se comportar como tal também. Eu estava adorando poder acompanhar essa evolução tão rápida. Afinal, começáramos a namorar há poucos meses, e eu já notava mudanças. Apesar de bem magra, ela tinha feições lindas de autêntica alemãzinha, com seus cabelos cacheados e loiros e dois belos olhos azuis. Tinha a pele morena de praia, o que fazia ressaltar seu olhar azul-profundo. Acho que bastava só um estímulo para que aquela mulher começasse a desabrochar.

Recebi outra carta de Karin, contando de sua vida, dizendo que a terapia estava sendo maravilhosa e se dizendo muito mais forte e confiante também. Acrescentou que, assim que tivesse a oportunidade, gostaria de abrir o jogo com a irmã e voltar a ter uma relação saudável com ela. Ela lamentava que isso, possivelmente, ocorreria somente no ano que vem, já que estava superatarefada e que sair da Alemanha, além de muito caro, era inviável no momento. Agradecia novamente o que eu tinha feito por ela e dizia que ela gostava muito de mim.

Fiquei pensando naquela carta e, já que seria aniversário de Stephanie em fevereiro, por que não presenteá-la com uma viajem à Alemanha? Poderíamos, inclusive, ir juntos, caso os pais não se opusessem. Fui até a casa de Stefi e perguntei para ela o que ela achava de viajar para a Alemanha, para ver a irmã. Ela me olhou espantada e disse que nem cogitava essa viagem. Tinha outras prioridades antes de ir para a Alemanha a passeio.

– E se nós fossemos juntos?

Ela parou, me olhou fixamente nos olhos, e disse:

– Tipo lua de mel? – E deu uma gargalhada

– É, mais ou menos isso, afinal, nunca viajamos juntos! Você acha que seus pais seriam contra?

– Só perguntando!

Imediatamente ela me pegou pela mão e me arrastou até a sala onde estava sua mãe.

– O Toninho me convidou para irmos até a Alemanha ver a Karin. O que você acha?

– Me parece uma boa ideia! Vocês vão aproveitar muito! Vou falar com seu pai, mas acho que ele não irá se opor. Afinal, vocês tão namorando mesmo. Lá ou aqui dá no mesmo, né? Só teríamos que ver a autorização para você viajar desacompanhada, visto que você ainda é menor. Deixa comigo. Para quando seria, Toninho?

– Eu estava pensando em dar essa viajem de presente de aniversário para a Stefi.

– Que maravilha, Stefi. Seu passaporte ainda está válido? – perguntou Sra. Corinna.

– Ih, deixa eu dar uma olhada.

Stefi correu para o seu quarto e, minutos depois, ela apareceu com o passaporte na mão.

– Vence só em 1977. Tudo certo.

Aí que me toquei da situação... Eu não tinha passaporte!

– Temos só um probleminha. Eu não tenho passaporte.

– Isso o Max resolve com o despachante que cuida dessas coisas para a IBM. Sem problemas, acho que, com um jeitinho, a gente resolve isso rápido!

– Então tá certo. Vamos ver Karin em terras germânicas! Será a minha primeira saída do Brasil e minha primeira viagem de avião! – "Pelo menos nessa encarnação", pensei.

– Vai ser o melhor presente de aniversário de todos os tempos. Agora fiquei animada, Toninho! – E Stefi me deu daqueles olhares apaixonados e irresistíveis.

– Temos que resolver a data, pois suas aulas devem começar em princípio de Março, certo?

– Sim, parece que é na primeira semana de Março, vou checar. Mas, se conseguirmos que seu passaporte saia antes do fim de Janeiro, podemos ir logo no começo de fevereiro. Vai dar até para irmos esquiar, meu gato!

– Tudo certo, mas, antes, vamos ver o que seu pai acha disso.

– Tenho certeza que ele vai achar ótimo. Ele confia em você e em mim também! Se fosse com Karin, a estória seria outra. Os dois não se bicam muito.

– Com o tempo isso mudará! – disse eu, com uma certeza de quem sabe o que está falando.

– Espero que sim. Acho que ela está mudando. Achei ela mais bacana dessa vez. Sorte que você não a conheceu no auge da rebeldia. Meus pais cortaram um dobrado com ela. Ela era muito ardilosa, mentirosa e manipuladora. Tocou fogo nesse Rio de Janeiro! Não é à toa que está estudando na Alemanha. Até com traficantes ela se envolveu!

– Nossa, que barra! E você no meio desse fogo cruzado. Tadinha!

– Que nada, tirei de letra. Tenho o meu mundo próprio e sumo pra lá quando a coisa aperta. Não deixo as coisas ruins me afetarem demais. Depois que Karin foi para a Alemanha, a paz reinou novamente nessa casa. O pior é que eu amo aquela criatura! Minha irmã, poxa, sempre fomos ligadas, desde novinhas. Depois que ela ficou mais velha foi que a coisa mudou de repente. Ela se afastou de mim e se tornou essa pessoa que eu não reconheço mais! Quando ela sai da personagem que ela mesma criou, até que ela consegue ser bem maneira, mas isso é raro. Tenho certeza de que você foi vítima de uma de suas investidas. Senti o "climão" entre vocês e como você ficou desconfortável naquele cinema. É bem próprio dela seduzir e espetar, só para ver no que dá. Tive problemas com isso desde sempre. Senti que você saiu fora para não arrumar problemas. Amei você ainda mais por isso. Ainda bem que você tem essa cabeça privilegiada e sacou a armadilha. A maioria cai igual um patinho!

– Pensei que tinha conseguido disfarçar. Foi complicado, mas meu amor por você me deixou com uma raiva danada dela!

– Eu sei. Por isso que eu te amo e sinto segurança ao seu lado. Se ela não conseguiu nos abalar, nada vai conseguir.

Stefi me deu um daqueles abraços maravilhosos e um beijo só nosso.

– Eu preciso te contar uma coisa. Não te falei antes, pois ela pediu que eu esperasse ela mesmo te contar. Dois dias depois do cinema, Karin me ligou querendo me encontrar. Eu disse que também queria me encontrar com ela e marquei na minha casa. Ela chegou achando que ia rolar alguma coisa de sedução. Mas o que rolou foi que eu a enquadrei certinho. Fiz um diagnóstico preciso do que ela era e por que fazia o que fazia. Foi um monólogo de mais ou menos uns 15 minutos, em que toquei em feridas sérias da vida íntima dela, que nem ela mesma queria admitir existirem. Você pode não acreditar, mas eu sou um espírito muito vivido nesse corpo jovem. Conheço bem a vida e as armadilhas que ela espalha. Acho que as coisas que falei para ela calaram fundo, pois ela saiu da minha casa chorando, e vocês notaram o afastamento que ela teve de mim. Notaram também que ela suavizou com vocês. O que vocês não sabem é que ela começou a fazer terapia e parece que isso tem feito bem a ela. Ela me escreveu duas cartas, que eu vou te mostrar depois. A primeira foi agradecendo o enquadramento que dei nela, e a segunda foi manifestando o interesse de se aproximar novamente de você. Ela tem revelações sérias a fazer sobre o que a levou a ser como é, ou pelo menos como era. Por isso fiz questão da nossa viagem à Alemanha. Acho que vocês merecem essa chance. A vida passa muito rápido para deixar as coisas para depois, disso eu tenho certeza!

– Você manteve isso em segredo o tempo todo?

– Sei que parece que eu estava escondendo coisas de você, mas foi por uma boa razão, que você vai saber da boca dela mesma. Ela se preparou para poder ter esse momento com você e poder se abrir como irmã. Pode ter certeza que, se nada falei, foi para não atrapalhar o processo de entendimento de vocês. Sei que no fundo ela é muito frágil e precisa de alguém forte como você por perto, como um farol na escuridão. Você pode não saber, mas é você a fortaleza da casa, e da minha vida também. Não gosto de segredos entre nós. E por não gostar, talvez seja bom eu te contar de uma vez como eu me tornei esse jovem-velho, que sou.

Então contei para ela toda a estória, desde o início da pescaria nas pedras do Forte Copacabana. Ela ficou me ouvindo sem dar um pio. Então olhou para mim e chorou.

– Por que o choro, meu amor?

– Cara, deve ser muito doloroso alguém saber que vai perder as pessoas que ama novamente. Ter que passar por tudo de novo!

– Não é tudo de novo e, pra dizer a verdade, estou curtindo muito ser um jovem tão experiente. Estou traçando novos rumos e experimentando coisas que não tive a oportunidade de fazer da primeira vez. Sei que o conhecimento do que está por vir dói também, mas até agora, pelo menos, tenho gostado de reescrever a minha estória. Vou tentar levar uma vida mais "light" e, para isso, já resolvi a questão financeira. Só não sei o que fazer com você.

– Como assim? Eu te atrapalho?

– Não, claro que não. Eu tenho medo é de não permitir, através da minha visão de mundo e de vida, que você possa criar a sua própria estrada e galgar suas próprias conquistas. Veja bem, é como se você estivesse tendo um relacionamento com o seu avô!

– Cruzes. Será, Toninho? Você não parece tão enrugado quanto ele não! – Riu à beça

– Estou falando sério. Preciso que você me guie nessa questão. Se é para ficarmos juntos, preciso saber se estou me excedendo ou não. Por mim, sigo com você vida afora, mas isso é o velho de 60 falando, que já teve uma vida cheia de emoções. Será que você tá preparada para não ter as suas próprias descobertas e cometer seus próprios erros e acertos?

– Que bobagem você tá falando. Você já é uma escolha minha, seja isso erro ou acerto. O que vier depois só o tempo é que vai dizer. Acho que não temos que fazer um planejamento de tão longo prazo, não acha? Um dia de cada vez! – Rimos e nos abraçamos novamente, sabendo que, pelo menos por agora, estaria tudo certo.

À noite, conversei com o Sr. Max e, visto que ele não se opunha à viagem, entreguei os documentos que tinha para que ele agilizasse, junto ao despachante, a questão do passaporte. Sabia que deveria tirar as fotos típicas de passaporte da época, coisa que fiz no dia seguinte. Realmente o despachante deles era eficiente e, em menos de três semanas, estava eu com o meu passaporte em mãos. Nenhum dos documentos que apresentei deu problemas. Grande Sr. Tenório!

Chegou o dia do aniversário de Stefi, e ela decidiu que já era hora de eu conhecer alguns amigos dela do colégio e também da praia.

Organizou então uma reunião na casa dela e chamou a galera. Um monte de moleques e meninas muito bacanas. A reunião foi um sucesso, com todo mundo se divertindo com jogos e conversas. Claro que em aniversário de 17 anos não rolavam bebidas alcoólicas, então eu dei meu jeito de atravessar umas garrafinhas de whisky para os moleques mais salientes e para as meninas mais descoladas. Tudo na encolha, é claro. Isso me valeu uma aceitação imediata na turma deles, o que eu apreciei muito, pois deixaria Stefi bem feliz.

Ela ficava de longe, me monitorando para ver se eu estava deslocado, mas como eu soube navegar entre eles numa boa, ela relaxou e pode curtir o momento dela. Os pais dela deixaram todos à vontade e saíram para jantar. Era engraçado ver os olhares curiosos das amigas dela me checando, pois, para todos os efeitos, eu tinha 20 anos e tinha carro! Eram na maioria, rostinhos europeus. Muito raros latinos podiam ser identificados no meio da rapaziada. Era engraçado, pois muitas das conversas paralelas eram em alemão, o que dava a impressão de festa a la torre de babel. A coisa rolou até quase 1h da matina e os últimos moleques a deixarem o recinto já estavam meio que "levemente embriagados", pois me abraçaram e se despediram efusivamente.

– Você, seu danado, deu bebida alcoólica para meus amigos.

– Só um pouquinho para deixar o clima mais festivo!

E rimos, comentando as situações engraçadas que pudemos observar. Acho que ela gostou do resultado.

– Matei aquelas patricinhas de inveja quando apresentei você para elas. Ficaram babando, e vão continuar assim, pois você é meu! – E foi me encostando no canto do sofá, cheia de péssimas intenções.

– Peraí, teus pais estão pra chegar!

– Relaxa, dá pra escutar o carro chegando e o elevador subindo.

Então eu relaxei...

Partiu Alemanha

Era chegada a hora da viagem para a Europa.

Os pais dela tinham feito a autorização de viagem no juizado de menores, e isso, junto ao passaporte, garantia a autonomia da menina. Levaram-nos ao Aeroporto e lá fomos nós.

Depois de milhões de recomendações, beijos e abraços, embarcamos no novíssimo DC10 operado pela Lufthansa.

Lembrava-me bem do desconforto de voar longas distâncias na classe econômica. Tinha sofrido a vida toda com esse drama! Então, nisso eu não economizei: 1ª classe para nós! Era um luxo só, um conforto realmente único. Acho que era um dos primeiros voos diretos Rio-Frankfurt. Anteriormente, eram feitas escalas, na maioria das vezes em países africanos. Claro que chegamos descansados e felizes à Frankfurt. Fizemos conexão para Munique e, chegando lá, pegamos um táxi para um hotel no centro da cidade velha, onde eu sabia que era mais legal ficar. Já tinha estado algumas vezes em Munique, na minha vida passada, e sabia me localizar e até andar de S-Bahn e U-Bahn. Mesmo com a defasagem do tempo, não era muito diferente da Munique que eu tinha conhecido. Talvez menos arranha-céus e lojas modernosas. A parte do Marienplatz e Stachuss e toda área do anel interno da cidade, que era a parte histórica de Munique, sempre foi extremamente bem preservada. Mesmo Munique tendo sido intensamente bombardeada durante a 2ª guerra mundial, pois era a sede do partido Nazista, foi totalmente reconstruída depois da guerra, e nos mínimos detalhes.

Escolhi um "puta" hotel para ficarmos feito "reis" durante a nossa estada por lá. É para isso que serve o dinheiro! Assim que nos instalamos no hotel, Stephanie ligou para a irmã e ela ficou de nos encontrar. Fui tomar um banho, e Stefi fez questão de me fazer companhia. Foi o tempo de nos vestirmos, para Karin chegar e ser anunciada pela recepção. Mandamos que ela subisse e, quando abrimos a porta, lá estava ela, com um sorriso lindo, de orelha a orelha, e uma alegria sem par estampada no rosto. Não pude ver fingimento naquilo. Elas se abraçaram, se beijaram, choraram e ficaram assim por um bom tempo. Passado o furor da saudade, Karin virou-se para mim e me deu um abraço apertado, deu-me também um beijo na boca e disse para Stefi:

– Esse homem salvou a minha vida! Ele é muito especial e acho que você sabe disso.

Falava isso, segurando o meu rosto e me olhando fundo dos olhos. Não pude ver fingimento ou maldade naquilo. Parecia ser genuína a emoção em me ver.

Stefi olhou a cena e chorava de emoção. Também ela havia notado a sinceridade daquela declaração.

– Eu sei, minha irmã, ele também salvou a minha.

Aí quem ficou emocionado fui eu. E como velho chora fácil, chorei junto com as meninas. Ficamos ali por algum tempo nos curtindo.

Karin continuava linda, só que com cabelos mais curtos e um pouco mais gordinha.

– Bem, estou doido para dar umas voltas. Fiquem à vontade e me encontrem para o almoço, às 12h30, no Hoffbräuhaus.

– Ué, Toninho, como você sabe desse lugar? – perguntou Karin, espantada.

– Isso vem de outra vida, my dear, depois te explico melhor. Isso é papo para depois de um "Mass" – respondi me referindo à medida de 1 litro de cerveja naquela região.

Dei um beijo nas duas. Dessa vez, fui eu que dei um beijo na boca da Loiraça e saí, deixando as duas para acertarem seus ponteiros.

Era ainda 9hs, elas teriam muito tempo para conversar, e eu para bater perna naquela cidade maravilhosa, chamada München.

Antes de começar a rodar aquele centro histórico todo, entrei em uma loja de departamentos e comprei roupas adequadas para o inverno. Isso garantiu um conforto extra e eu pude passear pela feira. Fui até o jardim dos ingleses, nome dado ao parque central da cidade e que, apesar de ser inverno, estava lindo, todo coberto de branco, pois tinha nevado no dia anterior. Passei em frente ao "Deutsches Museum", museu de ciência e tecnologia que tinha me encantado muito quando pude visitá-lo na outra vida. Depois iria com Stefi, para rodar aquele mundo que existe dentro daquele museu. Era imperdível. Com certeza ela já havia estado lá, mas não comigo! Quando olhei o relógio, já estava quase chegando a hora de voltar e encontrar as meninas no "Hoffbräuhaus", talvez a cervejaria mais famosa do planeta! Apertei o passo e cheguei quase junto com elas no local.

– Se tivéssemos sincronizado, não teria dado mais certo!

– Pois é, quase perdemos a hora de tanto que conversamos e choramos juntas, só você mesmo para fazer isso acontecer, meu amor! – disse Stefi, me abraçando e dando-me um daqueles seus beijos únicos.

– Vamos entrar, pois estou seco por um Weissbeer! – disse eu com os olhos arregalados.

– Olha o cara, Stefi! Parece local! Vamos lá, que eu também tô seca e cheia de fome! – retrucou Karin.

Entramos e esperamos ser conduzidos a uma mesa pequena de canto e não muito perto da banda, que tradicionalmente toca por lá. Sentar ao lado da banda é quase insuportável! Eu já havia passado por isso. Pedimos as bebidas, e Stefi nos acompanhou na cerveja. Pediu uma pilsen, pois é bem menorzinha. Eu pedi uma cerveja de trigo e Karin pediu o "Mass", o chopp de 1 litro da casa. Brindamos à vida e conversamos muito, mas muito mesmo, antes durante e depois de almoçarmos. Coloquei Karin à par da minha reencarnação, ao que ela disse explicar a minha sabedoria e maturidade. Falamos dos planos e de tudo que tinha ocorrido em nossas vidas. Foi quase uma catarse coletiva, regada a muita cerveja, comida e polca alemã.

Quando saímos daquele ambiente esfumaçado e barulhento, já era quase 4 horas da tarde e o sol já estava quase sumindo. Nessa época de inverno, os dias são extremamente curtos na Europa. Voltamos para o hotel, Karin se despediu de nós na portaria e foi para sua casa. Ficamos de tomar café da manhã juntos por volta das 9h do dia seguinte, no restaurante do hotel. Subimos para o quarto e eu fui logo tomar um banho, pois estava cheirando a cigarro. Stefi fez o mesmo. Depois do banho, ficamos só de roupão jogados em cima da cama, conversando.

– Foi incrível, Toninho, nunca tínhamos tido a oportunidade nem a abertura para conversarmos tão francamente sobre tudo. Ela se abriu nos mínimos detalhes de tudo que ela passou. Do abuso que sofreu pelo amigo chegado do meu pai, do trauma, da vergonha e da falta de confiança que ela sentia nos meus pais para se abrir. Sofreu calada por todos esses anos. Agora tudo se explica e se encaixa. Coitada dela! Graças a você, meu amor, ela vai poder ser uma pessoa inteira novamente. Ela sabe disso e te adora por isso. Acho que ela te ama tanto quanto eu. O incrível é que não estou me sentindo ameaçada por ela. Muito pelo contrário, acho que essa ligação dela contigo, nos une ainda mais. Confio em você e no seu amor.

Depois me olhou com ternura e disse:

– Sério, Toninho, você devolveu a ela a vontade de ser feliz e a capacidade de amar e permitir ser amada. Só por isso vou ser grata a você pelo resto da minha vida. E vou te dizer mais: acho que você não reencarnou, você é um anjo que veio nos guiar. E agora chega, pois eu vou usar esse anjo para meus desejos e sonhos mais obscenos.

E realmente usou e abusou desse corpo e do espírito reencarnado pelo tempo que quis. E bota tempo nisso! Na manhã seguinte, Karin chegou na hora certa para o café e instalou-se um clima superagradável entre nós três. Ela havia tirado folga de duas semanas do trabalho e estava de recesso também na Universidade. Isso foi perfeito pois passávamos os dias juntos, rodando aquela cidade maravilhosa de cima para baixo, ela nos mostrando cada cantinho que gostava de ir e outros que ela ainda não tinha visitado. Como previsto, fomos ao "Deutsches Museum" e curtimos horrores dentro daquele museu danado de interessante. Era incrível como aquelas duas passavam a se agigantar quando estavam juntas. As duas pareciam duas metades da mesma laranja. Laranja essa da qual eu também fazia parte. Para elas, não tinha tempo ruim. Elas topavam fazer todos os programas, por mais ridículos que pudessem parecer. Estavam se descobrindo irmãs siamesas na alma, e eu me deliciava em ver tamanha harmonia e carinho que surgia entre elas.

Era uma atmosfera imensamente envolvente e, como não podia deixar de acontecer, acabei me apaixonando perdidamente pelas duas. Adorava estar com elas, uma completava a outra tornando-se a supermulher dos meus sonhos. Estava confuso e sem saber como agir.

Aluguei um carro, não um carro qualquer, uma Mercedes do último tipo, e fomos passear nas montanhas austríacas, a menos de 2 horas de distância de Munique. Aproveitando o visual imponente e o clima aconchegante de um restaurante no alto de uma montanha nevada, resolvi ser absolutamente franco com elas.

– Meninas! Estamos com um problema! Vocês duas juntas formam uma mulher absolutamente perfeita, e eu estou completamente apaixonado por essa mulher. Nunca vi, na minha vida pregressa ou atual, duas metades formarem um todo tão perfeito. É como se vocês fossem irmãs siamesas separadas ao nascer e re-coladas agora. Eu amo cada uma individualmente, mas sou apaixonado pelas duas juntas. Parece papo de tarado, mas é assim que me sinto e tava precisando colocar isso pra fora. Por favor, não me interpretem mal. Não estou propondo orgia nem nada disso. Estou falando do mais puro amor que eu já experimentei na vida ou vidas, se preferirem. Vocês são duas metades que me completam. Talvez, se Einstein estiver certo na sua teoria da relatividade, dois corpos possam realmente ocupar o mesmo espaço! Estou parecendo um louco ou bêbado para vocês?

Elas se olharam e nem por um momento fizeram cara de espanto.

Stephanie virou-se para mim e disse:

– Estávamos esperando o momento certo para falar exatamente isso contigo. Isso só prova que estamos em total sintonia. Nós duas estamos totalmente apaixonadas por você também e estamos vivendo esse amor enorme uma pela outra. Você é realmente um cara especial por ter sentido essa nossa conexão.

– Então é isso que você sente também, Karin?

– É, Toninho. Nós já tínhamos conversado isso entre nós, mas não sabíamos como você reagiria. Se com desconfiança de que eu estaria tentando te seduzir ou dessa forma que você colocou tão bem. Eu acabei ficando ligada a você, assim como Stephanie também é, e, com certeza, não está rolando nenhuma insegurança de qualquer natureza entre nós.

– Eu não sabia que era possível amar duas pessoas tão diferentes na mesma intensidade. E eu não sei se posso ou consigo abrir mão de uma de vocês.

– Nós também não vamos abrir mão de você! Vamos encontrar um jeito de fazer essa situação funcionar da melhor forma possível – disse Stephani, ao que Karin acenou coma cabeça.

– Só não quero magoar nenhuma de vocês ou criar qualquer conflito que venha a se interpor nessa nova relação que vocês demoraram tanto para acertar. Sei também que triângulos amorosos estão fadados ao fracasso e, por isso, não sei bem como isso tudo pode funcionar.

– Toninho, essa relação entre nós duas não existiria sem você, e acho que você é o elemento que nos liga tão fortemente.

E as duas estenderam as mãos e eu as segurei como se fossem de uma única mulher.

– Daqui para frente, seremos os três mosqueteiros, sempre juntos e inseparáveis. Um por todos e todos por um! Você vai ter que achar um lugar na sua cama para mim também – disse a Karin.

– Não sei como isso vai funcionar... vocês são irmãs, e sexo à três está fora de questão – disse eu.

– Também não sei – disse Stefi.

– Oh, meu pai! Como é que eu vou dar conta de dois mulherões como vocês duas?

– Não se preocupe... isso é com a gente! – respondeu Karin, com aquele olhar sedutor só dela.

Nos olhamos e ficamos assim durante um bom tempo, até que chegou a nossa comida.

Brindamos com um belíssimo vinho branco alemão, e Stefi falou:

– O que você acha de ficarmos por aqui hoje?

– Por mim está ótimo. Será que o hotel tem vaga para nós? – perguntei.

– Peraí que eu vou ver na recepção. Já volto – disse Karin, já se levantando da mesa.

Passaram-se poucos minutos e voltou Karin:

– Tem ainda dois quartos de casal vagos, e eu reservei os dois, tudo bem?

– Bota tudo bem nisso! – disse eu, meio que em êxtase. – Começamos a rir.

Depois do almoço, fomos conhecer os quartos. Eram quartos enormes, com um banheiro modesto, nos moldes do que é oferecido por lá. Quando abrimos as cortinas, a vista era simplesmente indescritível. Via-se toda a cadeia de montanhas com o vale ao fundo. Nada e nem ninguém na frente que pudesse forçar a ficar de cortinas fechadas. Simplesmente demais. Fiquei olhando aquela vista perfeita com cada uma de um lado meu. As lágrimas começaram a rolar pelo meu rosto, e Stephanie notou.

– Você está chorando, meu amor?

– Acho que hoje é o dia mais feliz de toda a minha vasta existência.

E as duas me abraçaram com uma ternura tão grande que eu pude sentir a pureza daquela situação.

– Como é que vai funcionar esse negócio? Vocês já pensaram nisso?

– Nós duas vamos ficar com um quarto, e você com outro. Cada uma vai ter o tempo dela para vir aqui e "abusar" de você. Depois, decidimos como isso vai funcionar daí pra frente. – disse Stephanie, com uma segurança de quem já tinha tudo calculado.

– Acho bom você se preparar, pois a noite vai ser longa! – falou Karin com um sorriso maroto e uma ternura sem igual no olhar.

– Bem, já que será a primeira vez de vocês, eu vou dar a preferência para Karin e, depois, eu venho te visitar Toninho. Não esqueça que eu te amo, viu, meu amor? – E saiu sem que eu pudesse notar a menor ponta de ciúmes.

Ficamos lá, eu e Karin, olhando aquela paisagem de cartão postal, de mãos dadas, sem dar um pio, só curtindo aquele silêncio e sentindo que estava tudo certo, tudo na paz. Quando finalmente nos olhamos, não foram necessárias palavras ou insinuações. Éramos íntimos e sabíamos exatamente o que o outro queria. Não parecia que era a nossa primeira vez, e o amor imenso que pudemos sentir e trocar, com certeza, confirmou isso.

Quando Karin sentiu que era a hora, levantou-se e foi embora dando-me um beijo de boa noite. Saiu sem mais nada dizer. Em seguida, chegou Stefi e, sem pronunciar uma palavra sequer, despiu-se e aconchegou-se sob as cobertas. Perguntei-lhe se ela não estava se sentindo, de alguma forma, incomodada com aquela situação, e a resposta dela foi de uma maturidade assustadora:

– Toninho, meu amor! A decisão de incluir a Karin nessa relação foi minha e de mais ninguém! Ela ficou meio relutante à princípio, mas eu a convenci que o amor pode vir de diversas formas e jeitos, e se é para podermos ficar todos juntos, que seja assim. Hoje é um teste, para ver se a nossa fórmula pode vir a funcionar. Acho que funcionou, pelo menos por hoje, pois, pelo menos para mim, não estou me sentindo aviltada ou roubada de forma alguma. Não sei se você se sente incomodado de ter que dividir seu carinho e afeto com nós duas, mas, pelo menos até o momento, estou feliz como "pinto no lixo"!

Aninhou-se junto ao meu peito e o que se seguiu foi um caloroso e apaixonado namoro. Realmente, não senti que aquela situação tenha afetado a nossa intimidade ou deixado algum tropeço pelo caminho. Fomos nós dois, como sempre fomos. Uma fusão de almas e corpos, como raramente acontece na vida.

Acordei já com o sol entrando pelo quarto. Stefi não estava mais ali, e eu preguiçosamente me levantei e fui tomar uma ducha para ver se conseguia espantar a preguiça. Quando saí do banheiro, estavam as duas beldades me esperando para irmos tomar o café da manhã. Descemos e nos fartamos de uma belíssima mesa posta e uma vista deslumbrante das montanhas que nos cercavam. Depois do café, decidimos dar uma caminhada pelas trilhas que cercavam aquela aldeia encravada nos Alpes. Voltamos já pela hora do almoço e, depois de uma belíssima refeição com a tradicional comida Tirolesa, seguimos viagem em direção ao Chiemesee, que é o maior lago da Alemanha, com seus magníficos palácios reais, construídos em suas ilhas.

As duas eram grandes anfitriãs e guias excepcionais. Não poupavam esforços para me agradar e mostrar sua querida Alemanha nos mais ricos e possíveis detalhes.

De lá partimos para fazer a rota romântica, que é um percurso de 460km, passando por charmosas vilas e cidades do sul da Alemanha. Ela se estende de Füssen, bem ao sul, onde também fomos ver o castelo de Neuschwanstein, conhecido por ter inspirado o castelo da cinderela da Disney, e vai até Würzburg, já bem mais no centro do país. Passamos por Rothenburg ob der Tauber, que, por sua vez, foi inspiração para a criação de Pinóquio. Cada canto mais lindo e cheio de história que o outro.

Isso sem falar de Heidelberg, Nürenberg, Bamberg, já fora da rota romântica, e de tantas outras cidades que fomos desbravando.

Fiz questão de irmos também à Berlim, que nessa época de plena guerra fria, estava ilhada no meio da Alemanha Oriental, de regime comunista. Eu havia conhecido Berlim, mas já depois da unificação, o que era completamente diferente do que eu esperava encontrar agora, em meio à tensão máxima da guerra fria. Queria ver o "Check Point Charlie" em plena atividade e poder, quem sabe, passear pela ruas da Berlim Oriental. As meninas também ficaram animadas, pois não conheciam a cidade.

Dirigir naquelas estradas maravilhosas, com um carro maravilhoso, não era nenhum sacrifício, e eu conseguia dirigir por horas sem me sentir exausto. Rodamos um bocado, cruzando toda a Alemanha e adentrando a Alemanha Oriental.

A primeira coisa que se nota ao cruzar a fronteira entre as duas Alemanhas é a tensão. Fomos sabatinados e revirados do avesso, assim como nosso carro. Uma vez liberados, rodamos por horas entre cenários tristes e cinzas de um legado de pós-guerra, enquanto na Alemanha Ocidental a memória da segunda grande guerra estava presente apenas em alguns detalhes, sendo a maioria das cidades completamente reconstruídas, em seus mínimos detalhes. Do outro lado, não. Parecia que estávamos em um mundo pós-apocalíptico, onde rostos tristes e cinzas se juntavam a uma paisagem também triste e cinza. Ao chegar a Berlim, nova sabatina e checagem e "voilà"... a pulsante e cosmopolita Berlim.

A cidade era cercada pelo seu famoso muro, que separava a Berlim ocidental da oriental e do resto da Alemanha socialista. Isto lhe conferia uma atmosfera de presídio, mas que de nada influenciava na vida cotidiana dos berlinenses ocidentais.

Berlim é uma cidade muito ardente e pulsante, com seus cafés, restaurantes e museus tomando conta do cenário. A noite também é bem animada, do jeito que eu me lembrava do futuro. Fomos a shows, boates e, é claro, tomamos todas, o tempo todo.

Resolvemos fazer um tour até Berlim oriental, para podermos confrontar as duas realidades. Passamos pelo meu querido "Check Point Charlie", com seu aparato de segurança em plena função. Nova checagem e sabatina, tendo o seu auge de mistério, quando os passaportes foram entregues às autoridades em uma guarita e desapareceram, só reaparecendo na outra extremidade, após todo o procedimento de checagem.

Não houve reversão de expectativa, pois Berlim oriental era exatamente como eu imaginava ser e como era retratada exaustivamente em filmes. Cinza, decadente, com suas construções em moldes arquitetônicos soviéticos, mais lembrando um pombal, com pessoas cinzas e desconfiadas vagando pelas ruas, como que constantemente se sentindo vigiadas (e eram mesmo).

Quando algum comunista de plantão vier falar novamente das benesses do socialismo soviético, vou ter como indicar um roteiro bem interessante para essa pessoa poder se inspirar e tirar suas próprias conclusões. Sei que, no entanto, essas pessoas de mente estreita sempre colocarão a culpa do atraso e falta de liberdade nas ações e perseguições do malvado "ocidente", enquanto levam os seus filhos para conhecerem a "malvada" Disneylândia ao invés de irem passar férias em Cuba ou na Sibéria.

Os planos futuros

No dia seguinte, voltamos para Munique e providenciamos também um quarto para Karin, no nosso hotel. Estava acabando o nosso tempo por lá e teríamos que decidir o que fazer de nossas vidas. Viver separados seria muito doloroso e viver juntos seria impossível, na atual conjuntura. Karin pensou em mudar-se de volta para o Rio. Isso era uma possibilidade a ser pensada e da qual eu era favorável, desde que não atrapalhasse os planos de sua vida profissional. Ela teria que trancar a faculdade na Alemanha e recomeçar tudo no Brasil.

– Você é apaixonada pelo que estuda?

– Não muito. – Ela estava cursando economia.

– Bem, nesse caso, não seria uma grande perda para você, né?

– Não. Só não quero ir morar com meus pais.

– Isso é fácil de resolver. Mudamos todos para os meus apartamentos do Leblon, que serão entregues dentro de no máximo 3 meses. Vocês duas morariam no apartamento do Felipe e eu no do lado. Nada mais tranquilo. Vocês morariam juntas e seria fácil de explicar para os seus pais. Stefi poderia terminar o colégio dela, e você escolhe o que quer fazer em termos de estudos ou trabalho. Economia seria até legal, uma vez que você poderia me ajudar nas minhas aplicações e administração das finanças. Estou pensando em montar uma corretora de ações e, se você quisesse, poderia trabalha lá. Dinheiro é uma variável fora da equação. Sou rico o suficiente para que nós nunca tenhamos que nos preocupar com grana. O que vocês acham disso?

Ela olhou para mim com os olhos brilhando.

– Você realmente é o anjo que veio orientar a minha vida. Esse seu plano é perfeito! Adorei. Assim que voltar do recesso, tranco a faculdade, largo o emprego e volto de mala e cuias para o Brasil. Enquanto não sair o negócio do apartamento, fico na casa de meus pais e aproveito para estreitar os laços com eles novamente.

Stefi falou então:

– Adorei! Vamos nos casar!

Todos rimos e nos abraçamos.

Deixei bastante dinheiro para Karin poder viajar de 1ª classe e despachar tudo que ela quisesse levar para o Brasil.

Estávamos embarcando em uma nova viagem e não sabíamos ao certo como e aonde isso iria nos levar. Éramos todos uma única laranja!

De volta ao Brasil

Chegamos no Brasil, e os pais de Stefi estavam nos esperando no aeroporto. Foi uma festa linda de ver. Altíssimo astral, Stefi não parava de falar das coisas que havíamos feito e como a Karin estava mudada e coisa e tal. No trajeto até a casa deles (onde eu tinha deixado meu carro estacionado), ela falou de todos os planos delas morarem juntas, e eu morar do lado delas. Foi uma catarse para Stefi, e que agradou muito aos pais dela também. Saber que Karin tinha tomado jeito e voltaria ao Brasil deixou-os muito animados. O fato das duas irem morar ao meu lado, tranquilizou-os a ponto de estarem fazendo já a decoração do apartamento, antes mesmo de conhecerem o imóvel.

Quando subimos ao apartamento, o Sr.Max falou:

– Depois vamos voltar a falar daquele assunto de trabalho, se ainda estiver de pé.

– Claro. Amanhã passo aqui com calma no final da tarde. Agora, quero a minha cama.

Despedi-me deles e fui para minha casa descansar. Claro qu,e quando cheguei, passei pela sabatina da mãe, do irmão e da empregada, antes de poder dormir um pouco. Disse que, assim que acordasse, teria presentes para todos, e subi correndo, me jogando de roupa e tudo na cama. Dormi igual uma pedra. Apesar do voo tranquilo que tivemos e do conforto da 1ª classe, o fuso horário e as muitas horas de confinamento cansam, e muito. Na ida, eu não tinha sentido tanto esses efeitos. Na volta, porém, acumularam-se as semanas intensas com o longo voo diurno sem vontade de dormir.

Bem, depois de dormir umas quatro horas, acordei, fui enfrentar a família e matar a saudade de todos. Tinha pedido que minha mãe chamasse Tia Mirtes e Renata para um café, pois tinha presentes para elas também. Quando desci as escadas, elas já estavam em um papo animado, e eu fui primeiro entregar os presentes de Sebastiana, que agora era parte integrante da família. Meu irmão tinha saído e receberia os seus quando chegasse à noite. Adentrei a sala com os braços abertos, e todas se levantaram para me abraçar. Tia Mirtes era um amor de fofoqueira. Eu a adorava! Filha caçula de meus avós, era casada com Teófilo, um dentista cinquentão, botafoguense doente, e eles viviam na Tijuca. Tiveram só a

Renata como filha, e eram uma grande pequena família bem unida. Mirtes era professora em dois colégios estaduais, onde lecionava português. Eram uma típica família tijucana e faziam questão de dizer que a Barra era da Tijuca! Quando Renatinha levantou, trouxe consigo a sua maior preciosidade, o Marcelinho, seu filho que tinha nascido em Janeiro e que eu, só tinha visto no hospital. Ela estava radiante e exibia um sorriso de orelha a orelha. Abracei as duas com muito carinho e segurei aquele bibelô com um cuidado de quem não tem a menor prática naquele assunto de bebê. Tinha trazido um monte de mimos para elas, inclusive coisas e mais coisas que Stefi me ajudou a escolher para o Marcelinho. Elas ficaram encantadas com tudo, até porque, essas coisas na Alemanha eram muito bem feitas e coloridas. Enchi a mesa de chocolates e mandei que todas as minhas queridas fofoqueiras da família escolhessem e pegassem o que quisessem. Depois da farra dos presentes, eu dei para a Renata uma caderneta, onde constava um depósito bem significativo na poupança da Caixa Econômica, em nome do Marcelinho. Ela olhou aquilo e ficou de boca aberta durante um tempo. Minha mãe já sabia que eu ia fazer isso, mas não sabia o valor. Ela foi mostrar para a Tia Mirtes, que quase caiu dura para trás. Era uma soma importante. Daria para comprar um excelente apartamento na Zona Sul. Tia Mirtes disse:

– Você ficou maluco, Toninho! Sabia que tu tava ficando rico, mas isso é muito dinheiro, meu filho!

– Tia. Esse garoto pode não ter pai, mas vai ter um "Puta Tiozão"!

Elas vieram, me abraçaram e me beijaram enquanto todos choravam copiosamente. Realmente o camarada que tinha engravidado a Renata não assumiu o filho, e sumiu para nunca mais ser visto. Era um daqueles caras cafajestes e comedores de menininhas, mesmo tendo família, com mulher e filhos. Era óbvio que isso iria acontecer, e eu sabia que Renatinha ia ter um caminho de mãe solteira pela frente, principalmente nessa época, onde a sociedade ainda era muito mais machista do que a que eu tinha experimentado no futuro. Renata estava agora com 16 anos e tinha sido "convidada" a sair da escola. O motivo alegado foi: para não "constranger" e ser "má influência" para as outras alunas. Era um colégio católico tradicional da Tijuca. Claro que eu iria cuidar para que essa minha prima querida pudesse ter todas as oportunidades possíveis e imagináveis.

– Queridas mulheres da minha vida, se estou enriquecendo, todos estamos, ok? A única coisa que temos que resolver é como e onde a Renata terminará os estudos. Vocês pensem, pesquisem e resolvam como vamos fazer. O que faço questão, é que a Renata tenha todas as oportunidades que as outras meninas da idade dela têm. Quero a Renata poderosa e independente o mais rápido possível, pois ela é minha prima querida e vai poder contar comigo sempre. E se você, tia Mirtes, ficar pegando no pé dela, trago ela pra morar comigo! – disse, eu fazendo cara de dono da casa.

– É muito difícil você conseguir tirar minha filha e esse neto lindo de mim! – Rimos bastante.

– Pode deixar, Toninho, que já estamos trabalhando nesse esquema educacional. Em breve, talvez já no segundo semestre, Renata volte a estudar. Mesmo que ela perca esse ano de estudos, ela recupera no ano que vem.

Renata veio, me deu um abraço apertado e carinhoso e disse:

– Toninho! Você não existe. Eu te amo como a um irmão que eu não tenho. Eu sempre soube que poderia contar com você e Felipe. Sinto-me muito mais segura e amparada com vocês por perto. Sei que dei esse mau passo, mas, com vocês do meu lado, tiro isso de letra! – E me deu um beijo gostoso e sincero no rosto.

– Que mau passo que nada! Você só herdou o fogo dessas mulheres da nossa família!

– Tá maluco, Toninho, desde quando eu sou foguenta? – disse a minha mãe.

– Calma, minha mãe, que desse detalhe cuidamos depois!

E caímos na gargalhada.

– Vocês precisam conhecer minha namorada, Stephanie. Ela é minha grande paixão.

– Pois é, Toninho, estamos sabendo desse seu amor "caliente" por essa polaquinha! – disse Mirtes.

Ao que Renata retrucou:

– Tô doida pra conhecer essa menina. Deve ser muito especial, para ter te cativado dessa maneira!

– Pois é, Renata, como você é prima, ficaria muito incestuosa essa nossa paixão, aí resolvi me apaixonar por outra!

Ela riu um bocado e retrucou:

– Que nada, Toninho, ela que não abra o olho que eu pego você pra mim!

Rimos e nos demos um longo abraço apertado. Depois de longos papos e descrições minuciosas da Alemanha e arredores, tomamos um café com bolo, já que eu tinha perdido o almoço devido à soneca de 4 horas. Depois, fiz questão de levá-las até a casa delas na Tijuca, pois Tia Mirtes não dirigia, e elas teriam que novamente pegar um taxi. Foi bom, pois continuamos o nosso papo animado no carro. Claro que minha mãe foi junto. Imagina se ela perderia algum detalhe de uma possível fofoca! Na volta, minha mãe se virou e falou:

– Toninho, obrigado pelo que você está fazendo por elas. Mirtes está nas nuvens com esse apoio que você está dando, e Renata está se sentindo muito mais segura também. Você é um anjo, meu filho!

– Mãe, somos uma família pequena e unida. Nada mais natural. Acho que se os papéis fossem trocados, elas fariam o mesmo por nós. Adoro elas, e dinheiro não nos falta. Se eu puder fazer com que Renata decole e se transforme em uma mulher superpoderosa nos moldes da Stefi, então é isso que farei. Aliás, depois quero falar contigo dos meus planos futuros, ok?

– Não vai me dizer que está pensando em casar com a Stephanie? Ela ainda é muito novinha!

– Não, mãe, casar não, mas como estou pensando em me mudar para o apartamento do Leblon que fica pronto agora, pensamos em ela e a irmã, Karin, mudarem-se para o apartamento do Felipe. Assim, ficamos perto e com independência. O que você acha?

– Hum, deixa eu refletir um pouco. Quer dizer que você quer realmente me abandonar a própria sorte, é isso?

– Para de drama, mãe. Você sabia que eu iria para aquele apartamento assim que ficasse pronto! O Felipe vai continuar contigo até terminar o colégio, depois disso, ele decide o que fazer. Tá na hora de termos a nossa autonomia, e você a sua também. Aliás, assim que a contabilidade e um bom fluxo de caixa forem estabelecidos, vocês poderiam se mudar para outro lugar, tipo dois apartamentos lado a lado nos moldes dos do Leblon!

– Calma que ainda estou digerindo essa primeira novidade. Além do mais, eu gosto da nossa casa. Me sinto segura lá!

– Foi só uma ideia.

– Uma coisa de cada vez, senão você mata sua mãe!

Chegamos em casa, deixei ela sair do carro e fui estacionar na vaga que tinha alugado no prédio ao lado da vila. No dia seguinte, fui checar como andavam as obras dos apartamentos e, para minha surpresa, já não tinha mais os tapumes. O que encontrei foi um estande de vendas para comercialização de unidades já prontas. Subi até os meus apartamentos e, ao entrar, fiquei encantado. Estavam lindos demais! Imediatamente, fui até a sede da construtora saber se já tinha o habite-se. Tive uma resposta positiva e recebi as chaves e a escritura provisória, até a quitação dos imóveis. Tive que pagar as últimas "intermediárias", que eram prestações pesadas que aconteciam de temos em tempos, mas que, no meu caso, se reduziram a uma só, visto o pequeno tempo do financiamento contratado e do montante alto da entrada. Saí de lá todo feliz, passei direto na casa da Stefi e busquei-a para podermos lamber nossa cria. Estava tudo dando certo, e estaríamos mudando para os apartamentos em muito pouco tempo! Ficamos planejando cada detalhe do meu apê, e esperaríamos Karin, para juntos planejarmos o delas. Em menos de duas semanas, o meu apartamento estava nos "trinques" e pronto para que eu mudasse para lá. Levamos os pais da Stefi para conhecer. Claro que ficaram boquiabertos, pois coloquei lá dentro o que tinha de melhor. Estava tipo casa de revista. A maioria dos detalhes tinha sido escolhida por Stefi, que, por sinal, tinha um baita bom gosto e era extremamente detalhista. Minha mãe também adorou e se encarregou dos detalhes de cozinha, inclusive de encher a geladeira para que o filhinho não passasse necessidades. Meu irmão achou bacana, mas falou que ainda preferia a casa da vila. Achava que era mais a cara dele e que a vida dele estava toda por lá. Sabia que isso em breve mudaria, quando a primeira namorada exigisse mais tempo de intimidades.

Casa nova, vida nova

Mudei-me logo em seguida, o que foi fácil, pois não tinha muitas coisas para arrumar. Tudo coube em poucas caixas e três grandes malas. Quando estava saindo de casa com o carro abarrotado, parecia que estava indo para a guerra. Minha mãe chorava, das lágrimas escorrerem pela face. Quem visse a cena, acharia que se tratava de um velório. Falei então a frase certa:

– Mãe, por que você não vem comigo para poder ajudar a arrumar as coisas? Você sabe que sem você não consigo arrumar nada, né?!

Na mesma hora, as lágrimas cessaram e imediatamente ela mudou a cara e disse:

– Peraí, que eu já volto para resolvermos essa questão.

Pronto, a alegria voltou a reinar, e ela se deliciou com a possibilidade de arrumar minhas coisas do jeito dela. Stephanie também estava lá, mas deixou que minha mãe fizesse o papel de mãe. Depois de tudo arrumado, saímos os três para tomarmos um sorvete na praia e depois levamos minha mãe, agora feliz e contente, para casa.

Quando voltamos e entramos na garagem, veio aquela sensação de fim de festa de casamento, quando os noivos, finalmente exaustos, chegam para a lua de mel. Subimos, e eu abri a porta, mas antes de entrar, peguei Stefi no colo e entramos assim pela sala adentro. Ela desatou a chorar de emoção.

– Que coisa mais linda, meu amor. Você não cansa de me surpreender!

E eu a carreguei até o quarto e a coloquei gentilmente sobre a cama. Começava aí a nossa nova fase de vida. Ela ligou para casa e avisou que dormiria lá comigo. O que não causou espanto aos pais. Quando acordei no dia seguinte, Stefi não estava mais na cama. Senti aquele cheiro típico de café e fui checar a cozinha. Lá estava ela, arrumando a mesa da copa com um capricho danado e com todas as coisas gostosas para um belíssimo café da manhã.

– Tá gostando de brincar de casinha?

– Adorando ser a Barbie e você o Ken!

E me abraçou e me tascou um beijo apaixonado de bom dia. Quando estávamos sentados tomando nosso primeiro "Breakfast" na nova casa, eu disse:

– Acho que eu vou ter um problema.

– Qual, meu amor?

– Como é que eu vou conseguir carregar aquele monstro da sua irmã para dentro? Vou precisar chamar ajuda!

Ela começou a tossir e a engasgar em meio a uma gargalhada de boca cheia, e eu tive que acudir a menina que estava ficando vermelha. Bati nas costas, e ela, aos poucos, foi voltando ao normal. Continuou na gargalhada desenfreada e disse:

– Tá querendo me matar, oh cabra desgraçado! – e mais gargalhada.

Só foi se acalmar quase cinco minutos depois.

– Estou imaginando a cena de você tentando carregar aquela criatura enorme porta adentro. – Mais uma sessão de risadas.

– Só você mesmo para pensar uma coisa dessas.

Ela estava agora bem rosada e exibia o sorriso típico da sua irmã. Aliás, estavam ficando cada vez mais parecidas, inclusive de corpo. Nesse pouco tempo que estávamos juntos, ela tinha se desenvolvido e ganhado corpo e curvas preocupantemente lindas! Tinha crescido um pouco também, mas isso era quase imperceptível. Estava agora com algo em torno de 1m68, que, para uma mulher, é bem significativo, mas longe dos 1m80 de Karin.

Eu também tinha crescido um tanto e estava chegando à altura que eu lembrava ter, algo entre 1m84 e 1m85. Estava bem mais encorpado devido à malhação e aos treinos quase diários. Stefi começou a malhar comigo, e isso fazia a nossa rotina ter uma parte de cumplicidade esportiva. Estava certo que Karin entraria também nesse esquema, para delírio dos malhadores da academia. Karin chegou logo na semana seguinte.

Fomos buscá-la no aeroporto, Stefi e eu. Falamos para Sra. Corinna que precisaríamos do espaço do carro, já que Karin estaria trazendo meia Alemanha dentro das malas. Ela concordou. Quando finalmente saiu do saguão da imigração e nós nos vimos, quase que ao mesmo tempo, começamos a chorar e nos abraçamos, formando um só ser. Foi uma felicidade que não cabia dentro de nós. Nos beijamos e acariciamos, como se não nos víssemos há anos.

- Finalmente juntos de novo! – disse Karin.

– Vida nova e eletrizante! – disse eu.

– Somos três em um só, que loucura! – disse Stefi.

Seguimos num papo animado até a casa dos pais dela. Expliquei que agora seria com elas a decoração e a mudança, e que elas teriam carta branca para fazer o que bem quisessem. Deixei as duas na casa e fui cuidar da vida. Afinal, tinha uma corretora para inaugurar.

Já tinha tido aquela conversa anteriormente combinada com o Sr. Max, e ele tinha falado estar disponível dentro de um mês, sendo que, nesse meio tempo, um contador de sua confiança estaria me orientando no trâmite de abertura da firma. Perguntou como seria a formação da equipe dele, e eu dei carta branca para ele montar, tanto a equipe como a organização física da corretora. A única exigência que fiz foi que, se tivéssemos alguns clientes, que primeiro passassem pela minha aprovação pessoal. Eu também queria prestações de contas semanais e reuniões de olho no olho com todos os funcionários presentes. Sabia da importância de existir um "Cabeça" com poderes de vida e morte. Isso costumava funcionar na máfia, então acho que na nossa empresa também poderia ser assim. Excesso de democracia no trabalho leva à tentação e ao descuido. O acerto financeiro foi fácil, e seria extremamente vantajoso para ele. Eu faria daquele homem um milionário em muito pouco tempo! Naquele momento, já o considerava como amigo e sogro, pois não tinha a menor intenção de sair daquela família maravilhosa. Pelo que eu lembrava, 1975 não tinha tido nada de tão importante acontecendo no Brasil. Lembrava do título do Fluminense como campeão carioca, do Inter como Campeão brasileiro e do São Paulo como campeão paulista. Isso por eu ter sido, na outra vida, fã inconteste de futebol. Agora que teria que viver tudo novamente, já não ligava mais para o jogo. Sabia no que o futebol iria se transformar e como as corporações agiriam dentro da FIFA e dentro das confederações brasileiras. No máximo, usaria meus conhecimentos para ganhar dinheiro rápido ou ajudar algum amigo a fazê-lo. Niki Lauda seria campeão da F1 naquele ano. Wladimir Herzog seria executado dentro de uma cela de prisão. Achei melhor não interferir nessa questão, para não mudar o curso da história. Fatos relevantes assim, com certeza, teriam um "efeito borboleta" capaz de alterar os rumos do que estava por vir.

Terminava, finalmente também, a guerra do Vietnam! Pela primeira vez, astronautas americanos e soviéticos se encontrariam em pleno espaço. Eu usava essas memórias, não para faturar alguns trocados, mas para ganhar credibilidade junto às meninas e à família. Quanto mais estivessem seguros de que eu não estava viajando na imaginação, mais coesos e harmônicos ficaríamos. Não queria ser um guru, mas sim um porto seguro que indicaria possíveis mudanças catastróficas no rumo de nossas vidas. Voltei para a minha casa, agora no Leblon, e encontrei as meninas a mil. Quando me viram, pararam tudo que faziam e vieram me abraçar e beijar. Como era bom ser amado daquela forma! Acho que tinha encontrado a fórmula da felicidade conjugal. Afinal, monogamia nada mais é do que uma convenção social, e a nossa relação era fruto de uma decisão coletiva, sem imposição ou ascendência de nenhuma das partes. Sabia que o número 3 era sempre complicado, por ser difícil de dividir. Mas isso significava não uma impossibilidade, mas uma constante negociação entre as partes, o que eu achava muito positivo. Elas foram me puxando para eu ver o que tinham comprado e o que estavam planejando. Já tinham comprado a maioria dos móveis, todos de belíssimo design e que seriam entregues ainda naquele dia. Fiquei bobo como aquelas duas tinham conseguido, em um dia apenas, resolver quase tudo, desde enxoval de roupas de cama, mesa e banho, assim como móveis e objetos de decoração. Já tinham inclusive conseguido uma linha telefônica com a avó delas, pois essa tinha muitas, que alugava muito bem alugadas! Nessa época, linhas telefônicas eram negociadas a preço de ouro, e aluguéis de linha eram um excelente negócio, principalmente por não terem que obedecer a severa lei do inquilinato. Essa lei absurda tornava o aluguel de imóveis quase impraticável. O proprietário praticamente perdia a posse do imóvel após alguns anos de locação. Um absurdo jurídico que foi mais tarde corrigido e aperfeiçoado, tornando mais justas essas relações de consumo.

– Hoje ainda vou ter que dormir na casa dos meus pais, mas amanhã... me aguarde!

Elas pararam um tempo para sentarmos e tomarmos um café juntos.

– Previsão de quando ocorrerá a mudança, senhoritas?

– Assim que os móveis chegarem. Acho que, no máximo, daqui a três dias – disse Stephanie, que ficava mais bonita a cada dia e já começava a ameaçar a posição de "Deusa" da irmã. Logo depois do delicioso café e muitos chamegos, deixei-as nas tarefas que estavam executando e fui para a academia, malhar. Estava um dia lindo e, depois da malhação, liguei da academia para minha casa para ver se elas ainda estavam por lá. Stefi atendeu e eu perguntei se elas não estariam com vontade de tomar um banho de cachoeira. Imediatamente Stefi se virou pra perguntar para a irmã e logo o coral foi uníssono em um glorioso "SIM". Voltei para casa, pois estava a pé e todo suado, tomei uma ducha rápida, botei um calção de banho e, quando olhei, estavam as duas já de biquíni atrás de mim. Que visão!

– Estão prontas?

– Claro. É só colocarmos uns shorts e blusas que prontas estamos. – disse Karin, aquela mulherona loira com um corpo escultural. Tinha voltado a sua forma usual depois que a deixamos sozinha na Alemanha. Estava realmente um mulheraço!

Eu conhecia cada cachoeira escondida nas matas do horto e todas as trilhas e atalhos para lá chegarmos a elas. Pedi para as duas colocarem um tênis. Peguei uma mochila e coloquei algumas garrafas de água mineral, toalha e um "treisoitão" do meu falecido pai. Eu tinha porte de armas, graças à condição de oficial do exército, mas não gostava de andar armado. No entanto, nessa situação atual, com duas Deusas à tiracolo e vagando no meio do mato, aquilo era uma necessidade! O Rio ainda não tinha a característica de cidade sitiada, mas já se ouvia falar de dramas e violências típicas de uma cidade do seu tamanho. Partimos para o horto e começamos a subir a estrada que leva à vista chinesa. Menos de dois ou três quilômetros de subida, eu estacionei o carro na beira da estrada para seguirmos por uma trilhazinha que desemboca em um pequeno lago com uma linda cachoeira como pano de fundo. Quando as meninas viram aquilo ficaram boquiabertas. Éramos as únicas pessoas no local e tínhamos aquele lugar paradisíaco só para nós.

– Que lugar é esse, Toninho! Que coisa mais linda! Nunca imaginei que aqui na Zona Sul pudesse ter uma maravilha dessas! – Disse Stefi.

Karin sequer conseguia falar alguma coisa. Ela só veio na minha direção, agarrou-me e me deu um beijo daqueles apaixonados, cheios de significado. Stefi realmente não sentia ciúmes da irmã e achava aquelas demonstrações de carinho supernormais. Fomos até mais perto da cachoeira e nos lançamos para dentro da água gelada. O dia estava quente e aquele banho veio a revigorar nossos ânimos. Ficamos por ali, nadando e nos enganchando por debaixo d'água, em um frenesi realmente excitante. Parecíamos botos no cio. Claro que eu não tirava o olho da trilha e mantinha a mochila perto o suficiente para uma rápida reação. Mesmo assim, foi o melhor banho de cachoeira que eu podia lembrar dessa ou de outra vida qualquer. As meninas eram um êxtase só, e eu podia sentir que estavam nas nuvens. Eu, apesar da tensão do perigo iminente, também curtia cada segundo daquele paraíso.

Ficamos por lá bem uma hora, curtindo aquele lugar. Como já estava começando a entardecer, achei melhor nos retirarmos e voltarmos para casa. Chegamos em casa ainda sob o impacto daquele Nirvana. Estávamos com as emoções à flor da pele, e as energias renovadas.

Levei as duas para a casa dos pais e subi para falar eles. Contei para Max (retirei o senhorio, já que agora trabalhávamos junto), dos avanços e dificuldades que estávamos experimentando na abertura da firma. Ele disse que isso era assim mesmo mas que em breve tudo estaria acertado. Falou que tinha escolhido bons colaboradores e que faríamos uma reunião para ver se eu os aprovava. Concordei e marcamos uma reunião na casa dele dentro de dois dias. Jantei com eles e depois, "mui dissimuladamente", dei um beijo na Karin em seu quarto e um beijo de despedida de namorados em Stephanie, na porta da sala.

Vida de casados

Os dias passaram rápidos e, quando vi, as meninas estavam chegando com a mudança. Arruma daqui, arruma de lá, com a mãe delas dando a maior força e, no final da tarde, estava tudo em seus devidos lugares. D. Corinna foi embora para sua casa deixando as duas beldades instaladas no novo lar. Bati na porta e apareci com uma bela garrafa de Champanhe para comemorarmos a mudança e o começo de uma nova etapa na vida de todos. Imediatamente, elas apareceram com taças lindas de cristal, recém-desembaladas, e brindamos.

– Que essa nova etapa nas nossas vidas seja cheia de amor, compreensão e, principalmente, respeito mútuo. Sei que triângulos amorosos costumam ter uma vida relativamente curta, mas eu estou apostando que iremos quebrar essa regra, até por vocês serem irmãs. O que proponho hoje é que tenhamos, digamos de seis em seis meses uma conversa honesta, de olhos nos olhos, quando seremos implacáveis e manifestaremos nossas vontades de ficarmos ou sairmos dessa relação. Eu sou o elo mais fraco desse triângulo, pois tenho o coração partido ao meio. Cabe a vocês decidirem se querem ou não me manter como parte do amor de vocês, que sei que sempre existirá, independente de uma terceira pessoa. Coloco hoje minha vida nas mãos de vocês, para que possam dispor como quiserem. Quero ser parte dos sonhos de vocês, nunca um problema. Peço que, se uma de vocês duas achar que não sirvo mais como companheiro, que seja absolutamente honesta e implacável comigo. Entenderei e me afastarei sem causar nenhum problema. Quero viver essa energia e cumplicidade maravilhosa que existe entre nós três, pelo tempo que ela existir e nem um dia a mais. Eu tenho certeza de que teremos que nos organizar para que essa estória possa funcionar e fazer os três felizes. Amo vocês como nunca pensei ser capaz de amar alguém, especialmente no plural. Quando olho para vocês duas, vejo apenas duas metades de uma única mulher. Quero poder ser digno do amor de vocês e tudo farei para que essa nossa loucura tenha vida longa. Saúde, meus amores!

– Toninho, meu anjo da guarda! Eu sou hoje fruto do seu imenso amor e também não sei como seria a minha vida sem vocês dois. Estou adorando embarcar nessa aventura de ser feliz. Se vocês me quiserem para sempre, para sempre estaremos juntos. E se, por ventura, o amor acabar, ou o vento mudar de direção, o que eu acho improvável, que seja assim, sem traumas! Só estou voltando a ser inteira por sua causa, meu amor! Duvido que eu queira abrir mão disso por uma outra aventura. Tive desencantos demais em tão pouco tempo de vida. Agora quero viver intensamente junto de vocês, e que se danem as aparências e os falatórios! Por mim, cuidarei de você, da Stefi e de nós, para sempre!

– Pois é... eu sei que sou a mais novinha e a menos experiente, mas posso garantir, que nesse exato momento me sinto abençoada por ter ao meu lado as duas pessoas que me completam e me nutrem de amor. Não vejo nada do que fazemos como obsceno ou imoral. Nunca, nem nos meus sonhos mais loucos, eu podia imaginar encontrar um amor tão completo e inteiro como com você, Toninho. Quero estar contigo pro que der e vier. Saber que a minha querida irmã ama você do mesmo jeito que eu, me enche de certeza de que você é o cara certo nas nossas vidas. Esperamos ser as mulheres certas na sua vida também. O que nos une é bem forte e acho que é eterno!

Nos abraçamos e ficamos curtindo aquele momento de catarse. Sentamos na varanda superbem decorada, com sofás, poltronas e plantas penduradas. Ficamos lá bebendo o nosso Champanhe até o sol desaparecer, a preguiça chegar e o chamego chamar um após o outro para mais perto de si. Decidimos que teríamos inaugurações separadas de cada quarto das duas casas, começando pelo de Karin. Precisávamos organizar a vida de casal, pois três requer uma organização rígida. Ficamos de conversar sobre isso no dia seguinte. Aquele era um dia de festa, de muita festa!

Começamos a levar vidas de casados, com compras em supermercados, feiras, passeios e muita intimidade. Tínhamos pouquíssima idade e muita energia acumulada para gastar. Estávamos vivendo o êxtase ao seu extremo. Organizamos nossa vida íntima em dias exclusivos e dias livres, onde faríamos o que desse vontade, sempre consultando as outras partes, é claro. Não víamos nada nem ninguém, só o nosso triângulo. Voltar para casa era sempre um prazer. Dificilmente a casa estava vazia e tinha sempre alguém carente precisando de um colo, ombro amigo ou sexo, é claro. Saíamos muito para bares, cinemas e caminhadas noturnas no calçadão. Quando um de nós estava com algum problema, ou no caso das meninas, a maldita TPM, sempre tinha um olhar cuidador e amigo por perto. Não me lembro de termos sequer discutido ou falado qualquer palavra ríspida entre nós. Descobrimos como respeitar o silêncio e o momento Zen de cada um, e o recolhimento voluntário era quase um exercício de privacidade obrigatório. Jamais entrei na casa delas sem pedir permissão, ao que elas riam e mandavam que eu fosse à merda, rindo muito, é claro. Eu, por minha vez, já gostava que elas viessem me surpreender de mansinho e sem dizer nada. Simplesmente entrassem debaixo dos lençóis e se aconchegassem sem pedir licença alguma. Só de sentir que uma delas estava se chegando ao meu lado, me enchia de paz e serenidade, e o sono ficava bem mais leve. Quando era dia de tempestade, eu podia contar até dez, que uma após a outra se aninhavam na minha cama bem pertinho com medo dos raios. Era uma sensação de conforto constante que rolava naquele ambiente, e nós nem gostávamos de receber pessoas para não quebrar aquele nosso clima de ninho. Os pais delas ou não notaram ou não se incomodaram com o que estaria rolando ali. Vez por outra, a mãe e, raras vezes, o Pai, apareciam. Sempre avisando antes, como manda a rigidez germânica, para tomar um café ou para participar de um jantar que as meninas faziam muito bem. Minha mãe raramente aparecia e, se vinha, era só pra trazer umas frutas e ver se a casa do filho estava organizada. Ela também não fazia ideia do que estava rolando. Meu irmão aparecia bem mais, principalmente quando ia pra praia e deixava a bicicleta na garagem. As meninas adoravam o Felipe e faziam questão que ele saísse conosco. Mas Felipe tinha a turma dele e outros interesses, naquele tempo. Só quando ele passou a ter uma namorada firme, passamos a nos frequentar mais. Quando eu achei que ele já tinha maturidade suficiente para entender a situação, contei a estória toda pra ele, que sequer se espantou.

– Porra, você é meu herói mesmo! Não só uma, mas duas gatas apaixonadas por você, e irmãs, ainda por cima, que te compartilham sem problemas? Tá doido! Meu ídolo cara, meu ídolo!

Ajustes de rumo

Já estávamos em meados de 1976, Stephanie estava cursando a 3ª série do 2º grau e Karin estava na Universidade, dando continuidade aos estudos de Economia. Quando não estava na Universidade, ela fazia um estágio na corretora, que aliás, estava indo de vento em popa. Meus conhecimentos sobre as empresas que tinham potencial atraía mais clientes do que eu gostaria, e mesmo eu cobrando taxas exorbitantes sobre as aplicações financeiras de terceiros, os clientes continuavam a nos procurar e a implorar que aplicássemos seu dinheiro. Errávamos muito pouco, e isso correu o mercado. As minhas posições eram basicamente no exterior em empresas que eu sabia que iam arrebentar em alguns anos. Mandava os corretores fazerem as pesquisas de quais empresas estavam entrando no mercado e, dependendo, eu comprava muitas cotas. Eu não estava rico, eu estava preparando o terreno para ficar bilionário numa época em que a referência era o milhão! Todos na firma trabalhavam bem e com afinco, mas eu não perdoava impulsos sem embasamento. Mandei alguns colaboradores embora, por terem desrespeitado essa norma. A regra era clara: não trabalhar no impulso! Perguntar-me antes e decidirmos juntos. Até Max piava fino perto de mim. Afinal, esse era o combinado. Todos ganhavam bem, mas tudo seria da minha maneira ou não seria! Karin ficou meio assustada quando assistiu à primeira reunião semanal. Na volta para casa, ela ficou muda e eu, sentindo o clima, perguntei:

– Me achou brabo, foi?

– Não te reconheci, Toninho!

– Tem que ser assim. Todos têm que saber que a estabilidade depende de eficiência. Não cobro produtividade nem valorizo captação de clientes, até por não ser esse o foco da empresa, deixo todos à vontade para pesquisarem com calma o mercado. Só não perdoo negligência nem arroubo. Em breve, essa empresa vai estar inteiramente na responsabilidade do seu pai, que, aliás, vai ficar rico pra cacete! Quero poder me dedicar à vida e a conhecer o mundo. Se tudo for como planejado, estarei insanamente rico na década de 80/90. Mas não é isso que me move. Quero é poder viver, pois como já falei antes, tempo não é negociável, só anda em uma única direção. A não ser, é claro , quando você reencarna e tem que viver tudo novamente!

– Entendi, Toninho. Isso é um adestramento para que as coisas andem na sua ausência?

– Mais ou menos isso. Mesmo de longe, vou ficar monitorando, pois a tecnologia que está vindo por aí vai propiciar isso. O mundo vai ficar muito pequeno e as notícias serão instantâneas. A telefonia móvel não tardará a chegar e, com isso, os negócios serão em tempo real e muito mais ágeis. Quem não se adequar a isso estará fora do mercado, my dear!

– Caramba, parece estimulante do jeito que você coloca as coisas. Quero poder participar disso tudo!

– E vai. A propósito, você está gostando da faculdade?

– Pra dizer a verdade, não. Acho que os números não são realmente a minha paixão. Me sinto meio que perdida. Será que eu não sirvo pra nada?

– Calma. Eu acho que faculdade deve ser feita por quem gosta de estudar e é ligado em algum tema específico. Na outra vida, fui arquiteto e gostava de determinadas áreas da arquitetura. Fiz mestrado e acabei trabalhando em uma repartição pública, nada desafiadora e contando os dias para a aposentadoria. Jurei que dessa vez seria diferente. Eu tiraria a necessidade de ganhar dinheiro dessa equação. Foi o que fiz. Estou preparando o terreno para realizar meu sonho de ser um cidadão do mundo, mas com dinheiro suficiente para poder fazer tudo o que quiser, quando e onde quiser do lado de quem eu quiser estar. Você gostaria de entrar nesse meu sonho?

– Claro que sim! Vou com você morar e viver onde você quiser. Quero viver essa vida ao seu lado. Tô dentro! Mas e Stefi, você já falou sobre isso com ela?

– Não assim, especificamente. Ela conhece meu desejo, mas não imagina ser um plano concreto. Estou, na realidade, esperando ela sair do colégio para fazer essa proposta.

– Negativo! Vamos falar com ela hoje mesmo. Adorei esses seus planos. Acho que é isso que eu quero também! Mais uma vez, você guiando a minha vida. Te amo, Toninho!

– Não fala assim que eu fico louco pra te agarrar!

– Acelera aí pra chegarmos logo em casa. Tô precisando fazer maldades com você!

Chegamos em casa e subimos às pressas. Stefi ainda não tinha voltada e tivemos a casa só para nós dois. Depois que Stefi chegou do curso, sentamos e expomos os nossos planos para ela.

– Vocês vão me deixar aqui? – E os olhos dela se encheram de lágrimas.

– Não! Isso nunca, meu amor. Tá louca? Você é um pedaço de mim. Os planos são para depois da sua formatura. Isso se você não tiver outros planos, é claro!

– Ah, bem! Por um momento, me senti abandonada! Tenho planos não. Na realidade, não queria mesmo fazer faculdade, só continuar os estudos de línguas. Aliás, precisamos voltar para o francês, Toninho! Karin bem que podia se juntar a nós!

– Meu francês é bem basicão, mas dá pro gasto. De qualquer forma, acompanho vocês pra fazer esse curso. Amanhã, tranco a matrícula da faculdade. Graças a você, Toninho, ganhei um novo objetivo. Tava achando que a faculdade ia se tornar meu calvário!

– Ok. O curso de línguas começará aqui e, no ano que vêm, depois da formatura da D. Stephanie, nos mandamos para algum país francofônico da escolha das senhoritas para fazermos cursos intensivos e nos tornarmos fluentes na língua. O que vocês acham?

– Genial, paixão! Vou amar morar fora daqui. Karin já o fez, mas agora é em boa companhia! – exclamou Stefi, eufórica.

– Vai ser o máximo, meus amores. Vai ser uma experiência supernova para mim. Afinal, na Alemanha, eu estava na casa da Tia Gisela e com uma cabeça bem fodida! – disse Karin.

– Lá, decidiremos quanto tempo vamos ficar fora. Se gostarmos, ficamos. Se não gostarmos, partimos. Igual no Túnel do Tempo! – disse eu, fazendo alusão a um seriado de TV da época.

Rimos e começamos a preparar o jantar.

O problema de um relacionamento a três é que, dificilmente, se tem um momento entre "casal", sem ficar a preocupação de deixar o terceiro excluído. Precisávamos pensar em um jeito de resolver esse problema. Quando estávamos à mesa, jantando, levantei o assunto e perguntei como elas se sentiam a respeito. A primeira a se manifestar foi Stefi, que disse:

– Realmente, às vezes, sinto falta de ter você só para mim. Eu só sinto falta daqueles momentos onde só a sua e a minha respirações estão sendo alteradas, entende? Olhos nos olhos e o silêncio.

– Entendo o que você quer dizer, Stefi. Eu sequer tive esses momentos ainda. Nunca tive ele só para mim, assim, totalmente meu. Gostaria disso sim.

– O que vocês sugerem? Escalas ou coisa parecida? – perguntei eu.

– Podemos começar com um dia exclusivo por semana, o que você acha, Toninho? – perguntou Stefi.

– Tudo bem, acho importante desenvolvermos códigos próprios. Nunca tinha me tocado que eu e Karin ainda não tínhamos tido o tempo de namorarmos, como qualquer casal normal. Realmente, essa intimidade de casal faz falta. Só sei que vai ser estranho não ter uma de vocês por perto. Mas, podemos tentar um dia na semana de tempo privê, que tal?. Quem quer começar a escolher seu dia?

– Eu gostaria que meu dia fosse terças feiras – disse Karin.

– Algum motivo especial na terça? – perguntei.

– Segunda é depois do fim de semana e, normalmente, nossos fins de semanas são intensos, né?

– E você, Stefi, querida?

– Quinta me parece bom. Mas tem um detalhe...

– Qual detalhe, meu amor?

– Se tiver raios, a outra pode vir correndo para perto de você, ok?

– Karin?

– Por mim, tá valendo, morro de medo de raio, e mesmo que vocês estejam no maior "Love", eu fico quietinha no canto da cama.

– Bem, hoje é terça. Você quer ser minha amante particular hoje, D. Karin?

– Faço questão disso, Toninho! Hoje você é só meu. Desculpe, maninha, mas estou precisando disso."

– Sem problemas! Tá valendo à partir de hoje. Quinta eu vou à forra!

– OK. Vamos ao cinema e depois um chopp sozinhos então, Karin

– Perfeito. Deixa eu me arrumar pra sairmos por volta das 7h30, ok?

– Ok.

Dei um abraço bem apertado em Stephanie, que retribuiu com um beijo ardente.

– Divirtam-se e não sejam bonzinhos! Hoje vou tirar a noite para acabar de ler meu livro, que está superinteressante – disse Stefi, com aquele olhar safado e um sorriso sarcástico nos lábios.

A verdade é que eu estava dividido entre ter meu momento especial e privado com Karin e a sensação de estar deixando Stefi de lado. Ia ter que me acostumar com essa nova situação. Quem disse que cachorro velho não aprende truque novo? Eu era a prova viva disso. Estava em um constante estado de aprendizado. Vida nova, novas experiências, essa é a regra.

De tudo que eu já havia vivido na outra vida, nada foi tão intenso e verdadeiro como essa relação com as meninas. Estava com o espírito desarmado e receptivo a essa nova vida. Se tivesse que acabar um dia, que não fosse agora. Agora era a hora de curtir, pois, como eu sabia, a vida passava em um piscar de olhos, e ficar preso a dogmas e regras rígidas seria uma enorme perda de tempo. Vive La Vie, monsieur!

Às 19hs Karin adentrou meu apê. Cheguei a levar um susto. Era a criatura mais exuberante e linda que eu já tinha visto. Trajava um vestido simples, com um decote provocante nas costas, que deixavam as suas curvas ainda mais acentuadas. Estava levemente maquiada, realçando os seus olhos de um azul quase transparente. Simplesmente estonteante. Estava com sapatos com um pequeno salto, que a deixava ainda mais vistosa e imponente. Quase desisti de sair, para ficar com ela ali mesmo, na maior safadeza. Segurei a onda e, depois de elogiá-la efusivamente, saímos e fomos ter o nosso primeiro encontro a dois. Foi uma noite sensacional. Primeiro, o chamego no cinema e depois a conversa franca e descontraída na mesa do bar. Todos os homens e mulheres, invariavelmente, olhavam para aquela mulher. Também não tinham como não olhar. Ela estava linda demais, e a naturalidade como ela se portava naquela situação me deixava superseguro.

Quando um rapaz ficou olhando insistentemente para ela, ela me olhou no fundo dos olhos e o cara entendeu tudo. Ela era minha mulher e ponto! Naquele momento, éramos só eu e ela e um amor louco. Cada segundo daquela noite valia, e nós não perdemos nenhum! Realmente, existem intimidades que só conseguem ser realizadas a dois. Karin me fez ver isso.. .e como!

Na manhã seguinte, acordamos e chamamos Stephi para tomar o café conosco. Ela reagiu bem à noite anterior e não parecia estar enciumada. Me deu um baita beijo e só. Nada perguntou. Na noite de quarta, ficamos os três juntos em casa e na quinta foi a vez de Stefi ter a noite dela.

Karin se recolheu cedo e nos deixou sozinhos na minha casa. Olhamos um para o outro e quase ao mesmo tempo dissemos: "tô com saudades de você!" Abracei forte aquela mulher e não larguei dela até o dia seguinte. Saímos também, mas logo deu vontade de voltar para casa. Ela também estabeleceu novos códigos e maneiras de nos relacionarmos. Ela, de menina, não tinha mais nada. Era uma mulher linda e igualmente exuberante. Não era uma potranca como Karin, mas uma beleza mais delicada e sutil. Quando se começava a observar os detalhes, é que a sua beleza se fazia sentir. Traços perfeitos em um rosto lindo e delicado. Olhos de um azul forte, quase verde, e um cabelo loiro mais escuro, lindo e cacheado. As duas eram bem diferentes, mas, se prestasse bem atenção, podiam-se ver as sutis semelhanças. Foi uma noite superespecial e descobrimos que esse dia de intimidade era absolutamente necessário. O engraçado é que eu sentia a mesma paixão louca pelas duas, e elas por mim. No entanto, na intimidade, tínhamos nuances ainda mais fortes e totalmente diferentes, entre nós. Era a hora das preferências serem colocadas em prática e das brincadeiras próprias e secretas de casais aflorarem. Cada uma tinha um código de conduta e uma forma especial de amar. Intimidade total, só existe realmente entre dois, nunca três! O esquema que havíamos adotado estava funcionando bem até então e seria mantido como padrão.

Novos ajustes de rota

O tempo foi passando, e nós fomos cumprindo nossa rotina de malhação e francês, e Stefi, sua rotina de final de colégio. Nos finais de semana, pegávamos o carro e viajávamos para qualquer lugar que achássemos exótico e desse para voltar na segunda-feira. Certamente, os pais delas já desconfiavam que rolava alguma coisa entre nós três. Não era normal um casal ter a sombra da irmã grudada o tempo todo, tampouco uma mulher linda como Karin, que tinha sido superdevoradora de homens, estar sem namorado esse tempo todo.

Um dia, a mãe dela chegou e nos chamou para conversar.

– Vocês estão todos vivendo juntos?

– Sim – respondeu Karin. – Nós três formamos o que se poderia chamar de uma relação moderna, mãe!

– Como assim, Stephi? – perguntou, se voltando para a outra filha. – Você está dividindo o seu namorado com sua irmã?

– Não é bem assim, mãe. Descobrimos que gostamos de estar juntos os três e que não conseguimos viver um sem o outro. Nós três somos parte de um mesmo todo, que separado, não funcionaria tão bem. Karin renasceu dentro dessa relação e tornou-se um mulher inteira, coisa que ela não era anteriormente. E eu aprendi que sou mais feliz com eles dois perto de mim, pois sentimos um amor enorme uns pelos outros. Parece louco, mas é verdade.

– E você, Toninho, o que me diz disso?

– Veja bem, Sra. Corinna. Quando fomos a Alemanha, fomos para ajudar Karin a se reconectar com Stefi e a família. Com o passar do tempo, vimos que existia um amor muito grande entre nós e que, separados, éramos um casal e uma irmã, apenas. Juntos, somos invencíveis. O que existe entre nós é um código de respeito e harmonia, dentro do qual os conflitos não entram. Acho que é difícil de se entender esse triangulo amoroso. Só posso dizer que existe respeito, admiração e um profundo amor entre nós três. Hoje, eu diria que, se nos separarmos, cada um vai sentir a falta de dois pedaços seus.

– Preciso digerir isso melhor. Muito moderno para a minha cabeça! – disse a Sra. Corinna.

– Mãe, nós já estamos juntos nesse triangulo há quase um ano, sem conflitos, ciúmes ou qualquer tipo de problemas. Tentamos nos manter fora do radar para evitar constrangimentos. Mas é inegável que somos felizes de verdade! Se fossemos seguir as regras sociais, seríamos mais um casal de hipócritas que está junto por conveniências, com cada um levando uma vida paralela, até que nenhum dos dois se reconheça mais no outro e nem sequer saiba o porquê de ainda estarem juntos – disse Stephanie com toda a propriedade.

Acho que aquilo bateu forte na Sra. Corinna, pois ela nada mais falou, apenas baixou a cabeça e ficou bebendo o café que Karin tinha lhe servido. Acho que Stephi meio que mandou um recado para que a mãe cuidasse da relação dela, ao invés de se preocupar com a nossa. Depois, D. Corinna se levantou, nos abraçou um a um, nos desejou a melhor sorte do mundo nessa nossa escolha, e saiu. Nunca mais fez qualquer comentário a respeito. Tampouco seu marido Max.

Mudanças radicais

Chegávamos ao final de 76. Minhas aplicações começavam a se multiplicar rapidamente, e a vírgula a dar saltos para a direita. Eu já era multimilionário, e em dólares! O pai das meninas tinha ficado milionário também, sempre seguindo as minhas dicas. Creio que Sr. Max estava nas nuvens e começando a gostar de ser rico Comprou um apartamento na Vieira Souto, com vista deslumbrante para o mar de Ipanema. Eu cheguei a pensar em me mudar também com as meninas para uma cobertura com piscina, sauna e coisa e tal, mas pensei melhor, pois, dentro em pouco, estaríamos partindo pelo mundo. Que sentido teria fazer essa extravagância? Finalmente, Karin decidira tirar a carteira de motorista. Isso daria muito mais autonomia para elas. Deixei que ela escolhesse o carro que quisesse. Ela escolheu um Passat da VW. Achei legal a sua escolha, e levamos aquele carro de cor azul-marinho para a nossa garagem. Nessa altura, eu já tinha trocado várias vezes de carro e agora estava dirigindo um Mercedes SLK 500. Extravagante... mas, quando se tem dinheiro sobrando, faz-se dessas coisas.

Sabia que, depois daquele ano, a importação de veículos seria proibida até a liberação por Fernando Collor de Melo, em 1990. Resolvi que teria um importado enquanto pudesse. Era um carro chamativo, mas agora eu tinha meu dinheiro legalizado e pagava impostos. As meninas também curtiam andar naquele foguete e nós viajávamos para todas as partes com aquele tapete voador. Faltava pouco para Stefi cumprir a saga do colégio. Ela iria fazer 18 anos em fevereiro e tinha se transformado em um mulherão, em todos os sentidos. Já chamava tanta atenção quanto a própria irmã. O fato de estar malhando comigo, tinha deixado o corpo dela atlético. Não preciso dizer que, por onde passava, era cantada. Ela nem sequer se abalava, e eu podia ver isso no olhar dela. Karin também estava malhando e também era objeto de desejo dos marmanjos de plantão. Elas eram assediadas escancaradamente, inclusive pelos instrutores marombeiros da academia. Confesso que aquilo me batia mal, principalmente por elas irem e virem comigo. Cheguei a me estranhar com o professor, pedindo respeito com as garotas. O que prontamente aconteceu. Mas, nas minhas costas, continuava o assédio. Eles podiam imaginar que eu namorasse uma das irmãs, mas as duas estavam fora da mais louca imaginação deles. Eu, por meu lado, não dava indicação de qual das duas era minha companheira e deixei que eles ficassem imaginando. Vez por outra, uma delas vinha falar comigo e dava aquele olhar que só casais conseguem dar. Isso deixava os caras muito mais atiçados ainda. Nessa época, a frequência feminina nas academias, especialmente de musculação, era quase zero. Aquelas situações me acenderam a lâmpada amarela. Jamais estaríamos confortáveis em ambiente algum! Não existia, em nossa sociedade ocidental, aquela situação de 3x1. Acho que o velho babão que morava dentro de mim, e que delirava com essa situação bizarra, finalmente tinha se tocado da roubada que tínhamos nos metido. Éramos felizes a três, mas não éramos socialmente aceitáveis. Por mais dinheiro que eu tivesse, estaríamos fadados ao isolamento social ou ao escárnio e troça das ruas. Fiquei com aquilo na cabeça, e as meninas notaram. Perguntaram o que estava acontecendo e eu não consegui disfarçar. Disse, com um olhar realmente pesaroso:

– Meninas, aquela conversa que tivemos com a mãe de vocês me fez parar para observar a nossas vidas. Vi que somos uma ilha isolada no oceano, onde somos felizes e nos bastamos. Só que fora dela vivemos uma farsa. Não podemos assumir a nossa relação, pois ela é vista como bizarra e pecaminosa. Estou me sentindo meio perdido sem saber o que pensar ou fazer. Só hoje foi que senti o quanto estamos isolados. Será que isso é saudável? Poderemos nos bastar? Acharemos nosso lugar nesse mundo? Por favor, me ajudem a pensar corretamente, pois estou com medo de perder vocês. Estou inseguro e com medo de me tornar obsessivo e sufocar vocês.

Elas se olharam e sentiram que a coisa era séria. Imediatamente me abraçaram e Stephanie falou:

– Calma, Toninho. Vamos achar uma forma de viver nossa vida desse jeito. Eu senti que você ficou inseguro, hoje, na academia, e até gostei que você esboçasse ciúmes. Só não sabia que aquilo estava te corroendo por dentro. Vou ficar mais atenta a isso. Não quero e não vou te perder, meu amor. Não consigo imaginar a minha vida longe de você e da Karin também. Vamos pensar em uma forma de navegar nessas situações.

– É, Toninho. Minha vida sem vocês não faz sentido algum. Sei que existe essa pressão social em torno de nós, e que a visão da minha mãe é só a ponta do Iceberg. Se quisermos ser socialmente bem aceitos, teremos que dar muita "cotovelada" por aí. Esse aqui é um país muito atrasado nessas novas formas de amar. Na Europa, as pessoas estão anos luz na nossa frente nessas novas relações sociais. Os gays têm liberdade de viverem as suas vidas sem precisarem se esconder. Então, acho que nós conseguiremos ser nós mesmos em lugares assim. Assim que Stephanie terminar o colégio, nos mandaremos para fora daqui e acharemos nossa tribo. Pode ter certeza disso! Só não fique angustiado. Para tudo tem solução. Você é a nossa fortaleza, e queremos você para sempre ao nosso lado. Deixa aqueles babacas que ficam nos cercando babarem. Somos gostosas sim, mas somos as suas gostosas, só suas! Acho que não há, na terra, mulheres mais bem amadas, satisfeitas e bem resolvidas com o companheiro, do que nós. Você é a nossa escolha, e nós defenderemos essa escolha com unhas e dentes. – E fez aquela cara de onça que mostra os dentes e mostra as garras.

Aquela declaração de comprometimento deixou-me sem palavras. Olhei para elas e senti verdade naquilo tudo que disseram, o que me acendeu a certeza de que nosso plano daria certo. Era só uma questão de tempo. Demos aquele grande abraço a três e saímos para jantar. Estava me sentindo um gigante cercado por duas gigantes ainda maiores do que eu. Nada poderia nos abalar. No dia seguinte, fui e comprei a academia!

Nova mudança de rumo

Procurei uma professora de educação física para ser nossa instrutora. Mandei reformar todo aquele lugar em tempo record, comprando o que tinha de mais moderno no mercado do fitness, seguindo a orientação da nova instrutora e gerente. Esteiras ergométricas eram novidade, e compramos várias. Aparelhos de última geração de musculação. Enfim, o que de novidade existisse naquela época, estava lá. Pedi para que a Stephanie distribuísse convites para as amigas e amigos de colégio e eventuais amigos de fora também, para a inauguração, e distribui carteiras de membros convidados com gratuidade por 3 meses, para que elas dessem para aquelas pessoas que achassem que mereciam malhar conosco. Distribui para alguns amigos meus da luta, só gente de primeira qualidade! E pronto. Teríamos o nosso próprio ambiente de malhação, e quem não se enquadrasse no nosso esquema de respeito mútuo, teria seus privilégios revogados. Aquilo bombou de tal maneira, que em um instante tínhamos pessoas implorando para malhar conosco. Era um ambiente legal e festivo. Até os pais das meninas vieram malhar conosco. Tive que contratar mais uma instrutora para aulas de localizada e alongamentos. No mercado, existiam profissionais bem preparados e subutilizados, só esperando uma oportunidade. Nem eu esperava o sucesso que aquela academia fez. As meninas estavam radiantes com aquela movimentação e não saíam de lá. Eu também estava sempre por ali e sentia um ambiente de grande amizade e respeito. Limitei muito o acesso de membros novos, e existia uma lista de pretendentes que eram solenemente desprezados. Era sinônimo de status dizer que malhava naquele espaço. Coisa para poucos queridos e escolhidos a dedo. Deixei a administração com Karin, já que a Stefi ainda estava no colégio. Ela estava se saindo muito bem como administradora, e o lugar começou logo a dar lucro. Resolvi então ampliá-lo e espalhar academias, nesses moldes e com o mesmo nome, por mais dois bairros : Ipanema e Botafogo. Sucesso imediato, e Karin passou a ser uma empresária do setor de fitness. Ela estava adorando aquilo tudo, e eu vi que tinha acertado na minha decisão. Não tinha nenhum artista que não quisesse se exercitar nas nossas academias. E até eles piavam fino, pois sabiam que éramos rígidos no quesito respeito. Acho que inauguramos a era da malhação para todos os segmentos da família, em um ambiente descontraído e onde as mulheres eram respeitadas e tratadas como colegas de malhação, não como objetos sexuais. Fizemos questão de manter o total controle sobre quem iria poder malhar em nossas instalações. É muito bom quando o dinheiro não faz parte da equação, afinal eu já era milionário mesmo. Parece que isso faz o negócio prosperar ainda mais rápido.

De uma hora para outra, viramos notícia de revistas e passamos a ser convidados para todos os eventos possíveis e imagináveis. O fim do ano chegou e, finalmente, a formatura de Stefi. Aquilo para ela foi a glória, e, para nós, o passaporte para o mundo. Decidimos ficar o próximo ano ainda curtindo por ali, enquanto aquilo nos desse prazer. Abrimos mais duas academias, uma no Jardim Botânico, perto da Globo, e uma na Barra. Comentei com Stephanie sobre a moda fitness, que iria dominar as academias no futuro próximo, e ela resolveu entrar de cabeça, lançando a moda. Montou uma confecção e produzia sem parar as peças que eram lançadas como moda, em nossos espaços. Sucesso total. De uma pequena confecção, passou a ter uma fábrica de roupas esportivas e não parou mais de lançar moda. Sua marca era o must entre os marombeiros e patricinhas de academia. Ficou rica por conta própria, assim como Karin também. As minhas meninas eram empresárias de sucesso, o que me enchia de orgulho. Tudo bem que o empurrão tinha sido meu, mas isso, sem competência, nada significa! Eram agora totalmente independentes, mas isso, de forma alguma, influenciou o nosso relacionamento. Pelo contrário, a certeza da independência trouxe uma altivez ao relacionamento e a visão clara de que estávamos juntos porque queríamos e necessitávamos um dos outros. Não deixamos que os negócios ou as agendas apertadas nos afastassem. Tínhamos isso como regra. Na dúvida, pró-relacionamento! Largávamos tudo e íamos fazer o que fosse para ficarmos juntos. A nossa relação ganhou outros contornos, mas continuou forte, aliás, cada vez mais intensa. O fato de passarmos o dia longe, reacendia a vontade de nos reunirmos à noite para colocarmos o papo em dia. Em momento algum, nosso brilho no olhar diminuiu ou a vontade de nos tocarmos desapareceu, como é normal em gente estressada do trabalho. Aliás, isso tinha ficado combinado como clausula pétrea. Se aquela situação fosse interferir em nossas relações, jogariamos tudo pro alto e nos mandaríamos para outro lugar. Mas isso não aconteceu. Eu tinha a liberdade de correr todos os meus negócios e fazia questão de sempre passar onde as meninas estivessem. Por mais atarefadas que elas estivessem, quando me viam, o rosto se acendia e um olhar doce e apaixonado instalava-se na mesma hora.

Era 1979, nossas vidas tinham ganhado outro contorno. Éramos empresários respeitados e aceitos na sociedade. A nossa relação era aceita, comentada é claro, mas nunca realmente afrontada. Às vezes, algum engraçadinho tentava se fazer de interessante, soltando uma piadinha, que era retribuída com um sorriso e um olhar malicioso entre nós. Naturalmente, o ambiente menos repressor era o dos artistas, onde as pessoas eram infinitamente mais liberais; onde gays, lésbicas e todas as cores do arco-íris estavam representadas. Consequentemente, circulávamos nesse meio com mais desenvoltura e fizemos muitas e boas amizades que levamos pela vida afora. Minhas meninas, agora mulheres independentes e poderosas, eram a minha fortaleza e eu a delas.

Mudamo-nos para uma belíssima casa no alto da estrada do Joá. Tinha simplesmente a vista mais bonita do universo. Lá, tínhamos nosso mundo perfeito. Tínhamos tudo que podíamos querer, inclusive com nossa academia particular, onde a nossa personal trainer vinha todos os dias nos arrancar da preguiça e nos fazer exercitar. Piscina com borda infinita, jacuzzi, sauna, churrasqueira e forno a lenha, enfim, tudo que precisávamos para fazer daquele refúgio a nossa ilha de intimidade. Até permitíamos que nos visitassem eventualmente, e festas rolaram animadas naquele espaço. Mas, depois de terminadas, voltávamos a ser o 3x1 que gostávamos de ser. Não mantínhamos mais a rigidez do dia exclusivo, simplesmente declarávamos o desejo ou insinuávamos a vontade, e a outra parte entendia e dava o devido espaço. Éramos agora três jovens empresários que já estavam prontos e maduros para a vida. Uma coisa que não mudava nem com o passar dos anos, era o desejo de ficarmos juntos. Nem eu com minha vasta experiência da vida passada, podia explicar aquela dependência total e absoluta, não só entre as garotas e eu, mas entre elas também. Eram amigas inseparáveis e sabiam exatamente o que a outra sentia e aspirava. Parece incrível, mas nunca tivemos, nesses anos, nenhuma desavença que fosse. Karin, apesar de sua rebeldia na adolescência, tinha um caráter mais tranquilo e recatado. Já Stephanie, que sempre foi pro-ativa, era quem comandava o show. Tornara-se um mulherão, quase da altura de Karin, mas mais vistosa. Tinha um corpo que chegava às raias da perfeição e cabelos loiros mais encorpados, que davam aos seus olhos azuis uma moldura digna de capa de revista. Karin continuava linda, mas tinha um corpo mais chegado aos padrões europeus, com curvas menos acentuadas e uma bunda um pouco mais tímida, menos pronunciada que a de Stefi. No entanto, eu realmente não saberia dizer qual das duas me atraía mais, visto que cada uma tinha charme e encantos próprios, que se revelavam totalmente entre quatro paredes. Jamais passamos pelo desprazer de sentir o desejo diminuir. Falo por mim, mas sentia isso nelas também. Mal podíamos nos olhar que imediatamente precisávamos nos tocar. Esse carinho era visível entre elas também. Nunca presenciei ou senti qualquer ciúme entre as duas. Muito pelo contrário, constantemente uma demandava a presença da outra para que, juntos, fossemos um só. Se existe uma estória de amor perfeita, pelo menos até o presente momento, a nossa excedia em muito a perfeição.

Os pais delas tinham se separado, o que não foi surpresa para elas. Nunca tinha havido entre eles muito além de respeito e amizade. Casaram-se quando a mãe engravidou de Karin, e meio que seguiram o fluxo dos acontecimentos típicos da época. Levavam uma vida legal, mas sem paixão. A mãe decidiu ir morar na Alemanha com seu novo namorado, e seu pai juntou-se com uma colaboradora do trabalho. A essa altura, eu já havia passado a corretora para ele e era somente um "colaborador especial" da firma, dando dicas, e, é claro, aplicando meus recursos e fazendo fortunas. Já era agora, indecentemente rico. Obscenamente milionário, com um pé no mundo dos Bilionários.

E la nave vá

Já estávamos agora no final dos anos 80, com o Brasil já devidamente redemocratizado. Parei de me preocupar com os acontecimentos históricos e centrei-me em viver ao máximo aquela oportunidade que a vida tinha me dado, a de reviver toda a minha existência. Devo dizer que estava me saindo muito bem nesse quesito e que o foco na felicidade tinha sido mais do que acertado.

No relacionamento, bem... o sucesso cobrou um preço previsível e cruel. Stephani e eu conseguimos nos manter juntos e unidos, mas Karin foi gradativamente se afastando e tomando outros rumos. Não que não nos amássemos mais, mas o tempo e os afazeres levaram cada um para um lado. Não tardou para ela se encantar com um instrutor de uma das academias e decidir tentar levar uma vida independente de nós. Claro que sentimos muito a falta dela e, quando dava, saíamos juntos. Até que ela decidiu se mandar para a Alemanha e fazer um curso de gestão por lá. Meu irmão e Stefi assumiram as academias. Karin continuou recebendo a parte dela, mesmo sem trabalhar, pois tinha ido atualizar-se e agregar valor ao negócio. Nosso triângulo bizarro tinha perdido um dos lados.

Stefi e eu continuamos nossas vidas, até porque éramos inseparáveis. Eu não conseguiria imaginar minha vida sem ela. Acho que ela também não. Sentíamos a falta um do outro, quase que em sincronia. Chegar em casa e encontrá-la enchia-me de alegria, e tenho certeza que a ela também.

Minha mãe tinha encontrado um novo amor e se mudara para a casa dele. Era um médico cardiologista, divorciado, com dois filhos adultos e que, pelo que pude sentir, amava e respeitava minha mãe. Ela, com certeza, estava apaixonada e curtindo muito a sua nova aventura de viver. Meu irmão estava para se formar em Administração de Empresas e já de olho em um MBA. Morava agora sozinho na casa da vila, onde dizia ser feliz, e estava namorando uma das amigas de colégio da Stefi. Isso nos aproximou muito e me deixou feliz por tê-lo mais próximo a mim. Sua namorada era lindinha e muito meiga e uma ótima companhia. Ele agora era vital nas operações das academias e se mostrou um trator incansável e competente.

Minha irmã contava agora com três filhos e uma filha. Todos em escadinha de 1 ano de diferença. Sempre que podíamos, voávamos de jatinho fretado até Ilhéus, para vê-los. As meninas adoravam as crianças e liberavam o seu lado maternal. Meu cunhado, quando soube inicialmente do nosso tipo de relação, ficou me olhando meio de lado e com certa ponta de admiração. Como todos, desencanou depois de um tempo. Quando soube da saída de Karin do triângulo, ficou triste e disse que formávamos um time superafinado. Ele também estava muito bem de vida: era dono de quatro fazendas em três estados, cada uma produzindo coisas diferentes. Estava para adquirir uma nova fazenda em Goiás, exclusivamente para gado de corte, já que a outra que tinha no estado era para plantação de soja. Acho que foi ele um dos precursores do agronegócio no Brasil. Fazia questão de nos levar a todas as fazendas, o que nós adorávamos fazer. Tinha avião próprio e rodava o tempo todo pelas suas propriedades.

Tia Mirtes continuava na sua vida "tijucana", agora muito bem instalada em uma cobertura que eu lhe dei de presente, na Barra. Renatinha tinha casado com um oficial de marinha e morava no apartamento de tia Mirtes, na Tijuca. O marido dela também já tinha um filho do outro casamento. Até onde sei, estão muito bem, e Renatinha estava grávida de mais um menino. Vez por outra, eu dava um pulo na casa dela para ver meu afilhado, pois, depois da poupança polpuda que dei para ele, elas imediatamente me nomearam padrinho do garoto.

E assim a vida foi passando, em um ritmo frenético em alguns momentos, e com certo marasmo em outros. Certo dia, estávamos Stefi e eu dentro da jacuzzi, curtindo um por de sol preguiçoso, com uma leve brisa do mar para amenizar o calor de janeiro, quando chega Karin, com seus 1,80m, linda que ela só.

– Olá família! – disse ela, com um sorriso que iluminou o já ensolarado pátio.

– Estou de volta da terra do frio e da chuva. Voltei pra ficar de vez no Rio. Cansei da falta de sol e, para ser muito sincera, estava morrendo de saudades de vocês

Imediatamente fomos nos abraçar e de cara, estabeleceu-se aquela ternura que tínhamos entre nós. Stefi e Karin não paravam de chorar. Eu, confesso que também chorei, mas dissimuladamente.

Conversamos animadamente sobre tudo, incluindo os planos para as empresas, evitando levar a conversa para a esfera pessoal. Em um dado momento, Karin virou-se e disse:

– Família... estou com saudades da nossa vida a três. Acho que não sou inteira sem vocês ao meu lado. Gostaria de pedir perdão por ter pulado fora e me jogado no mundo. Fui egoísta e infantil. Aliás, fui apenas Karin, mesmo. Vocês me aceitam de volta? – Stefi olhou para mim e desatou a chorar copiosamente.

– Claro que aceitamos, sua boba. Você é parte de nós – disse Stefi aos prantos e com um lindo sorriso no rosto.

– Vêm pra cá, polaca gigante. – E dei um enorme abraço de urso naquela figura amada e saudosa.

Naquele momento, restabelecia-se a ordem universal. A paz e harmonia podiam ser sentidas no ar. Éramos uma laranja inteira novamente.

De volta à normalidade

Estávamos, como usualmente, dentro da piscina e curtindo o baixar da claridade, quando virei para as meninas e disse:

– Meninas... vocês têm vontade de ser mães?

Seguiu-se um silêncio, depois, uma olhou para a outra, e disseram quase que simultaneamente:

– Não!

– Sério? Pensei que era só eu a alma desnaturada que não tem muita paciência com crianças!

Karin imediatamente retrucou:

– Não tem espaço para filhos nessa vida que levamos. Isso iria nos destroçar, pode ter certeza! E, de mais a mais, não posso responder pela Stefi, não sou o tipo maternal. Filho requer uma disponibilidade que eu não estou a fim de ter. Teria que abrir mão de tudo para virar mãe. Sorry... isso não é para mim!

– Para mim também não! Já temos um filho, que é você, e que toma todo o nosso tempo! Mais crianças nessa casa, não caberia!

– Ah, que maldade! Até parece que eu dou esse trabalho todo. Agora magoei!

– Ah ...fica assim não! – E me puxaram para baixo, dando-me um caldo daqueles! Quando resolviam se unir contra mim, não tinha arte marcial suficiente para que eu fizesse frente às duas monstras!

Fiquei surpreso com aquela declaração imediata das duas. Fiquei também aliviado de não estar frustrando planos de nenhuma das duas.

– Meninas, precisamos viajar mais!

As duas imediatamente ficaram de orelha em pé. Falar em viagem era como mencionar "osso" para cachorro.

– Pra onde, dessa vez? – perguntou Karin.

– Vocês decidem, mas... eu tinha pensado, quem sabe, se podíamos conhecer a aurora boreal, na Islândia!

Seguiu-se uma gritaria aos berros de "sim, sim, sim".

– Grande ideia, paixão da minha vida! Aurora boreal! Como não pensamos nisso antes! – disse Karin.

– É... mas vai requerer pesquisa e organização, pois soube que tem por lá também um hotel de gelo... – Nem acabei de falar e nova gritaria:

– Sim, sim ,sim! Hotel de gelo é o máximo!

Pareciam duas crianças perto de presentes de papai Noel.

– Deixa que eu organizo tudo, nisso eu sou boa! – disse Stefi.

– Não é boa só nisso não, amor! – E dei um sorriso malicioso para ela, que ficou vermelha na hora.

– Vou correr as academias e deixar tudo pronto para a nossa ausência de... no mínimo, três semanas, né? – falou Karin.

– Isso! Para podermos ir sem pressa e, na volta, quem sabe, visitar sua mãe na Alemanha? – Lancei eu maliciosamente a idéia. Mais uma histeria de "sim,sim,sim!" Quem diz que dinheiro não traz felicidade é por que nunca teve! Felicidade existe independentemente do dinheiro, mas, certamente, ele deixa o caminho muito mais tranquilo para a felicidade chegar.

– Karin, organiza com o Felipe para ele dar uma cobertura na nossa ausência!

– Claro, assim fica ainda mais fácil. Mas as unidades estão meio que autoadministradas, sem muitas intercorrências. Mas pode ficar tranquilo que eu deixo tudo ajeitadinho.

Partimos, não para a Islândia como inicialmente planejado, mas para a Noruega, pois foi lá que Stefi achou o tal hotel de gelo, junto com a aurora boreal. Chamava-se "Kirkenes Snowhotel". Claro que, agora, viajávamos de jato fretado e no ritmo que desejássemos.

Tivemos a maior experiência de nossas vidas naquele que é o maior espetáculo da terra. A aurora boreal se fez presente em todas as noites em que estivemos naquele resort maravilhoso, onde pescamos, andamos de trenó puxado por cães e, é claro, onde dormimos dentro de uma geladeira desconfortável, que era a maior onda nos dois primeiros dias, mas que logo deu lugar a uma vontade visceral de uma cabana de madeira bem quentinha e com uma cama macia e kingsize. E foi isso o que conseguimos no quarto dia. Tivemos noites magníficas ao redor de fogueiras, com pessoas rindo e tomando vodka. Um astral pra lá de maravilhoso. Voltamos, via Alemanha, visitamos a família delas em Munique e, depois, a mãe, que estava morando em Berlim. Curtimos horrores em Berlim, ainda não reunificada, o que aconteceria só em 1989, com suas noites agitadas e coloridas.

Terminadas as férias, voltamos refeitos para nossa querida casa no Joá. Sabíamos que era bom viajar, mas voltar para casa, não tinha preço!

O amor é eterno

Os anos foram se somando. E, finalmente, veio a queda do muro de Berlin, momento do qual eu fiz questão que estivéssemos presentes. A cada novo fato que eu conhecia, via que eu não tinha realmente causado nenhum efeito nocivo sobre a história, com minhas antecipações de fatos. Já tinha tanto dinheiro e ações de companhias poderosas e futuramente poderosas, que já não me dava nem ao trabalho de tentar aumentar minhas posições acionárias. O único cuidado que tive foi não deixar meu dinheiro no Brasil, e avisar aos mais chegados para sacarem suas reservas dos bancos, antes do Collor promover o confisco financeiro, assim que assumisse a presidência. Evitava acompanhar os noticiários, pois sabia da hipocrisia, das mentiras e do caráter nocivo do ser humano. Procurava, e nisso as meninas também me ajudavam, manter e ajudar instituições assistenciais realmente idôneas.

Estava com 33 anos por essa época, apesar de os documentos afirmarem 36. As minhas meninas tinham, respectivamente, 32 e 34, no auge da beleza somada à maturidade. Que espetáculo era poder acompanhar aquela evolução. Empresárias de sucesso absoluto, com uma rede de academias que contava com franquias pelo país todo. Milionárias pelo próprio mérito. Tudo bem que dei uma ajuda inicial, mas o resto foi mérito delas e também do meu irmão, que era um trator em questão de trabalho. Elas contavam muito com ele, principalmente na área de tocar obras e comprar equipamentos novos para as academias.

Desde que compramos a casa, tínhamos feito um trato com os funcionários, para que só ficassem até às 16 horas. A partir daquele horário, a casa seria nossa e de mais ninguém, sem termos que nos preocupar com roupas ou o que quer que seja. Andávamos pela casa do jeito que nos conviesse, e fazíamos o que queríamos onde achássemos que seria legal. Vetei safadezas na sauna, pois, como eu sabia que no futuro, provavelmente, meu coração iria me deixar na mão, achei melhor não arriscar. Como não podia deixar de ser, num daqueles maravilhosos finais de tarde no Joá, estava eu perdido em meus pensamentos, olhando o horizonte de dentro da piscina, quando senti alguém se aproximando e me abraçando por trás. Não precisava virar, pois só pela forma de tocar, eu sabia que era Stefi. Ela colou seu corpo nu no meu, e eu logo soube que ela estava querendo namorar. Deixei-a ali, nas minhas costas, por um tempo, até que eu mesmo não me contive mais, e me virei. Era a mulher mais linda, com os olhos mais lindos, com o sorriso mais lindo, ali, nua e querendo namorar. Foi o amor mais intenso e longo que tivemos nos últimos tempos. Quando, finalmente, o fogo da paixão deu lugar à endorfina, eu tinha aquela deusa aninhada ao meu peito ouvindo o bater acelerado do meu coração.

– Você se dá conta de quanto eu amo você?

– Claro que sim. Não duvido do seu amor nem por um segundo! Eu sou o seu amor e você é o meu. Você é tudo e muito mais do que eu poderia sonhar na vida. Tem pessoas que pulam de uma relação para outra, procurando aquilo que eu encontrei no meu primeiro beijo. Que, aliás, foi junto com o primeiro toque e o primeiro sexo. Cada minuto ao seu lado é um presente de Deus. Quero ficar bem velhinha com você e Karin ao meu lado.

– Às vezes eu me pergunto, Stefi, se eu não tirei a oportunidade de você conhecer o que é se relacionar e fazer amor com outro homem. Me sinto meio mal com isso. Não que eu não tenha meu ego polido por essa mesma razão, mas rola uma culpa velada, meio que egocêntrica, sei lá!

– Sabe, Antonio Carlos, eu não consigo me imaginar nos braços de outro homem que não você. Nunca senti, nem acho que vou sentir essa curiosidade. Desde a primeira transa nossa, naquele dia maravilhoso, na sua casa do Jardim Botânico, quando eu tinha ainda parcos 16 anos e mal sabia o que aconteceria naquele momento fatídico, você me cativou e me deu tamanha segurança, que, mesmo naquela transa, que normalmente é traumática para a maioria das mulheres, comigo foi puro prazer, e lá mesmo tive o meu primeiro orgasmo, abraçadinha com você. Sabia, naquele momento, que você seria o homem da minha vida e que eu iria lutar para isso acontecer. Foi você que dispensou a minha irmã gata e sexuda para declarar seu amor por mim, daquele jeito dão doce. Eu que ainda era uma menininha boba com pouco ou nada para te oferecer. Naquele momento, onde você me desvirginou do jeito mais carinhoso que um homem pode tratar uma mulher, minha alma se fundiu à sua, para sempre.

Quando ela olhou para mim, eu tinha lágrimas correndo pela minha face e ela pôs-se a chorar também. Naquele momento, Karin chegou do trabalho e, vendo a cena, gritou:

– Oba eu quero também! – Arrancou a roupa ali mesmo, e pulou na piscina, vindo ao nosso encontro.

Duvido que, naquele momento, houvesse no mundo um homem mais feliz do que eu! Caiu a tarde, e fomos fazer pizza no forno à lenha. Essa era uma atividade que adorávamos fazer. Fazíamos desde a massa até a ornamentação, com desenhos nas pizzas, coisa que virou, inclusive, competição entre nós. Invariavelmente, as pizzas da Stefi eram mais bonitas! Karin e eu tentávamos de tudo, inclusive esconder os ingredientes para dificultar a vida de Stefi, mas nada disso adiantava. A danada tinha uma criatividade ímpar e sempre passava a perna em nós. Ela era muito caprichosa e fazia desenhos divinos com as folhagens e as rodelas de tomates.

Karin virou-se e falou:

– Que tal uma viagem relâmpago?

– Para onde a moça quer ir? – perguntei eu com uma certa curiosidade.

– Mendonça, na Argentina, tomar vinho, muito vinho!

– Jura? Assim, de repente? – perguntei.

– Sim, partimos amanhã e voltamos na quarta que vêm!

– Mas, Karin, eu estou cheia de compromissos no trabalho! – disse Stefi, meio que surpresa com a proposta repentina.

– Desmarca tudo. Vamos curtir a vida, meus amores. Nada melhor para isso, que com o melhor vinho da melhor vinícola!

– Por mim, tudo certo, não tenho nada que não possa deixar para depois, e, de mais a mais, vocês sempre terão prioridade! – disse eu, já doido pra sair viajando novamente.

– Assim, não tem como dizer não. Vamos então! Quer que eu organize tudo? – disse Stefi, já querendo tomar a frente da organização, o que era a paixão dela!

– Nada disso, crianças, já marquei hotel, avião e transfers do aeroporto. Também sei ser eficiente "My Dear!"

– Vamos quando? – perguntei

– Amanhã à noite. Assim, cada um tem tempo de reorganizar as agendas.

E assim brindamos essa nova aventura dos três mosqueteiros.

***

Final de tarde, e nós esperando o transfer que não vinha.

– Tem certeza que você marcou o transfer, mesmo? – falou Stefi, meio desconfiada.

– Claro, deve estar agarrado no trânsito.

Não deu 10 minutos, chegou a van que nos levaria ao aeroporto Santos Dumont, para pegarmos o Learjet rumo à Mendonça. Chegamos no aeroporto e fomos recebidos pelo funcionário da firma de taxi aéreo, que desembaraçou nossas coisas e documentos, para que fossemos direto para o avião que já estava esperando na pista.

Chegamos ao avião, um Learjet novinho, e eu disse para Karin:

– Mandou bem hem, madame!

– Só o melhor para os meus amores!

Fomos recebidos pelo Comandante, um senhor de seus 55 anos, muito bem afeiçoado e extremamente simpático, que ajudou as meninas a subirem a bordo. Enquanto esperávamos a ordem para taxiar, o copiloto nos serviu um excelente champanhe e serviu também um prato de canapés. Foi o tempo de tomarmos uma taça, e o avião ser chamado para o taxiamento. Deixamos a bebida para depois e ficamos esperando a ordem de decolar. Quando finalmente a decolagem foi autorizada, pudemos sentir a potência daquele aviãozinho. Parecia um caça alçando voo e subindo igual a uma seta, até a altitude de cruzeiro, ondc ele estabilizou, e pudemos voltar a relaxar, comer os canapés deliciosos, e tomar aquele maravilhoso champanhe. Voamos muito bem durante uma hora, quando começamos a sentir certa vibração no avião. Não demos muita bola, mas a vibração foi se intensificando e finalmente o copiloto abriu a porta da cabine e nos informou que teríamos que voltar ao aeroporto mais próximo, pois estávamos com um pequeno problema na asa direita. Nos entreolhamos espantados, mas, como estávamos cansados de voar em condições muito mais turbulentas do que essa, relaxamos e continuamos a conversar. O barulho aumentou, e começou a sair fogo da turbina direta, localizada junto à cauda do avião.

O comandante falou pelo alto falante para nos prepararmos para um pouso de emergência. O tempo parece que parou, um misto de surpresa, terror e insegurança tomou conta de nós. Por fim, resignação.

Apesar da situação extrema e tensa, da ensurdecedora explosão da turbina, do fogo e fumaça invadindo a cabine, ficamos de mãos dadas nos olhando. Pudemos sentir o imenso amor que existia entre nós e que, certamente, nosso fim não poderia ter sido diferente. Éramos 3 em 1 na vida e na morte. Nenhum de nós estava ausente, ninguém desviou o olhar do outro.

***

Abro lentamente os olhos. A visão está um tanto confusa e embaçada. Procuro uma referência, um norte, alguma coisa conhecida. Estou em um quarto que parece ser de hospital ou algo parecido. Noto uma poltrona onde vejo um rosto conhecido sentado e cochilando. É o Joca. Caraca! Estou de volta ao corpo do sexagenário, do fim de festa, do vida vazia. Uma profunda angústia e um desespero se instalam de imediato. O choque de realidade acelera o meu coração e, de imediato, soa um alarme que traz enfermeiros e o médico de plantão para dentro do quarto. Joca se levanta e é contido pela enfermagem, que o retira do quarto. Aplicam-me um sedativo que vai lentamente me acalmando e colocando a coisas na devida perspectiva. Os batimentos voltam à normalidade. O mundo volta à normalidade. Só eu não me sinto normal. Estou deslocado do meu mundo perfeito, do relacionamento perfeito, da idade perfeita. Saí do coma, mas o coma não saiu de mim. Sou luto e desânimo, casca vazia. Sou prisioneiro de mim mesmo. Passageiro do presente, preso ao passado sem certezas ou ânimo para o futuro. Só esse bipe do monitor cardíaco a embalar meu sono...

O FANTASMA

Da surpresa aos fatos

Estou parado no meio da rua. Nada se move, nem o ar. Todos parecem congelados. Só eu transito entre corpos e rostos inertes, entre carros parados e motos equilibradas como por encanto. Eu, no entanto, estou livre. Livre do barulho das ruas, da pressa das horas, do passar dos minutos, do passar das pessoas. Olho para o céu e tem um avião como que colado no azul. Tem um pássaro pairando sobre mim, absolutamente inerte. Tem um mundo inteiro a minha disposição.

Como explicar isso? Sou um espírito, um morto, uma aberração da natureza? O que sou não sei, mas sei bem quando e como começou essa louca aventura.

Estava transitando na minha moto, como fazia diariamente, curtindo o vento e o passar do asfalto por debaixo das rodas. Eu e a estrada, como que em uma comunhão espiritual. O céu azul sem nuvens e uma estrada reta sem tráfego... Que dádiva! Mantenho os 100km/h para poder curtir o momento sem o excesso de ruídos que vêm com o aumento da velocidade. Só eu, a moto e esse quadro de Monet.

Fazia esse trajeto com verdadeiro prazer autista, praticamente todos os dias, indo e voltando do meu trabalho no centro da cidade. Desde muito cedo, resolvi que morar fora do centro era o que me movia. Assim que pude, comprei uma casa em uma periferia bucólica, mas não muito distante do centro financeiro e pulsante, e me mudei para lá.

Minha casa é meu refúgio entre matas, pássaros e barulhos estranhos, próprios do mato que me cercam. Quase não tenho vizinhos, e o mais próximo dista uns 500m da minha casa. Consegui fazer um ninho realmente confortável, com todos os confortos da cidade, mas com o isolamento que minha alma pedia. Ultimamente, até a internet de banda larga tinha chegado, o que me trouxe ainda mais vontade de ficar em casa curtindo minhas séries e filmes escolhidos a dedo.

Ah, permita que eu me apresente: meu nome é Roberto Espíndola Krauss. Tenho 41 anos. Sou formado em Propaganda e Marketing e exerço esta atividade em uma grande firma dessa área. Estou solteiro, após um desastroso relacionamento que relatarei mais adiante. Sou filho único de pais já falecidos, o que só acentuou o meu caráter ermitão. Moro em uma cidade de Goiás, que prefiro não mencionar, para manter certo anonimato e preservar possíveis personagens que irão aparecer no correr do meu relato.

Bem, voltando aos fatos daquele fatídico dia, eu estava a rodar de moto, como contei anteriormente, quando, do nada, notei uma luz brilhante no horizonte. Devia ser uma luz muito forte, pois o dia estava claro, com o sol a pino, como é típico dessa região. A luz se intensificou e se aproximou cada vez mais. Estava cada vez mais forte até que, de repente, um flash se acendeu ao meu redor. Tudo ficou branco, o vento parou, a estrada parou e só eu conseguia me movimentar. Olhei para o painel e o velocímetro marcava 102km/h, só que eu não sentia o movimento. Soltei as mãos do guidom e nada aconteceu, a moto continuava inerte e bem balanceada. Levantei nas pedaleiras e continuei sem sentir o vento.

"O que estará acontecendo? Será que sofri um acidente e morri? Pode ser, nunca morri antes para saber..."

Tentei descer da moto e consegui, sem problemas. A moto continuava como estava, ereta sem tombar para lado algum. Pisei na estrada e a moto continuava lá, firme e inerte. Aos poucos, o brilho branco foi desaparecendo e fiquei olhando a moto no meio da paisagem, sem entender nada. Vejo a moto em pé no meio da estrada, me olhando com o farol aceso, só que eu estava fora dela.

"Que porra é essa?! Isso tá parecendo aquele seriado 'Twilight Zone', ou traduzindo, a hora da zona morta."

Eu andava de um lado para o outro, sem conseguir me situar naquele quadro. Olhava a cena de longe. Nada se movia. Nem o vento! Não tinha um som sequer. Nada de frio ou calor... temperatura de conforto uterino. Voltei para a moto, sentei em cima daquela máquina que parecia ter vida própria. Consegui balançá-la de um lado para o outro, virar o guidom e até empurrá-la alguns metros. Nada fazia sentido. Fiquei ali, sentado na moto e pensando em como eu queria que aquilo não estivesse acontecendo, quando do nada, comecei a rodar a 102km/h novamente.

O susto me desestabilizou e tive que cortar um dobrado para dominar a máquina e corrigir o curso. Por pouco não me estabaquei todo! Consegui parar a moto no acostamento. Abaixei o descanso lateral e desci para tomar fôlego e parar de tremer. Voltei para pegar meu capacete que tinha ficado para trás, agora a quase 500m de distância. Fui andando sem saber ao certo o que pensar daquilo tudo. Peguei o capacete e voltei lentamente em direção à motocicleta.

"Logo agora que parei de fumar! Essa hora pede um cigarro para eu colocar os pensamentos em ordem."

Meio cabreiro, subi na moto e dei a partida sem maiores problemas. Engrenei a 1ª marcha e, suavemente, segui em direção à minha casa.

"Chega de moto por hoje!."

Estava sem saber o que pensar. Fui tomar uma ducha pra ver se conseguia esfriar a cabeça. Aquela luz branca e os acontecimentos seguintes não me saiam da cabeça. Coloquei as roupas, quase como um autômato.

Peguei o carro, e saí pra ir encontrar alguns amigos para o tradicional "Happy Hour" no bar do centro da cidade. Quando cheguei, estavam todos em torno de uma mesa em um papo animado regado a muitos chopes. Puxei uma cadeira e sentei com eles. Todos notaram que tinha algo de errado comigo.

– O que você têm, Beto?

– Nada, tudo certo. Coisas do trabalho!

– Relaxa, homem, é pra isso que serve a "Happy Hour", meu caro! Deixe as coisas de trabalho do lado de fora do bar! – disse Fernando, meu camarada de muitos anos.

– Tem razão! – disse eu e me virei para o garçom: – Um chope na pressão, por favor! – gritei quase em súplica.

A tarde foi virando noite e eu meio que me esquecendo do ocorrido. Só quando deixei o bar, lá pelas nove da noite, foi que voltei a me lembrar do estranho evento. Não conseguia me separar daquelas loucas sensações que tinha vivenciado. Cheguei em casa novamente e deitei no sofá para ver televisão.

Morava sozinho desde que tinha me separado da minha companheira, isso já tinha quase dois anos. Não tivemos filhos, o que eu achava bom, visto que me livrou de pagar pensão e ter que manter uma ligação com aquela criatura que tinha me metido um par de chifres!

Como vocês podem notar, a relação não terminou bem, tendo sido eu "sócio" do personal trainer dela, por um bom período de tempo. Descobri por acaso, quando peguei os dois em uma situação meio suspeita na porta da academia. Fiquei de orelha em pé, passei a seguir a figura, e não deu outra... quem procura acha! E eu peguei o flagrante deles entrando em um motel na periferia da cidade.

Claro que aquilo deu a maior merda! Adentrei o motel à força e peguei o flagrante dos dois já sem roupas no quarto. Depois de muita discussão, com o gerente do motel pedindo, pelo amor de Deus, que fossemos embora antes que a polícia chegasse e a coisa tomasse outro rumo, resolvi sair dali e ir direto para a minha casa fazer as malas da ordinária.

Ela só mandou alguém passar lá e pegar as coisas dela, dois dias depois. Não teve sequer a coragem de se explicar. Bom... também não tinha muito o que falar mesmo! Nunca mais a vi. Ouvi dizer que, depois do ocorrido, o personal tinha se mandado e largado ela para trás.

Aquilo tinha meio que me destroçado por dentro, afinal, não tínhamos tanto tempo de convivência que justificasse uma traição por desgaste no relacionamento. Ela tinha vindo morar comigo, depois de um ano de namoro, aparentemente de muita paixão e cumplicidade. Tínhamos uma vida legal, cada um com seu trabalho. Eu como publicitário e ela como funcionária da Caixa Econômica Federal. Realmente essa traição pegou-me de surpresa, já que tínhamos planos de muitas viagens para o exterior nas férias, e nossas noites eram sempre acaloradas. Sei que a vida tem dessas coisas... mas justo comigo, pô?!

Fiquei realmente por baixo nessa situação, me sentindo o pior dos amantes e um homem insignificante. Já estava agora mais refeito e começava a sair com mais frequência para encontrar os amigos e restabelecer uma rede de contatos de rua. O que eu gostava mesmo, porém, era de ficar em casa assistindo minhas séries e filmes na NETFLIX. Tenho em minha casa o meu ninho e o meu porto seguro. Lá, sou dono e senhor. Comprei essa minha casa há uns 10 anos, fruto de uma herança deixada pelos meus pais e um dinheiro que eu mesmo juntei com muito esforço. Trata-se de uma casa confortável, com três quartos e duas suítes, piscina e churrasqueira. Tínhamos planos de construir um forno à lenha para completar a área de lazer. Claro que o forno teria que ficar para uma próxima oportunidade, pois no momento, nem a churrasqueira estava sendo utilizada.

Bem, cheguei em casa e depois de mais uma "long neck", joguei-me no sofá e fiquei ali, com a televisão ligada, mas sem prestar muita atenção ao que estava passando. Não conseguia parar de pensar no ocorrido. E se aquilo voltasse a ocorrer, o que fazer e como proceder? Fiquei pensando e remoendo meus pensamentos... e adormeci.

Em sonho, estava eu deitado em uma espécie de maca, cercado por uns vultos que mexiam em mim. Comunicavam-se sem falar, e eu também conseguia ouvir os pensamentos deles. Disseram que estavam fazendo um experimento comigo, que me daria o poder de parar o tempo entre os segundos. Para isso, bastaria que eu me concentrasse bastante, pensando fixamente: "para tudo", para pausar o tempo; e "volta tudo" para fazer o tempo correr normalmente.

Acordei sobressaltado, já com a luz do dia. Olhei para o relógio e vi que ainda eram 5h30 da madrugada. Resolvi fechar os olhos mais um pouco, e as imagens daqueles vultos pensando "para tudo" e "volta tudo" voltou a povoar minha mente. Resolvi levantar, trocar de roupa e ir dar uma corrida matinal. Depois da corrida, preparei um café reforçado e fui trabalhar. Como morava um tanto afastado da cidade, eu levava cerca de 35 minutos de moto para chegar no trabalho.

Cheguei cedo, dei bom dia para a nova recepcionista e subi para o 11º andar, onde ficava a minha sala. Eu era coordenador de desenvolvimento de produtos de marketing e tinha 10 colaboradores sob minha supervisão.

Ainda era cedo, e ninguém da minha sessão tinha chegado, nem minha secretária, Helena, que era meu anjo da guarda. Comecei a me concentrar no trabalho, já que tínhamos serviços em atraso e clientes grandes e exigentes esperando os produtos para serem lançados em rede nacional. Um a um, foram chegando os colaboradores, sendo Helena a primeira deles. Ela estranhou eu ter chegado tão cedo e veio logo me trazer um café e uns biscoitos, ao que eu agradeci, mas nem toquei. Mergulhei de cabeça nos projetos e dei soluções para alguns problemas pendentes de logística. Quando vi, já eram quase 12h30, e todos estavam de saída para o almoço. Helena veio perguntar se eu não ia almoçar e viu que eu nem sequer tinha tocado no café. Falei que ia sim e fui levantando e acompanhando Helena e os demais até os elevadores.

– O que é que você tem hoje, Beto? Tá como que perdido no tempo?! – falou Helena.

– Pois é, minha querida, tô meio que perdido mesmo.

– Posso te ajudar?

– Quer almoçar comigo naquele japonês da outra rua? Eu pago! – perguntei, na certeza de que ela jamais declinaria de uma proposta dessas.

– Sendo assim, vamos lá!

Sentamos em uma mesa para dois e pedimos um prato de combinado, com 55 peças, que, naquele lugar, ficava pronto até bem rápido.

– E aí, vai me dizer o que tá pegando ou não?! – perguntou Helena meio que me espremendo.

– Pois é, Helena... nem sei como te contar uma experiência que eu passei ontem. Acho mesmo que tô ficando doido! – E desatei a contar o ocorrido na estrada. Helena ouvia sem piscar, calada durante todo o relato.

– Beto dos céus, que loucura é essa! Será que tu foi abduzido, criatura!

Tínhamos uma intimidade e uma amizade que datavam da nossa entrada, quase que simultânea, naquela firma. Helena era, nessa época, uma mulher de seus 35 anos, divorciada e mãe de dois filhos: Mateus de 12, e Juca de 10. Desfilava seu corpo moreno muito bem esculpido, com uma cabeleira negra que lhe caía até o meio das costas. Uma belíssima representante do amálgama racial brasileiro. Tinha traços fortes e expressivos, dignas de uma índia guerreira, mas com um sorriso lindo e maternal, que quebrava qualquer barreira. Dei a maior força para ela, quando da sua separação litigiosa, arrumando um excelente advogado, amigo meu de infância, que lhe deu ganho de causa em todas as questões, inclusive, dando-lhe a posse da casa onde vivia com os garotos. Ficamos amigos fraternais, e eu conto tudo pra ela e ela pra mim, inclusive os detalhes mais sórdidos das nossas intimidades. Coisas de irmãos! Nunca teve espaço entre nós dois para mais do que amizade, apesar de eu ficar provocando, dizendo que aquele corpinho ainda seria meu. Ao que ela respondia, de pronto:

"Sai pra lá, branquelo com salsicha-aperitivo! Meu negócio é com os "da cor" meu camarada!" E, invariavelmente, caíamos na gargalhada.

Quando do acontecido com minha "ex", ela, inclusive, foi à minha casa para apagar qualquer vestígio da passagem daquela senhora pela minha vida. Foi uma amiga e tanto.

– Então, tô sem saber o que pensar... – disse eu, já com a mão na testa.

– Calma, Beto! Deve ter uma explicação razoável para isso! Só temos que analisar ponto a ponto.

– Acho que eu devo estar enlouquecendo mesmo... acho que esse é o meu destino!

– Que é isso, Beto! Você é uma das pessoas mais racionais que conheço! O fato de você não estar entendendo o que se passa, não quer dizer que você é louco. Quer dizer apenas que ainda não achou uma explicação razoável pro fenômeno. Eu continuo dizendo que você foi abduzido. Quero ver se você tem alguma marca no corpo. Depois do expediente, passo na sua casa pra te examinar debaixo de lupa!

– Tá doida, mulher! Tá querendo abusar de mim? – E caí na gargalhada.

– Que abusar que nada, quero ver se têm marcas no seu corpo que possam mostrar algum experimento que tenham realizado em você, bobalhão!

– Ok. Passa lá depois então. Mas já vou logo avisando, entrou lá em casa, tem que rolar um sexo gostoso! – E ri de novo.

– Deixa de ser bobo. Você é igual um irmão pra mim. Pode ficar pelado que eu não tô nem aí! – E riu também.

Foi o tempo de chegar a barca com o combinado de sushis e sashimis, que nós devoramos avidamente, e voltamos satisfeitos para o escritório.

Acabado o expediente, estava saindo para ir para casa quando escutei Helena me chamar.

– Lá pelas 8hs eu passo lá, ok?!

– OK... apenas repito: não vá abusar de mim!

– Bobalhão... tá se achando! E eu ligo pra homem branquelo, por acaso?! Eu já te disse que gosto mesmo é "da cor"! – Insistiu ela, sorrindo.

Fui para casa e realmente por volta das 20:15hs me chegou a Helena com seu barulhento carro. O carro dela estava com o escapamento furado, já tinha quase dois meses!

– Oi, Helena, entra aí! Quer comer alguma coisa? Beber?

– Obrigada, Beto, jantei com os garotos antes de vir. Mas abre uma gelada aí, pra gente!

Fui pra cozinha e peguei duas "long necks" estupidamente geladas e brindamos.

– Agora, meu Rei, tira essa camisa que eu quero ver esse "corpitchu" branquelo!

Tirei a camisa, e ela começou me analisar de um lado a outro.

– Beto, tem dois furos nas suas costas, um de cada lado, na altura dos rins!

– Furos?! Não sinto nada!

– É...mas têm! E um monte de marquinhas vermelhas dando a volta em todo o abdômen. Cara... vou te enganar não... você foi abduzido, meu camarada! Será que comeram seu rabo também?! – E desatou numa gargalhada danada.

– É ruim...os ETS devem ter mais bom gosto do que se encantar por uma bunda magra e branca, mais parecendo uma aspirina! – E caí na gargalhada também.

Botei a camisa, e abrimos outra cerveja. Ficamos conversando sobre as possibilidades, quando ele me disse:

– Naquele teu sonho, os caras não te ensinaram a frase pra parar o tempo?

– Ensinaram ... era pra me concentrar na frase "para tudo".

– Então, por que tu não tenta?

– Peraí... deixa eu me concentrar. – E fiquei mentalizando aquela frase de olhos fechados, repetindo aquelas palavras mentalmente, como se fosse um mantra. Quando abri os olhos, estava tudo congelado. Helena meio debruçada sobre a mesinha de centro com a "long neck" na mão, e o relógio de parede sem mover o ponteiro dos segundos. Novamente, não havia nenhum som ou qualquer outra coisa que denotasse movimento.

Passei a mão na frente dos olhos de Helena e nada! Fiquei bolado com aquilo... como ia provar para ela que eu tinha realmente parado o tempo?! Resolvi fazer uma brincadeira. Fui ao banheiro e voltei com a pasta de dentes. Pintei o rosto dela com a pasta de dentes e me concentrei novamente na frase da volta, que era: "volta tudo". Quando abri os olhos, Helena estava depositando a garrafa na mesa.

– Deu certo, Helena!

– Como deu certo? Não aconteceu nada!

– Vai ao banheiro e dá uma olhada no seu rosto!

Ela mais que rapidamente levantou, foi ao pequeno lavabo do corredor e ouvi um grito:

– Caralho...que porra é essa? Você pintou a porra da minha cara, cabra safado!

Comecei a rir e gritei:

– Taí a sua prova, bonitinha!

Ela voltou do banheiro enxugando o rosto com a toalha de mão.

– Você conseguiu, cara...que incrível! Tô bolada...agora tu tem um poder infinito! Você pode fazer qualquer coisa. Pode alterar o que quiser, mexer na vida das pessoas. As alternativas são absurdamente incríveis!

– Chega a dar medo! Deixa eu tentar uma coisa – falei em tom entusiasmado.

Concentrei-me novamente e parei o tempo. Cheguei no ouvido de Helena e disse:

– Você está com um frio absurdo. Muito frio mesmo. Tá tremendo de frio!

Concentrei-me e fiz o tempo voltar a passar. Na mesma hora, vejo Helena tremendo e dizendo:

– Cara, que frio é esse, caraca! Que frio é esse, me dá um agasalho, Beto! Tá um frio da porra aqui!

– Calma...fui eu que coloquei esse pensamento na sua cabeça. Tá fazendo uns 30 °C. Um calor danado! Foi uma sugestão que fiquei falando no seu ouvido. Caramba... além de tudo, consigo influenciar o pensamento das pessoas. Isso é muito poderoso, Helena.

– Tá tudo certo, então, se é assim, "desenfluencia" a minha pessoa, pois estou com muito frio, mesmo!

Concentrei-me novamente e desfiz a sugestão de frio. Quando o tempo voltou, Helena já não sentia mais frio e estava atônita com o que tinha presenciado.

– Beto, tô bolada. Nem sei o que te dizer, cara. Deixa eu ir pra casa, que já tá tarde. Amanhã, continuamos a analisar essa situação. – disse ela, assustadíssima com aquilo tudo. Ela mal se despediu e saiu rápido com seu carro barulhento. Acho que ficou realmente assustada com os fatos. Confesso que eu também estava bolado e não sabia ao certo o que pensar. Tinha que ir para a rua testar mais uma vez aquela nova situação.

Aprendendo a andar

Peguei o carro e me mandei para o bar que costumava frequentar. O bar estava bem cheio, principalmente de jovens universitários. No meio daquele burburinho de gente, pude notar umas meninas bonitas em torno de uma mesa, conversando e rindo descontraidamente. Concentrei-me e pronto... tudo estava parado. Eu podia circular livremente entre as pessoas, sem ser visto ou sentido. Peguei uma cerveja na geladeira e dei um gole. Peguei um petisco em uma mesma próxima e comi. Nada de reação de ninguém! Fui até a moça mais bonita que estava na mesa e falei no ouvido dela:

– Olha, esse cara aí do seu lado. É o homem da sua vida. Ele é tudo que você sempre quis. Você tem que sair com ele e devorar esse cara, pois, de outra sorte, outra mulher vai fazê-lo. Você está apaixonada por ele e não consegue se segurar. Vai lá e canta ele.

Nova concentração, e os ponteiros voltaram a girar. Imediatamente a moça se levantou e veio em minha direção. Começou a puxar uma conversa com sua voz doce. Por incrível que possa parecer, até que a conversa fluiu bem. Falou-me de si, do seu trabalho e não conseguia tirar seus olhos dos meus. Pareciam-me sinceras as coisas que ela dizia. Lá pelas tantas, ela falou sem cerimônias, que tinha gostado de mim e que gostaria de me conhecer melhor. Perguntou se eu estava de carro, ao que respondi positivamente, e ela perguntou se eu gostaria de sair dali. Eu disse que sim, que meu carro estava estacionado ali perto. Ela pegou a bolsa e deu uma desculpa para as amigas. Saiu comigo para meu carro onde, sem cerimônias, deu-me um beijo cheio de significado. Perguntei para ela se gostaria de conhecer minha casa. Ela acenou positivamente com a cabeça, e eu a levei para conhecer o covil do lobo.

Mal consegui entrar em casa e a moça começou a me agarrar e deixar o fogo da paixão nos consumir. A mulher era insaciável e realmente estava curtindo apaixonadamente aquele momento. Quando finalmente ela conseguiu relaxar, conversamos descontraidamente, como se nos conhecêssemos há décadas. Ela era um livro aberto, sem segredos. Falamos sobre tudo, e ela me contou que tinha recentemente rompido um noivado de três anos. Passados os momentos de conversa amigável, ela sentiu novo fluxo de desejo, e tudo começou novamente, agora ainda mais intenso. A mulher era linda e sabia o que estava fazendo. Acho que foi a transa mais intensa que eu tinha tido em toda a minha vida. Simplesmente não acabava aquela paixão dela por mim. O que mais me chamou a atenção foi o olhar de paixão que ela tinha nos olhos. Ela estava nas nuvens com aquela onda de desejos correspondidos. Isso me deu certo alívio em relação àquela sedução induzida. Afinal, era um desejo dela, com iniciativa dela à qual eu somente correspondia.

Ficamos naquele amor louco até o dia amanhecer, e ela dizer que precisava voltar, pois trabalhava cedo. Levei-a para sua casa, mas, antes de sair do carro, ela me olhou fundo nos olhos e disse que gostaria de me ver à noite novamente. Questionou se eu permitiria que ela fosse à minha casa mais tarde, para ficar comigo. Eu disse que sim. Quem era eu para negar um pedido de uma Deusa dessas? Ela era realmente muito bonita e era bem provável que existisse um namorado ou caso que estaria sendo traído. Paciência! Parece que o mudo é assim mesmo.

Voltei para casa, tomei um banho, relaxei um pouco e fui para o escritório. Chegando lá, senti Helena tensa comigo.

– Fala Helena...o que tá pegando?

– Tô com medo de você!

– Medo de mim, por quê?

– Cara... muito bizarro esse seu poder. Tô bolada. Tenho que me acostumar a essa estória. Vai com calma, meu amigo, para não fazer nenhuma merda, viu?!

– Fica tranquila. Tá tudo sob controle. Eu também estou só me acostumando a essa nova situação.

Contei para ela a noite de amor intenso que tive, e ela só me ouvindo.

– Será que isso não é estupro induzido? – falou ela, meio sarcástica.

– Será? Mas, Helena, o que eu fiz foi plantar a ideia, a decisão de fazer ou não continua com a pessoa, ou não é?

– Pensando por esse lado, parece que você tá certo. Por mais que coloquem ideias tortas na cabeça da gente, cabe a nós decidirmos se fazemos ou não. – disse ela analiticamente.

– Pois é... tô pensando em convencer você a ceder esse lombo de tanajura para mim! – Dei uma risada solta.

– Sai pra lá, jacaré, que isso aqui não é pro teu bico. Branquelo dos infernos!

Fui para minha sala e me bateu um cansaço daqueles.

– Vou me concentrar, dormir um pouco aqui no sofá, e retomar o dia quando eu acordar. E foi o que fiz. E foi só me concentrar, que o tempo parou. Sem som algum ou qualquer movimento ao meu redor, tirei um cochilo de umas duas horas na realidade paralela. Quando acordei, fui ao banheiro e, ainda com tudo parado, me refresquei, penteei o cabelo e voltei para minha sala, onde deixei que o tempo fluísse novamente. Tudo parecia normal. Só eu que estava mais descansado.

Findado o dia, voltei para minha casa e, ao chegar, vejo um carro parado na minha porta. Era Jennifer (nome da moça da noite anterior), que me esperava ansiosamente sentada na escada em frente à porta de entrada. Quando me viu, veio correndo e pulou em meus braços.

– Tava morrendo de saudades, mal consegui trabalhar esperando pra te ver novamente. Vamos entrar, rápido!

Mal eu abri a porta, e ela já estava nua me puxando para o quarto. Mais uma incrível sessão de aeróbica sexual se seguiu, junto com o olhar apaixonado que acompanhava cada orgasmo. Ela realmente estava feliz. Não acho que aquela manipulação de seu desejo tenha lhe prejudicado, mas precisava de ajustes.

Concentrei-me, parei novamente o tempo e, dessa vez, expliquei com calma, que tipo de relacionamento nós teríamos. Maduro, ardente, apaixonado e, principalmente, fiel. Que ela seria sempre sincera comigo e que ela confiaria muito em mim. Ela não mais teria essa obsessão por mim, mas uma amizade apaixonada, onde me encontrar era um desejo, mas não uma necessidade absoluta. Continuaria muito ligada em fazer sexo comigo, mas seriam momentos relaxados onde, além da loucura do sexo, teríamos momentos de muita intimidade e companheirismo. Fiz os ponteiros girarem novamente e lá estava a garota dos meus sonhos. Linda, amiga, apaixonada, relaxada e desencanada. Parecia a fórmula ideal.

Falou-me de tudo de sua vida. Desde a infância, dos pais, dos avós, dos irmãos. Disse que estava prestes a se casar, quando se deu conta de que não amava realmente o noivo. Rompeu o relacionamento havia dois meses e, desde então, só tinha tido casos sem maiores consequências.

Adorei aquele panorama. Iria dar uma chance para aquela minha criação. Ficamos mais um tempo namorando, quando ela então me disse que precisava voltar para casa, pois no dia seguinte, teria muitos assuntos para resolver no fórum. Ela era advogada de uma firma grande de advocacia empresarial.

Pedi para que ela me olhasse nos olhos. Olhei bem no fundo do seu olhar, e o que pude ver foram as chamas da paixão ainda presentes. Tava de bom tamanho. Quanto a eu ser fiel a ela, isso já seria outra estória. Nunca mais seria inteiro com nenhuma mulher! Agora que tinha esse trunfo nas mãos, seria a minha vez.

Aprendendo a correr

Segui caçando novas presas da minha sedução e abusei da variedade. Tomava os cuidados para que Jennifer não ficasse sabendo, pois no fundo tinha respeito por ela. Nem por isso, no entanto, deixei de me esbaldar nos braços de uma coleção de beldades.

Meu leque de experimentações ia desde os 18 anos (fiz questão de permanecer ético nesse ponto) até as mais velhas e divorciadas. Cada mulher dessas, uma nova e eletrizante experiência. Tinha o cuidado de só lançar a ideia de uma relação na mente delas e deixava que elas decidissem. O que me espantou foi a baixíssima taxa de refugo. Mesmo as casadas de pouco tempo deixavam-se levar por essa aventura amorosa. Acho que, no fundo, todos nutrem uma carência e sede de viver que é quase irresistível. Dada a oportunidade, poucos seguram a onda.

Seguia com a minha experimentação, aumentando o leque para todos os tipos de etnias e religiões. Invariavelmente, a taxa de refugo era baixíssima.

Bem... o tempo foi passando, e eu continuava na safadeza, mas mantinha minha relação com a Jennifer. No trabalho, continuava ativo e bem motivado e tinha chegado o dia de uma maratona no escritório. Era dia dos clientes aprovarem, ou não, os projetos que seriam apresentados a eles.

Com todos reunidos na sala de reunião, começaram as apresentações. Meus colaboradores tinham feito um trabalho sensacional para uma companhia de sabão em pó, muito criativa e inovadora, mas eu via no rosto do cliente uma ponta de relutância. Não tive dúvidas. Parei o tempo e fui buzinar no ouvido do cabra que aquele era o trabalho mais sensacional que ele já tinha visto na vida, que não só aprovaria aquele projeto, como encomendaria outro, em sequência, para outro produto da marca.

Recomecei o fluxo temporal, e o cara foi só sorrisos. Enalteceu a equipe e teceu os maiores elogios a todos, inclusive aos diretores presentes, que ele não só estava satisfeitíssimo, como traria outros clientes para nossa empresa.

Em todas as novas apresentações, o mesmo resultado. Sucesso total e absoluto. Tinha garantido o sucesso financeiro da empresa pelos próximos 3 anos.

A alegria era geral, e a champanhe rolou solta no final das apresentações. Não preciso dizer que Helena me olhava de canto de olho, mas sem nada dizer. Fui promovido a diretor do departamento de criação com um substancial aumento salarial, e todos do departamento receberam gratificações, visto que eram contas consideráveis! Pedi que minha secretária pessoal fosse comigo para o novo cargo e que recebesse também um aumento por conta da responsabilidade que a nova função exigia.

Fui prontamente atendido, e Helena, que era só felicidade, chegou para mim e disse:

– O céu é o limite, né, seu danado?! Tenha juízo, viu?

– Deixa comigo... mas, no momento, deixa eu aproveitar um pouco a vida de solteiro e convencer muitas gatas que eu sou irresistível.

– Então é isso que você anda fazendo em seu tempo de folga? Só não vá querer usar esse corpinho aqui viu? – disse ela, piscando o olho pra mim.

– Eu sei que tu gosta de acessórios especialmente projetados para os "de etnia além-mar" e não tenho condições de competir com isso. Vou deixar você de fora, pode ficar tranquila!

Contei para ela as aventuras amorosas e ela, que sempre foi minha confidente, me chamando de tarado.

– Tarado, nada... a escolha é delas, eu só não resisto ao assédio, só isso! E deixo as moças felizes e satisfeitas. Nunca é uma imposição minha, é sempre decisão delas.

– Sei... como seu não te conhecesse! Tu mete na cabeça delas a ideia de te seduzir -e deita na cama. Não é exatamente ético, é?!

– Pode não ser ético, mas quem disse que existe ética em um tipo de situação dessas? Isso, pelo que eu saiba, é uma situação inusitada. Deixa eu aproveitar e tirar o atraso e a raiva que ainda sinto daquela minha ex-mulher, aproveitando, ao mesmo tempo, um pouco as mulheres que se dizem apaixonadas por mim!

– Vou ficar de olho em você! Você me deve uma, não se esqueça disso!

– Pode deixar, se você estiver a perigo, é só me falar que eu venho dar assistência!

– Deixa de ser babaca! De você eu quero tudo, menos esse troço que tu tem pendurado aí!

Demos aquele abraço apertado de irmãos de alma e nos despedimos pelo dia.

Correndo maratonas

Voltei para casa e, como não podia deixar de ser, dez minutos depois, chega minha Deusa do sexo com comida italiana. Claro que, antes do jantar, teve um "avant premier" do que viria depois do jantar. Estava gostando da ideia de ter essa facilidade e esse entendimento simples e sincero com Jennifer, só não tinha ainda entrado de coração nessa relação. Ela era ótima companhia, mas um pouco grudenta demais. Será que eu iria querer experimentar toda a potencialidade desse dom, antes que ele acabasse?

Parei o tempo depois da transa, e falei no ouvido dela da necessidade que ela sentia de realizar suas mais bizarras fantasias comigo. Que ela não tivesse vergonha de me contar ou pedir que realizasse essas fantasias. Queria que isso partisse da vontade dela. Desfiz a pausa, e ela imediatamente me perguntou, se eu gostaria de fazer uma brincadeira em grupo. Explanei que se tivesse homens na parada, eu estava fora. No entanto, se envolvesse mulheres, que eu só faria isso por ela, visto que ela me bastava. Pedi garantias de que ela não teria ciúmes, nem me obrigaria a encarar nada escatológico.

– Deixa comigo, eu tenho amigas lindas que vão adorar você. Eu fico excitada só de imaginar você com elas.

– Bem...se você insiste...

– Vou conversar com elas e te aviso. Agora, vêm pra cá que fiquei assanhada novamente! – E me puxou para nova maratona sexual.

No dia seguinte, ela me liga dizendo:

– Consegui três amigas curiosas naquele assunto nosso.

– Que assunto? – Provoquei.

– Aquele de você , eu e mais um monte de mulheres, peladas na piscina!

– Ah...isso! Pensei que era brincadeira sua. Tá falando sério? Você quer que eu encare esse monte de mulheres ao mesmo tempo? Não sei se tenho saúde pra isso tudo não!

– Claro que tem. Você é pra lá de gabaritado para encarar esse desafio. Faz isso por mim, faz?

– Ok. Vou tentar. Mas não diga que eu não te avisei. Se eu negar fogo na hora, a culpa vai ser sua. Minha ligação é contigo! Com essas mulheres que eu não conheço, sei não... – disse eu na maior cara de pau!

– Deixa de ser bobo. Vou estar junto para te ajudar!

– Então tá. Quando vai ser?

– Marquei para amanhã à noite, na sua casa. Vou levar elas comigo e vamos fazer um churrasco animado para brindarmos a vida. Vai ser uma festa e tanto. Você não tem vizinho perto, então não tem problema de barulho até tarde, né?!

– Tranquilo. Vou providenciar as paradas para o churrasco. Devo chegar mais cedo para preparar as coisas. Quando vocês chegarem, já devo estar calibrado.

– Perfeito, te vejo amanhã! – falou ela com a voz de pura excitação.

No dia seguinte, cheguei mais cedo em casa, botei fogo na churrasqueira, liguei as luzes e a bomba da piscina, e o clima estava perfeito. Abri uma "long neck", outra e mais uma e, quando estava para abrir a quarta, tocou a campainha. Abri a porta e parecia que, na realidade, eu abrira o portal do paraíso! Jennifer, linda como sempre, acompanhada por uma loira e duas morenas de parar o trânsito.

– Sejam bem-vindas, meninas. O churrasco vai começar agora!

Dei beijinhos nas moças e vi que todas tinham um olhar safado estampado na cara. Olhei para o céu e agradeci a graça alcançada. Fomos para a churrasqueira e pedi que ficassem à vontade. Deixei a música por conta do aplicativo da internet, e só a luz da piscina iluminava o ambiente. Tava realmente muito aconchegante. Distribui cervejas para todas, e comecei a assar o churrasco. Quando menos esperava, estavam todas de biquínis ao meu redor. As cervejas foram substituídas pelas caipirinhas de morango, que eu faço muito bem. Depois de umas três rodadas de caipirinhas, estávamos todos na maior descontração. Jennifer tirou o biquíni e entrou na piscina. Imediatamente, eu arranquei a minha bermuda e a segui. Quando olhei para trás, todas as outras estavam nuas e entrando na piscina. Que vista maravilhosa! Uma coleção de beldades só para mim! Fiz a revista na tropa, analisando uma a uma e acariciando e beijando todas, como se fosse uma segunda apresentação. Jennifer veio se juntar à bagunça, e a bagunça realmente começou! Aqueles corpos e rostos lindos tomaram a frente da cena, e eu mal conseguia me mexer. Eram pernas e braços para todos os lados, e um clima de euforia tomou conta do pedaço. Claro que tive que parar várias vezes o tempo, para poder descansar um bocado entre cada nova odisseia com aquelas beldades. Aquilo durou horas, e Jennifer estava em um estado de puro êxtase.

Quando aquele frenesi finalmente acabou, estávamos os cinco deitados na minha cama, completamente arrasados. Jennifer veio se aninhar perto de mim e disse bem baixinho:

– Obrigada por você ter realizado essa minha fantasia!

– Você quase me matou, mas achei ótimo. São realmente mulheres lindas e sensuais. Aliás, que disposição vocês têm!

Ela riu, colocou a cabeça no meu ombro e dormiu. Pela manhã, fui acordado por uma de suas amigas, querendo mais chamego. Quando estávamos no meio dos trabalhos, veio outra e mais outra e, finalmente, Jennifer acordou e se juntou àquela confusão organizada. Era praticamente sexo em linha de montagem. Terminada a catarse, tomamos o café e elas saíram, me deixando totalmente estropiado. Jurei que não ia mais passar por essa maratona... Pelo menos, naquele dia! Tinha vivido o sonho de todo o homem e, o melhor, pela vontade e tara da própria namorada! O mais interessante é que eu só tinha influenciado Jennifer, as outras vieram por vontade própria, só convencidas pela vontade de Jennifer.

Parei o tempo e dormi umas 4 horas seguidas, para poder me recuperar daquela exaustiva experiência.

Saí para o trabalho, ainda nas nuvens e pensando nas infinitas possibilidades daquele dom. Chegava às raias da covardia. Eu poderia influenciar tudo e todos. Mudar fatos e decisões. Era um poder infinito! Precisava racionalizar as prioridades, para não pirar na esfera sexual. Estava me sentindo um semideus e estava começando a gostar do cargo!

Com as rédeas do destino nas mãos

Segui com a minha vida, agora de diretor, e, com isso, era obrigado a frequentar a alta roda dos negócios corporativos. Desde presidentes de multinacionais até políticos de 1º escalão, estes passaram a ser os meus companheiros de reuniões e de infinitos coquetéis. Bastava eu não gostar da postura de uma determinada figura, que eu dava um jeito dela ser desacreditada ou mesmo mudar de comportamento. Em certa ocasião, um CEO de uma empresa alemã poderosíssima colocou-se acima do bem e do mal e, com a empáfia típica de um reizinho, desdenhou de um subordinado meu de forma pejorativa. Fiquei olhando aquela cena como que não acreditando no que estava presenciando e, imediatamente, parei o tempo e fui influenciar a belíssima esposa daquele crápula a se interessar por aquele jovem rapaz que havia sido desdenhado pelo déspota. Não deu outra, os dois viraram amantes, e o garoto se sentiu mais do que vingado. Fui também ao ouvido do ofensor e, gentilmente, sugeri que ele não seria mais capaz de humilhar ninguém, pois ele veria somente o lado bom das pessoas e saberia valorizar o que há de melhor em cada uma.

Pois é... Esse tipo de poder de interferir na vida alheia passou a ser regra na minha vida. Helena já era agora gerente de um departamento e com viés de alta. Toda vez que nos víamos, ela piscava pra mim e dizia:

– Abre o olho que eu tô te vendo! – E caíamos no riso.

Eu já havia liberado Jennifer da minha influencia nefasta, sem que ela sequer notasse. Um dia, ela chegou para mim e disse que queria poder levar a vida dela de uma forma independente, e que eu não estava mais em seus planos. Fingi estar chocado, mas disse que entendia e queria que ela fosse feliz, e que ela sempre poderia contar comigo. Como era de praxe, tivemos nosso momento "saideira" e depois não a vi mais.

Eu mantinha uma agenda de conquistas e seduções realmente impressionante. Aluguei um apartamento no centro da cidade só para poder exercitar essa sede de conquistas.

O tempo foi passando e, como não podia deixar de ser, aquelas bobagens já não satisfaziam um Eu cada vez mais exigente. Eu precisava dar um sentido real à minha vida e focar no que realmente importava, a felicidade.

Mudança de ventos

Em um desses momentos em que o tempo estava parado e eu curtindo andar pelas ruas petrificadas, vi uma criatura entrar em uma loja do outro lado da rua. Mais que rapidamente, atravessei e entrei na loja, flagrando a figura experimentando umas roupas. Fiquei olhando de longe e vi que se tratava de uma moça de uns 25anos. Era muito bonita. Ela estava só de calcinhas e mostrava um belíssimo corpo, muito branco, contrastando com seus cabelos negros. Os seios eram lindamente torneados, típicos de uma mulher daquela idade e que, possivelmente, não tinha tido ainda filhos, pois denotavam uma rigidez típica das que ainda não haviam amamentado. Quando já havia vestido uma calça que escolhera e se preparava para sair, ela me viu e quase caiu para trás.

– Calma! Não se assuste. Sou do bem! – disse eu para uma criatura assustadíssima.

– Quem é você e como é que você não tá parado? – Ela mal conseguia pronunciar as palavras.

– Que tal irmos tomar um café e conversarmos sobre isso? Mas, antes, coloca esse dinheiro no caixa para não dar prejuízo para a loja! – Estendi a mão com um punhado de notas de 100.

– Desculpe, eu não costumo fazer isso.

– Tudo bem, eu também já fiquei tentado muitas vezes, e acho até que já fiz coisa bem pior.

Saímos da loja, entramos em uma cafeteria e sentamos a uma mesa de canto. Assim que sentamos, eu me concentrei e fiz o tempo voltar a passar. Imediatamente, o barulho voltou e uma garçonete nos avistou e veio fazer o pedido.

– Dois expressos, por favor, e uma água com gás – disse eu, olhando para a garçonete.

A garota que estava comigo estava apática. Não sabia o que falar.

– Meu nome é Beto, e o seu?

– Eu sou a Beth. Prazer! – E me estendeu uma mão magrinha de dedos longos e brancos.

– Desde quando você consegue transitar por entre os segundos? – perguntei para ela, olhando-a firme nos olhos.

– Isso começou faz uns dois meses. Pensei que eu era a única a fazer essas coisas.

– Pois é... Eu também. Comigo isso começou há mais algum tempo, quase um ano!

– Você já achou explicação para esse fenômeno? Pois eu ainda estou perdida nessa confusão de para e volta do tempo – disse ela, ainda com a voz um tanto embargada.

– Como assim? Você não consegue controlar a parada e a volta?

– Não. Simplesmente acontece quando eu menos espero e, às vezes, dura dias, ou pelo menos eu sinto como se fossem dias, pois não consigo manter a contagem do tempo nesse mundo paralelo.

– Humm... Acho que eu tenho que te treinar para que você consiga controlar esse dom.

– Você consegue? A hora que quiser? O tempo todo? – E vi, pela primeira vez, seus olhos castanhos brilharem. Ela era bonita e parecia ser simpática.

– Consigo. Vou e volto na hora que eu quero, sem problemas. Às vezes, como foi agora, vou relaxar nas ruas paradas e sem barulho. Me sinto bem assim.

– Mas como você faz? Já tentei de tudo e não consigo controlar nada! – Ela me olhava com um olhar de admiração de uma criança no colo do Papai Noel.

– Calma. Tudo a seu tempo. Primeiro, vamos por partes. Como e quando aconteceu o primeiro fenômeno?

– Não sei exatamente a data, mas estava andando de bicicleta por uma estrada, quando tudo ficou branco, e o tempo parou. Um tempo depois, eu já fora da bicicleta e andando pela estrada, a bicicleta passou sozinha por mim e foi cair uns metros à frente.

– Você lembra de alguma coisa depois do clarão branco? Sonhou com alguma coisa estranha?

– É, Beto, eu sonhei que estava em uma sala muito branca, deitada em um tipo de maca e uns vultos brancos falavam comigo, mas sem mexerem a boca.

– O que eles falavam?

Nesse momento, a garçonete trouxe os cafés e serviu a água gasosa para nós. Agradeci, e a moça deu sequência no relato.

– Não lembro direito. Foi um sonho meio confuso. Acho que eu ouvi algo como "para" ou coisa semelhante.

– Pois é, Beth. Comigo foi muito parecido, só que eu quase me estabaquei de moto, quando da volta do tempo. À noite, eu também sonhei com esses seres na mesma situação, só que eu me lembrei do que disseram. Eles mandavam eu me concentrar na frase "para tudo" e "volta tudo". Eu fiz e passei a ter o controle absoluto sobre o tempo. Só não consigo fazer o tempo retroceder!

– Caramba, que bárbaro! Posso tentar?

– Deve! Vou ficar te observando.

Ela fechou os olhos, eu pude senti-la se concentrar e, de repente, tudo parou. Ela abriu os olhos e disse:

– Deu certo?

– Oh, se deu! Olhe só... tudo parado! Parece que estamos conectados. Quando você ou eu paramos o tempo, os dois ficam livres no espaço entre segundos.

– Que bárbaro... então, quando eu fiquei nesse tempo parado. Era você que parava o tempo?

– Acho que sim. Menina, querendo ou não, estamos ligados um ao outro. Acho bom começarmos a nos conhecer. De qualquer forma, já estou simpatizado contigo. Você, apesar de querer dar um "perdido" naquela loja, parece ser uma mulher legal. O que você faz na vida?

– Também acho que vou me dar bem com você. Parece que você tem a tranquilidade e a serenidade de um monge. Sinto segurança em você. Eu sou estudante de biologia na faculdade estadual, e você?

– Sou diretor de marketing de uma empresa desenvolvedora de produtos áudio visuais.

– Nossa, parece importante. Quer dizer que agora, quando você ou eu pararmos o tempo, estaremos parando o tempo do outro também?

– Acho que sim. Espero que não tenham outros por aí capazes disso, se não vai virar uma zona! – E demos uma risada.

Ela tinha um sorriso franco de dentes muito bonitos. Era realmente uma bela mulher.

– Você é casado, Beto?

– Não, e você?

– Também não. Tenho um namorado já faz uns 3 anos, mas acho que não vai passar disso.

– Como assim? Não vai passar de namoro, ou não vai passar dos três anos?

– Acho que não passa dos três anos. Já sinto sinal de desgaste entre nós. Acho que estamos evoluindo em direções opostas. Nem sei por que estou te falando isso. Acho que sinto confiança em você para desabafar. Sabe aquela sensação de que a página já virou e que as coisas que nos uniam já não estão mais lá?

– Sei bem o que você está me dizendo. Estou solteiro já faz uns três anos agora. O meu dia do "tchau" foi traumático pra cacete!

– Não me diga? Você terminou gostando?

– Não tive alternativa, peguei ela na traição com o personal trainer, naquela situação que você bem pode imaginar!

– Caramba, é mesmo? Pegou no flagra, tipo, transando?

– Pois é... peguei os dois pelados no quarto de um motel. Tem cena mais ridícula do que essa?

– Coitado! Que barra, Beto! Como você conseguiu lidar com isso?

– Muito mal no começo, mas agora já não dói mais tanto. Claro que isso afetou a minha habilidade em confiar. Sou um cristal rachado e acho que confiar totalmente vai ser difícil doravante.

– Sinto muito. Posso imaginar a barra que foi. Mas me conta, você já vinha desconfiando? O relacionamento tava desgastado?

– Que nada, Beth, estávamos ótimos, com planos de viagem e tudo. Tínhamos uma vida íntima superapaixonada. Foi aí que pegou! Jamais imaginei que ela estava curtindo outra pessoa. Ou eu sou muito inocente, ou o maior babaca do mundo! Talvez os dois juntos!

– Nem sei o que dizer. Se acontecer comigo acho que eu morro por dentro. O que mais prezo em uma relação é o respeito. É por isso que acho que minha relação com o Carlos vai dar xabú. Quero que acabemos antes de passarmos pelo desprazer da traição. Sempre achei que o texto de chegada deveria ser igual ao de saída. Se começamos como amigos, que terminemos do mesmo jeito, pelo menos para deixar saudades dos tempos bons e dos belos momentos que vivemos.

– Você tem uma cabeça muito boa e é uma pessoa fácil de conversar. Falei de mim em cinco minutos, mais do que nesses últimos três anos. A única pessoa com quem tenho esse tipo de conversa é a Helena, minha ex-secretária e agora gerente de um departamento, com quem tenho uma puta liberdade. Somos o tipo de amigos que falam absolutamente tudo, inclusive sacanagem, mas sem nunca ter rolado nada. Sei da vida íntima dela e ela da minha. Ela é a única que sabe desse meu dom. Foi ela, aliás, que descobriu esse mistério junto comigo.

– Como assim, ela também faz o tempo parar?

– Não. Quando aconteceu a parada do clarão de luz, eu imediatamente contei para ela e falei do sonho. Ela falou que, possivelmente, eu tivesse sido abduzido e quis me examinar. Deu uma examinada minuciosa no meu corpo e descobriu que eu tinha algumas marcas circulares no meu abdômen, além de duas perfurações no nível dos rins. Nunca senti nada dessas lesões. Fizemos as conjecturas e testes e foi com a presença dela que eu parei e voltei com o tempo pela primeira vez. Foi engraçado, pois para provar para ela que eu tinha parado o tempo, eu besuntei a cara dela de pasta de dentes. Claro que ela quis me matar. Logo depois, testei o poder de influenciar as pessoas durante as pausas. Fiz com que ela sentisse frio, mesmo estando a temperatura ambiente a mais de 30°C .

– Como assim, influenciar? Não entendi!

– Se você falar com as pessoas durante as paradas do tempo, elas tomarão suas palavras como se fossem os pensamentos delas!

– Sério?! Caraca... isso é muito poder Beto!

– Eu sei. Já usei e abusei disso. Confesso que exagerei um tanto, mas isso não causa danos nem traumas, pois são ideias que as próprias pessoas passam a ter. Daí vai o livre arbítrio de se deixar levar por aquela ideia ou racionalizar e frear seus ímpetos. Eu simplesmente lanço a semente em solo fértil. Se germinar, é por decisão da própria pessoa!

– Conta pra mim, o que você fez com esse poder? Fiquei curiosa!

– Namorei todas as mulheres que eu quis, por decisão delas. Inclusive as loucuras sexuais que elas me propuseram!

– Que maldade, Beto! Isso mais parece um estupro mental!

– Pensei assim também, no princípio, mas, como disse, só plantei as sementes. As ideias foram sempre delas. Não é muito diferente do marketing agressivo das grandes empresas que lançam imagens e mensagens subliminares. O que eu fiz foi exatamente isso. Mensagens subliminares, que estimularam um desejo, possivelmente reprimido, daquela pessoa.

– É, faz sentido! Posso experimentar?

– Claro. Vai em frente. Aproveite que estamos na pausa do tempo e escolha alguém para influenciar.

E ela foi ao ouvido da garçonete e pediu para ela aumentar a música.

Desfez a pausa temporal e "voilá", a música foi aumentada.

– Que incrível, Beto. Esse dom é bárbaro ! São tantas possibilidades que me deixam até tonta. O mais incrível é que eu confio em você, sem nem sequer te conhecer direito!

– Vou te dizer que eu também sinto como se te conhecesse. Estranho, né?! Ah, se você quiser, usando esse tipo de manipulação das ideias, você tem como mudar o rumo do seu relacionamento.

– Sério... será?! Mas não estaria eu interferindo artificialmente, sujeitando o Carlos a minha vontade?

– Isso é você que tem que decidir. Eu nunca influenciei ninguém que eu amasse de verdade, então as minhas influencias não me causaram esse dilema. O que fiz foi moldar estranhos aos meus desejos, o que é muito diferente.

– Preciso dormir em cima dessa ideia e desse novo conceito. Beto, anota o meu número para que possamos manter contato, principalmente quando um de nós quiser parar o tempo. Vamos combinar assim, vai parar, manda uma mensagem ou liga. Ok?

– Combinado. Você mora onde?

– Bairro das Garças e você?

– Córrego Alto. – Te dou uma carona, pois é caminho.

– Legal, já tá ficando tarde mesmo. Moro com meu pais, mas, assim que der, pulo para um lugar só meu, mesmo que seja minúsculo!

Fomos até o estacionamento, pegamos o carro e, no caminho, o papo continuou solto e sincero. Que garota fácil de se gostar! Chegamos à porta do seu prédio e nos despedimos com dois beijos no rosto. Alguma coisa parecia estar faltando, mas eu imaginei ser o meu hábito de estar constantemente beijando as mulheres no primeiro encontro. Ela saiu do carro, virou-se e sorriu, um sorriso quase que de pura inocência.

– Devo estar ficando um cara babão de meia idade! – falei para mim mesmo, já engrenando a primeira e partindo em direção à minha casa no campo.

Inflando as velas e navegando em águas serenas

Quando cheguei em casa, chequei as mensagens e lá estava uma da Beth, dizendo:

– Primeiro contato de muitos. Estou extremamente impressionada com você. Nunca tinha sentido tamanha empatia em um primeiro encontro. Estou muito feliz. Beijos.

Imediatamente respondi:

– Também senti uma afeição enorme e uma segurança raramente experimentada. Quem sabe não somos almas gêmeas? Digo isso, pois você não sai da minha cabeça. Gostaria de não ter te deixado em casa. Estou me sentindo vazio.

Dois minutos depois:

– Sério? Será que somos almas gêmeas? Bem...diante de tantas coisas incríveis que estamos vivendo, não seria de se admirar. A propósito, também estou me sentindo vazia. Quer vir me pegar?

Imediatamente:

– Tô indo!

Trinta minutos depois estava eu em baixo do prédio da Beth, mandando texto e pedindo para ela descer. Ela apareceu, abriu a porta do carona, entrou, olhou para mim, segurou o meu rosto entre suas mãos e me deu um beijo tão cheio de sentimento, que mal podia respirar.

– Caramba, Beth. O que está acontecendo? Minhas pernas estão tremendo!

– Eu acho que sei o que é, só tenho medo de dizer! Será que você me leva para sua casa, o mais rápido que você puder?

– É pra já!

Trinta minutos depois chegávamos em minha casa. Mal deu tempo de abrir a porta e estávamos nos beijando apaixonadamente, como se nos conhecêssemos há muito tempo e como se aquele ritual fosse normal entre nós. Não rolava nenhum constrangimento ou sensação de desconforto. Fomos até o quarto, tiramos nossas roupas e ela pediu:

– Beto, para o tempo por favor!

E foi o que fiz. Ficamos ali no nosso mundo particular, sem barulhos ou movimentos, só nós dois em um frenesi de apaixonados. Ficamos nesse estado por, eu calculo, uns três dias. Só nós e a paixão. Era tanta intimidade que parecia que fazíamos aquilo há décadas. Eu conhecia o corpo dela e ela o meu. Eu sabia como agradá-la e ela a mim. Tínhamos o nosso prazer sincronizado e não conseguíamos largar um do outro.

– Bem, em algum momento, temos que voltar a vida real, ou não?

– Sei lá?! Por mim, fico nessa vida paralela contigo para sempre. Nunca senti tanta paz, prazer e alegria ao lado de outra pessoa. Não te largo nunca mais! – disse ela em um tom absolutamente sincero.

– Pode crer. Eu também estou como que paralisado por tantas emoções. Vamos ficar juntos. Não quero nem saber. – falei olhando-a bem nos olhos.

Ela sorriu e disse:

– Tá me pedindo em casamento?

– Pedindo não. Exigindo!

Nos abraçamos, voltamos ao frenesi e ao nosso lugar de ser feliz. Éramos uma pessoa só. Disso eu não tinha dúvidas.

– O que você vai fazer com o Carlos?

– Vixe, tinha me esquecido dele! Assim que essa loucura nossa ceder espaço para que possamos voltar ao mundo dos seres vivos, vou procurá-lo para resolver tudo. Ele merece meu respeito e a cortesia de saber que acabou.

Ficamos mais um dia naquela loucura de emoções, quando decidimos retomar à vida. Fiz o tempo voltar a passar e levei a Beth para sua casa.

– Deixa comigo, que até amanhã tá tudo resolvido!

– Escuta, Beth. Não demore. Quero que você venha para minha casa o mais rapidamente possível. Minha vida sem você ficou impensável agora!

– Pode deixar, meu amor, assim que esclarecer as coisas com o Carlos e ajeitar tudo aqui em casa, vou morar contigo. Já estou com saudades e com vontade de te ter naquelas situações! – Fez uma cara de safada.

Voltei para casa na certeza de que tinha achado a minha cara metade. Não sei ao certo o que esses ETs estavam arquitetando, mas, até agora, só foram coisas boas. Tinha saído do meu isolacionismo pós-traumático, realizado a maioria das minhas fantasias sexuais, prosperado profissionalmente e, agora, encontrado a minha cara-metade. Não podia reclamar de nada.

Quando cheguei em casa, imediatamente me senti só. Tinha me acostumado a ter aquela linda jovem ao meu lado, mesmo que fosse no nosso mundo de sonhos. Andar pela casa, ir para o quarto e não tê-la por lá dava uma sensação de vazio. Fiquei perdido nessas sensações e ouço o celular tocando. Era Beth. Atendi:

– Fala paixão!

– Tudo resolvido, sem traumas. Acho que ele ficou até aliviado de ter sido eu a tomar a decisão. Realmente, nosso prazo de validade estava expirado mesmo. Agora, só falta resolver a questão com meus pais, mas isso fica para outra hora, pois preciso te ver. É mais forte do que eu! Será que você me pega aqui em casa?

– Tô indo!

Uma hora depois, estávamos nós novamente absortos em nosso mundo sem som, em um amor louco e de total liberdade. Não me lembro de ter sentido tanto tesão por uma mulher como sentia por ela. Era uma energia intensa que fluía pelo meu corpo e eu acho que pelo dela também. Sem perceber, passaram-se mais uns dias daquela vida paralela em suspensão. Nada nos fazia falta, mas sabíamos que, em algum momento, deveríamos voltar à vida normal. Mas que não fosse agora!

Vida a dois

Acho que ficamos uns oito dias, mais ou menos, nesse estado de letargia. Nem sequer roupa nós usávamos. Conversávamos sobre tudo, curtíamos tudo, comíamos de tudo e, obviamente, fazíamos o sexo mais extravagante e intenso do mundo. Resolvemos, porém, interromper aquele ciclo de fuga da realidade e voltamos à vida normal. Em uma semana, Beth já estava morando comigo, para desespero da família. Depois que fui apresentado aos parentes e eles puderam me conhecer – e obviamente, após uma influência de Beth – tudo ficou calmo. Ela havia conseguido um emprego como professara em uma escola de 2º grau e estava se preparando para fazer o mestrado, depois da conclusão da faculdade. Eu continuava na minha carreira meteórica na empresa, dando lucros astronômicos aos donos. Dei um carro para a Beth ter mais autonomia.

Toda vez que íamos parar o tempo, nos avisávamos mutuamente para não atrapalhar a vida e os negócios um do outro. Na intimidade, nos bastávamos. Não recebíamos amigos ou frequentávamos festas ou coisa semelhante, a não ser em ocasiões profissionais obrigatórias, tanto minhas como dela.

Na maioria das vezes, circulávamos pelo local, fazendo caras e bocas, fazíamos os contatos e influenciávamos quem deveria ser influenciado. Andávamos em "off" pelo local, transávamos em camas alheias e usávamos a "pausa" para sair à francesa, sem deixar rastros. Começamos a curtir a onda de comprar passagens aéreas de econômica e "influenciar" a operadora no "check in" para que nos colocasse na 1ª classe. Voamos assim para muitos países e curtimos esse nosso poder de influencia.

Tudo certo, até o dia em que estávamos em um desses momentos de estado paralelo, e nem eu nem ela conseguíamos fazer o tempo voltar. Quando finalmente o tempo voltou a fluir, ficamos assustados sem saber o que tinha acontecido.

– O que foi aquilo? – perguntei.

– Não sei, Beto, mas foi assustador. Fiquei bolada. Acho que não quero mais isso não. Vai que trava e não voltamos!

– Pois é... tenho que pensar a respeito. Foi bizarro mesmo!

Passamos dias sem sequer pensar em pausar o tempo. Quando estávamos em casa, sentíamos o tempo passar rápido demais. Na realidade, estávamos muito mal acostumados. No estado paralelo, tínhamos todo o tempo que quiséssemos para viver o nosso mundinho. Isso tinha acabado, pelo menos, por enquanto.

Fiquei refletindo e falei com Beth:

– Será que tem outro como nós por aí?!

– Será, Beto? Isso explicaria tudo!

– É possível. Se ele estiver na área, em algum momento, ele vai fazer o tempo parar e nós saberemos.

– É verdade. Nesse meio tempo, vamos ficar na nossa vidinha normal. Devo dizer que tenho saudades daquelas nossas tardes infinitas e das 1001 noites intermináveis – disse eu a Beth, meio que saudosista.

– Também, meu anjo! Em breve, deveremos solucionar esse mistério.

Passaram-se algumas semanas e, um belo dia, tudo ficou parado. Fiz de tudo para o tempo voltar... e nada. Isso só podia significar que alguém parecido conosco estava na área e, possivelmente, esse alguém era mais capaz do que nós. Não demorou muito, e o tempo voltou ao seu ritmo normal. Liguei para a Beth.

– Claro que você também ficou presa na pausa que aconteceu agora, né?

– Não! Não senti pausa alguma. Que estranho!

– Você está onde?

– Eu estou no colégio onde dou aulas.

– Bem, o colégio é bem longe daqui. Talvez isso explique a situação. Vou até a cidade caçar esse fantasma.

– Toma cuidado Beto, não sabemos com quem ou o que estamos lidando!

– Deixe comigo. Te ligo depois.

Fui até o centro, no coração comercial da cidade, e fiquei esperando uma possível pausa no tempo. Não deu meia hora, o tempo parou de novo. Fiquei na espreita, me esgueirando pelas esquinas para não chamar a atenção, esperando ver algum movimento, quando, de repente, vejo um sujeito abrir a bolsa de uma pedestre e tirar a carteira e o celular dela. Corri para cima dele, e o cara se assustou e correu também. Fui mais rápido que ele e peguei o "cabra". Era um garoto de seus dezoito anos, sem a menor noção do que fazia. Peguei-o pelo colarinho e o fiz voltar e devolver tudo para a moça.

– Sou da patrulha do tempo, seu moleque! Se você voltar a transgredir dessa forma, vamos ser obrigados a te desintegrar! Você está suspenso para o uso do seu dom nessa ou outra cidade da região. Se voltar aqui, você vai ficar na lista de procurados e, consequentemente, deixará de existir.

– Desculpe, senhor. Tem razão. Vou embora do estado e não volto mais, nem vou abusar do tempo! – O garoto estava apavorado e achando que seria realmente desintegrado por mim, guardião do tempo!

– Acho bom! Faça bom uso desse presente que você recebeu. Se abusar, vai se dar mal. Agora, vaza!

Fiz com que ele voltasse o tempo ao seu curso normal, e depois o vi sair correndo. Acho que realmente se mandou, pois não experimentamos mais a interferência dele na nossa área. O que eu não entendi é que, apesar de estarmos juntos na parada do tempo, eu não conseguia fazer com que ele voltasse ao normal.

Contei o acontecido para Beth, que riu um bocado com a estória da "patrulha do tempo".

– Só você mesmo para inventar uma estória dessas na hora. Eu ia ficar sem saber o que fazer!

Ficamos aliviados com a volta a nossa rotina de lapsos temporais, mas muito mais inquietos por saber que existiam mais seres com a capacidade de manipular o tempo. Que diabos de experimentos eram esses que os ETs estavam fazendo? Dar poderes para um moleque era, no mínimo, bizarro!

E aumenta a tribo

Os anos foram passando, e nós não tínhamos mais experimentado nenhuma interferência como aquela. Em um dado dia, senti uma flutuação, como que o tempo parando e voltando ao normal rapidamente.

Liguei para Beth:

– Amor, você sentiu isso?

– Senti. Como se fosse uma pausa, mas muito rápida.

– Acho que estamos sendo invadidos novamente.

– Será? Mas o garoto não tinha se mandado?

– É isso que vou checar.

Fui até a cidade, pois, se alguém estivesse na área, seria no centro nervoso dela. Fiz a tradicional concentração e pausei o tempo. Fiquei na espreita e nada. Esgueirei-me pelos cantos esperando ver ou ouvir algo, e nada. Fiquei naquele exercício bem uma hora, esperando pegar alguém na minha área. Voltei o tempo ao normal e liguei para Beth.

– Oi amor! Desculpe esse tempo todo parado. Não achei nada. Deve ter sido alarme falso.

– Tranquilo. Tava precisando mesmo descansar. Deve ter sido só um falha no tempo mesmo, como se fosse um mau contato, sei lá – disse ela de forma menos preocupada.

– Pode ser. Tô indo pra casa. Quer que leve algum jantar especial?

– Tava com vontade de sushi!

– Deixa comigo. Jantar de sushi então!

Passei no restaurante japonês da rua de cima e levei um combinado de 80 peças para casa. Aproveitei e comprei uma garrafa de Saquê para acompanhar aquele combinado. Faríamos uma refeição e tanto essa noite. Depois, é claro, se seguiria mais uma longa noite de muitos dias!

Quando voltamos o tempo ao seu curso, peguei o jornal de dois dias atrás, que estava na porta de casa, e vi a manchete:

– Misterioso assalto ao Banco do Brasil do centro da cidade. O dinheiro dos caixas sumiu sem que ninguém se desse conta. Câmeras de segurança foram checadas e nada foi observado.

– Beth... taí o problema! Alguém tá fazendo o tempo parar e assaltando os bancos. O que devemos fazer?

– Sei lá, Beto, de repente, deixar pra lá. Quem assalta banco não pode ser bom sujeito! Vai que está armado ou coisa assim.

– Realmente é sinistro. Vamos aguardar os acontecimentos.

Passaram-se dois dias e nova flutuação. Liguei para a Beth:

– Sentiu essa?

– Senti, e bem mais forte! Que merda, Beto...o cara deve ter gostado daqui!

– Humm...acho que vou checar novamente!

– Já falei... deixa pra lá! Pode ser perigoso!

– Fica tranquila, vou tomar cuidado!

Fui novamente à cidade e calculei: se o Banco do Brasil já foi roubado, o próximo deveria ser a Caixa Econômica. Fui para frente da Caixa e esperei o tempo parar. Não deu dois minutos, senti a pausa temporal se estabelecer. Aguardei alguns minutos e vi um vulto sair do banco com uma mochila grande. Quando passou por mim, pulei em cima dele e o agarrei com força! Era uma mulher! Ela gritou, esperneou e pediu, pelo amor de Deus, que eu não a ferisse.

– Vou te largar, mas vamos conversar! – Larguei a moça e ela começou a chorar copiosamente.

– Calma, não vou te machucar. Só quero saber o que é que está acontecendo.

Ela falou entre soluços:

– Então é você que eu tenho sentido o tempo todo?!

– Pode ser, mas não estou sozinho! Por que você tá assaltando os bancos?

– Tô precisando da grana! Minha mãe tá doente.

– Tudo bem, não tô aqui para ser a moral do mundo. Mas, roubar?!

– Foi a alternativa que achei. Os bancos têm seguro e não têm prejuízo algum!

– Vamos fazer uma coisa, vamos sentar naquele banco e conversar mais um pouco.

– Tudo bem.

Sentamos no banco, e ela colocou a mochila ao seu lado. Fiz uma pausa para reparar na moça. Ela era bem nova, acho que tinha no máximo 20 anos. Muito bonita, com cabelos castanhos e olhos verdes.

– Aliás, meu nome é Marta, e o seu?

– Beto. Desculpe se te dei um susto. Procuro manter certa ética financeira nessa situação de parada de tempo, entende?

– Eu que peço desculpas. Roubar é errado, eu sei. Só não sabia como conseguir dinheiro para a internação da minha mãe.

– Entendo, Marta. Não estou aqui para te julgar, é que peguei um moleque há uns anos atrás, que estava roubando os pedestres. Aí dei um jeito dele sumir da área.

– Quer dizer que existem outros como nós?

– Sim. Pelo jeito, vários.

Quando você começou a experimentar o fenômeno?

– Faz um mês, mais ou menos.

– Me conta, como foi que começou?

– Eu estava voltando para casa depois da faculdade, a pé, e tudo ficou branco, tipo como agora. Quando o tempo voltou, eu corri para casa. A noite, sonhei com umas coisas estranhas.

– Que coisas? – perguntei eu de forma inquisitiva.

– Estava em uma sala branca, deitada, sem roupa, e uns vultos brancos se comunicavam comigo sem falar. Telepaticamente, entende?

– O que eles falavam?

– Eles me diziam que eu estava participando de uma experiência temporal e que eles iriam avaliar a minha reação em relação ao poder de manipular o tempo. Ensinaram-me a mentalizar "para tudo" para pausar o tempo e " volta tudo" para desfazer a pausa. Foi o que fiz. Tenho, desde então, experimentado essa liberdade de transitar entre os segundos. E com você, como foi?

– Mais ou menos a mesma coisa, só que já se vão uns cinco anos dessa experiência. Você quer conhecer a Beth, minha mulher? Ela também tem o mesmo dom.

– Quero sim!

– Quer ir comigo lá pra casa, para podermos continuar nosso papo? Pode ficar tranquila, sou do bem! A minha fase de pegador passou quando conheci Beth – disse eu já de uma forma relaxada.

– Tô tranquila! Aliás, surpreendentemente confiante. Eu não sou assim, em geral, mas parece que te conheço desde sempre. A conversa contigo é fácil e sincera. Que estranho! – falou ela, em um tom absolutamente sincero.

– Foi a mesma coisa quando conheci Beth. Parecia que éramos íntimos desde sempre. Deu no que deu! Vamos lá, meu carro tá na outra rua.

– Vamos. O que eu faço com o dinheiro?

– Leva, é seu. Você tem razão, o Banco tem seguro. Você só não pode pegar de um caixa ou dois, tem que ser de todos, para não sujar para os funcionários!

– Pode deixar, peguei de todos e do cofre também! Hoje estava aberto. Acho que peguei uma boa grana!

– Vamos dar um jeito de você não precisar mais roubar, ok?

– Tudo bem. Você é quem manda. Afinal, é muito mais experiente que eu!

– Tá me chamando de velho? – perguntei, em tom sarcástico.

– Não, digo que você tem mais tempo nesse negócio de tempo! – respondeu ela sorrindo.

– Tudo bem... tô ficando rodado mesmo. Quantos anos você têm?

– Acabei de fazer 22, e estudo Direito na Federal. Minha família é humilde e consegui entrar pela cota.

– Parabéns, não é fácil passar para a Federal. Principalmente tendo estudado em escola pública. Você tem o meu respeito!

– Obrigada, Beto. Você mora onde?

– Córrego Alto. E você?

– No largo de São Firmino. Moro eu, meus pais e dois irmãos mais novos.

– Legal. Acho que você vai gostar do lugar onde eu moro. É super bucólico.

– Tenho certeza que vou gostar. Já estive em Córrego alto. É muito bacana!

Rodamos por mais uns 25 minutos e chegamos em casa. O carro de Beth já estava parado na porta.

– Vamos entrando – convidei-a e chamei por Beth: – Beth, querida, vem conhecer a Marta!

Beth saiu da cozinha e veio nos receber na sala.

– Essa é a Beth. Beth. Essa é a Marta. Ela é como nós. Aliás, o que somos afinal?

– Prazer, Marta, seja bem-vinda. Nossa, você é tão novinha e lindinha!

– O prazer é meu, Beth! Você também é muito bonita!

– Mas me conta a sua experiência com a parada do tempo.

– Pois é. Para mim ainda é coisa nova. Estou nessa situação há poucas semanas.

– Faz quanto tempo que você está nesse negócio dos bancos? Você sabe que somos contra esse tipo de coisa, né?

– Eu sei que é errado. Não tive outra saída. Minha mãe está doente e precisamos desesperadamente desse dinheiro.

– Meninas, que tal aproveitar o dia lindo e fazermos um churrasco? – Cortei o assunto, para que a conversa continuasse depois.

– Boa ideia, amor. Faz tempo que não queimamos uma carne! Vou pegar as coisas na geladeira. Vão indo pra piscina que eu encontro vocês lá! – disse Beth indo de volta à cozinha.

– Vem comigo Marta. Você bebe cerveja?

– Adoro tudo isso. – E deu um baita de um sorriso.

Botei fogo no carvão e ficamos papeando animadamente. Beth se juntou a nós, e o papo rolou solto e fácil. Beth colocou Martha a par da doença da mãe e da necessidade do transplante. Chegamos à conclusão que o fenômeno que nos afetou também nos uniu, de alguma forma.

– Marta, você olhou para ver se as notas que você pegou, não tem a numeração em série?!

– Não. Nem reparei nesse detalhe!

– Bem, nesse caso, traz a mochila pra cá e vamos ver.

Ela trouxe a mochila, nós derramamos o dinheiro em cima da espreguiçadeira da piscina e começamos a examinar os maços de notas. Como eu havia previsto, a maioria estava em série.

– É, Marta, essas notas vão te colocar em encrenca. Facílimas de rastrear. As miúdas tudo bem, estão tranquilas, mas as de 100 e 50, pelo menos a maioria delas, está seriada. Isso significa que é de um lote específico e passível de ser monitorado pela Polícia Federal. Se eu fosse você, queimava esses maços de notas e ficava só com as sem sequência!

– Sério, Beto? Aí não vai sobrar quase nada... – Fez cara de desespero.

– De quanto vocês precisam? E para que é, exatamente? – perguntei eu, já com tom de pai da moça.

– Minha mãe tem falência do fígado, e a fila do transplante é infinita. Soube que, com grana, se consegue uma cirurgia antecipada. Algo em torno de 1.5 ou dois milhões!

– Caraca! Isso é muita grana, Marta! – exclamou Beth.

– Eu sei...eis o porquê dos assaltos a bancos – falou ela com um semblante triste.

– Tenho uma ideia melhor, minhas meninas! Vamos tirar o dinheiro de ladrões. Tenho certeza de que conseguiremos levantar essa grana em dois tempos.

– Mas como, Beto? – perguntou Marta.

– Vamos ao Congresso Nacional, em Brasília, e vamos recolher o dinheiro daqueles ladrões de colarinho branco! Esperamos uma sessão de quórum lotado, paramos o tempo e damos uma geral nas carteiras daqueles quinhentos e poucos crápulas que ali estão. Aposto que nenhum deles anda com pouca grana na carteira!

– Beto de Deus... você é um gênio do mau! – gritou Beth.

– Vai ser igual tirar doce de crianças! – falou Marta.

– Tá combinado, então. É só esperar uma pauta importante e iremos a Brasília roubar quem nos rouba!

– Mal posso esperar para realizar esse meu sonho! Dar o troco nesses bandidos! disse Beth, toda eufórica.

– Beto... Acho que você é um anjo que veio pra me guiar. – E Marta começou a chorar.

– Que é isso, querida, gostei de você e acho que Beth também. Somos um time agora!

– Gostei e muito. Vamos ser os irmãos metralha! – Beth acariciou Marta, com carinho. Marta não parava de chorar.

– Gente. Preciso ir para casa para ver as outras notas do outro assalto!

– É, não vacila não. O sucesso de tudo está nos detalhes! – disse eu com firmeza.

– Posso te deixar lá, pois tenho que dar um pulo na casa de meus pais, e não é longe do Largo de São Firmino – disse Beth, já íntima da moça.

– Beto, obrigado por tudo! Toma aqui o meu número de celular. Vamos nos falando, está bem?

– Claro. Já vou pesquisar pautas importantes e dias de quórum alto, para irmos depenar essa cambada! – Dei um forte abraço, correspondido pela menina. Parecia que éramos íntimos há muito tempo.

– Ah, Beth! Explica pra Marta o esquema de avisar antes de parar o tempo.

Elas saíram, eu fui arrumar a bagunça e lavar a louça. Estava feliz de poder ajudar aquela jovem. Era por uma boa causa!

Nasce o fantasma

Descobri uma votação importante e organizei tudo para irmos ao Congresso. Brasília distava apenas há duas horas de carro da nossa cidade, então saímos logo cedo pela manhã e estacionamos nas proximidades do Congresso Nacional. Comprei três carrinhos de feira dobráveis, pois esperava um volume de dinheiro considerável! Para não levantar qualquer suspeita, parei o tempo, já no estacionamento. Colocamos luvas, para que não deixássemos qualquer rastro passível de ser seguido, entramos pelo prédio do Congresso e seguimos direto para o auditório, que estava lotado. Inclusive com as galerias também cheias de gente.

Começamos a colheita do dinheiro que os deputados tinham na carteira e nas pastas. Como eu suspeitava, eles não andavam com pouca grana. E por que andariam? São os poderosos da nação, morando e vivendo em verdadeiras bolhas, num mundo paralelo, sem qualquer relação com o mundo real que permeia o Brasil.

Ficamos espantados. Não esperávamos encontrar aquela gente portando tanto dinheiro em espécie. No entanto, fazia sentido, uma vez que dinheiro "vivo" é mais facilmente ocultável do que gastos rastreáveis em cartões de crédito ou cheques.

Demos uma geral nos gabinetes dos deputados, nos assessores presentes e fomos visitar os nossos queridos e nada isentos senadores. Poupamos os funcionários das casas, já que, apesar de receberem salários polpudos e bem acima do razoável, não eram os causadores das mazelas desse país.

Levamos bem umas três horas arrecadando os fundos e, no final, saímos com os carrinhos de feira lotados de dinheiro. Era muito dinheiro...

Voltamos para o estacionamento. Guardamos tudo na mala do carro e saímos, assim que o tempo voltou ao seu curso normal. Chegamos em casa já com o cair da tarde e tratamos de fazer a contabilidade. Levamos quase seis horas para contar todo aquele dinheiro! Resultado: R$ 3.257.458,00

Olhamos uns para os outros e ficamos espantados de termos arrecadado aquela soma em uma única tacada. Marta não conseguia parar de chorar, pois tinha conseguido o que precisava e muito mais.

– O que vamos fazer com o excedente? – perguntou Beth.

– Vamos guardar para uma emergência, eu acho! Ou gastar tudo em viagens! – disse eu, meio sarcástico.

– Amanhã mesmo vou fazer contato com o médico que arranja o transplante – disse Marta, ainda entre soluços.

– Quando você for negociar, eu vou contigo! – falei, abraçando aquela menina tão frágil.

– Você faria isso por mim, Beto?!

– Claro, vou querer garantias para que o cara não se mande com a grana antes de realizar o serviço!

– Bem pensado! – disse Beth.

– Preciso ir para casa, amanhã tenho o dia cheio! – falou Marta, já recuperada do surto de choro.

– Pode deixar que eu te levo – disse Beth, com sua típica voz doce.

– Posso deixar o dinheiro aqui com vocês? – perguntou Marta.

– Claro! Vou guardar no sótão, onde ninguém tem acesso, nem mesmo a faxineira! – falei, já me despedindo de Marta e dando um beijo em Beth.

– Vou aproveitar e passar um tempo com meus pais. Você não se importa, né? – disse Beth olhando-me dentro do s olhos.

– Claro que não, amanhã você volta para um novo dia, uma nova vida, uma nova aventura! – disse eu, rindo para ela.

Estava notando que as duas tinham ficado cada vez mais íntimas e curtindo a companhia uma da outra. Às vezes, pegava Beth olhando para Marta como que analisando as possibilidades.

"Será?", pensei eu, do alto da experiência de gato escaldado!

Nada é impossível. Se um personal trainer tinha me passado a perna, por que uma relação homoafetiva estaria excluída? Ainda mais com essa nossa conexão de outro mundo! Iria perguntar para Beth o que estava se passando.

No dia seguinte, depois do trabalho, estava eu sentado na poltrona e lendo, quando adentram o recinto Beth e Marta.

– Oi amor! Tudo na paz? – perguntou Beth.

– Tudo... Que bom que vocês duas estão por aqui. Precisava perguntar uma coisa pra vocês. Vocês estão namorando?

Beth ficou branca, e Marta estática. Fez-se um silêncio por alguns segundos e Beth falou:

– Está tão óbvio assim?

– Lembra que nós temos essa conexão diferente? Só fiquei bolado, esperando pra ver quando vocês iriam me comunicar.

– Oh, Beto! Tudo que não queríamos era te magoar, meu amor! Você é e sempre será uma joia rara na minha vida, e acho que na vida de Marta também. Mas, realmente eu e ela descobrimos que temos uma infinidade de coisas em comum e uma atração muito forte uma pela outra. Não é Marta?

Marta só afirmou positivamente com a cabeça e permaneceu calada.

– Caraca... Eu sou sempre o último a saber. O que faremos com essa situação? – perguntei, meio constrangido.

– Não sei, Beto... Estamos pensando em viver juntas. Será que você consegue me perdoar? – falou Beth já com a voz meio embargada.

– Não tem o que ser perdoado, meu bem! Coisas do coração são coisas do coração. Digo pra vocês que não estou sentindo nenhuma raiva ou sentimento ruim, além da natural surpresa, é claro! Se é isso que vocês querem, façam assim. Não vou propor um triângulo amoroso, pois eu seria o elo fraco dessa relação, e isso me quebraria ao meio. Tenho também só carinho de pai para filha por Marta. Nunca me vi tendo uma relação íntima com ela. Só posso desejar a melhor das sortes para as duas e dizer que a nossa parceria continua de pé! Tenho até umas ideais que queria discutir com vocês.

Imediatamente, a tensão que reinava no ar se desfez e as duas vieram me dar um abraço apertado. Como não podia deixar de ser, Marta chorava copiosamente.

– Eu tava pensando... Já que temos essa habilidade, por que não agirmos como Robbin Hood pegando o roubo dos safados e distribuindo para instituições de caridade?

– Caraca, Beto! Excelente ideia. Tem tantas instituições precisando de apoio que nunca vem. Só temos que tomar cuidado em como fazer chegar o dinheiro nesses locais! – disse Beth já mais eufórica.

Marta finalmente se manifestou dizendo:

– Tô dentro. Podemos ajudar as APAES, Médicos sem Fronteiras, Hospitais do Câncer, e por aí vai. É só escolher algumas instituições sérias, que realmente usam o dinheiro para os fins destinados.

– Então tá combinado! Os novos Robbin Hoods atacarão novamente! – disse eu, já levantando para pegar as cervejas para o brinde.

Brindamos e nos abraçamos e Marta falou para mim:

– Beto, pena que você não tem olhos para mim, como mulher!

– Oh, meu bem! Não fala assim! Você é uma gracinha linda e gostosona também. Só não sei onde eu me encaixaria nessa relação!

– Não podemos pelo menos tentar? – disse Marta, olhando fundo nos meus olhos.

– Desculpe minha linda, mas sei como essas coisas acabam. Sou experiente demais para me iludir. Prefiro ter vocês por perto como amigas chegadas, do que como amantes distantes. Essa onda vocês vão ter que surfar sozinhas.

– Beto, você sabe o tesão que tenho por você, e o amor infinito que desenvolvemos ao longo desses anos. Porém, também sinto o mesmo pela Marta. Acho que essa conexão doida que herdamos da nossa abdução nos liga e faz que passemos a ser almas gêmeas. Se você estiver disposto a tentar, eu não me oporia, muito pelo contrário! – disse Beth, com um tom absolutamente sincero.

– Eu também sinto um enorme amor por ti, mas prefiro não me meter nessa roubada. Desculpe a sinceridade. Por mais que eu vislumbre a possibilidade de um sexo a três fantástico, sei que, ao final, serei a parte que sobra. Três é um número complicado pra caramba! Quero que vocês sejam muito felizes e plenas nessa relação e que saibam que minha casa sempre estará aberta para vocês. Temos essa ligação inegavelmente forte, e isso nos manterá unidos. Podem crer em mim.

Marta veio até mim, me puxou para perto de si e falou:

– Por favor...faz isso por mim!

Peguei o seu rosto entre minhas mãos e a beijei com toda a ternura do mundo. Olhei no fundo dos olhos dela e ela entendeu tudo.

– Já transei com várias mulheres ao mesmo tempo, mas sem laços emocionais, entendem?! Bagunça e putaria é diferente do que rola aqui. Vamos deixar as coisas como estão. Vocês já moram no meu coração e de lá nunca vão sair.

– Gente! Deixa eu mostrar para vocês a manchete do Correio Brasiliense.

Abri o laptop e mostrei a manchete que dizia:

– Fantasma ataca no Congresso e faz limpa em Deputados. Câmeras de segurança, não conseguiram registrar nada de suspeito antes, durante ou depois da sessão. Somente dinheiro foi levado das carteiras dos congressistas. Cheques, cartões de crédito e de Bancos não foram tocados. Não se sabe, até o momento, mais detalhes desse fato, nem a motivação do crime.

– Viram que maravilha? No Facebook, o Fantasma já é o novo queridinho dos "mêmes".

– Que maravilha, Beto! É isso mesmo que nós queríamos. Isso é motivo para novo brinde! – disse Beth, já indo buscar mais cervejas. Tomamos todas e, já meio descontraídos, nos abraçamos e em meio a muito afeto e nos despedimos.

Elas saíram, deixando um vazio doloroso e barulhento dentro de mim. Mais uma vez, eu precisaria me reencontrar e ressurgir das cinzas.

O Triângulo das Bermudas

Planejamos e executamos diversas expropriações, tanto no Congresso como no Senado, como também nas Câmaras Municipais pelo Brasil afora.

Distribuímos o dinheiro por várias instituições humanitárias e de trabalhos sociais, sempre de forma anônima e parcelada. Isso nos dava uma grande satisfação.

Marta conseguiu contato com um traficante de órgãos, ou no mínimo, o "fura filas". Marcamos um encontro com o cara. Era um médico do serviço público, que garantiu que conseguiria o transplante em um hospital particular, com os custos envolvidos, chegaria a 1.8 milhões. Concordamos com o preço, mas ponderei que ele receberia 1/3 quando da marcação do dia do transplante, 1/3 após a cirurgia e 1/3 depois da alta definitiva da paciente. Ele ficou meio cabreiro, mas eu aleguei que como era eu o financiador, não abriria mão dessa segurança. Ele concordou e ficou de ligar quando tudo estivesse acertado. Saímos dali aliviados, e Marta, nas nuvens. Iria poder acabar com o drama de sua mãe.

Quando estávamos voltando para casa delas, passamos em frente a um motel e Marta perguntou se nós não podíamos dar uma parada ali, antes de irmos para casa. Olhei para ela com uma cara de surpresa e ela disse:

– Nunca fiquei sozinha com você. Queria um momento desses só de nós dois.

– Você sabe que Beth não vai gostar nada disso?

– Ela não precisa saber! Fica como segredo nosso. Eu preciso ter essa experiência com você. Faz isso por mim?

Entramos no motel e tivemos uma tarde, digamos assim, muito intensa. Ela era uma menina muito apaixonada e nada convencional. Surpreendi-me por nunca ter realmente reparado no corpo maravilhoso que exibia, quando se despiu. Ela irradiava uma pureza e uma beleza muito infantil, quase angelical. Deixou sua fantasia correr solta e me surpreendeu com demandas bem picantes, nada correspondentes àquela imagem que eu tinha dela. De menina, nada tinha!

Findada a parada técnica, voltamos para casa delas, na cidade, onde Beth nos aguardava com um belíssimo lanche. Disfarçamos bem, pois Beth nada notou de diferente e nos fez contar em detalhes do encontro com o atravessador de vida.

Passaram-se os dias e, finalmente, chegou a ligação do médico, marcando os exames pré-cirúrgicos. Tudo correu melhor do que esperado, e a mãe de Marta foi rapidamente submetida a todos os procedimentos necessários ao transplante. Foi operada e recuperou-se maravilhosamente bem daquele episódio, passando a viver uma vida absolutamente normal.

Continuamos no nosso projeto "Robin Hood", mas cada vez mais espaçadamente. Às vezes, Marta me fazia uma visita para poder ter um momento homem-mulher comigo. Beth, por sua vez, não buscou mais vida íntima comigo e vivia feliz e satisfeita na relação com Marta.

Vida que segue

Eu voltei a sair e a pescar relações fugazes. Acho que estava confortável nessa minha posição de solteiro novamente. Após a saída delas da minha casa, passei a exercer uma atividade só minha de "Fantasma". Eu fazia o papel de vingador invisível. Passei a afrontar o tráfico de drogas, destruindo armas e drogas, e a deixar a criminalidade alarmada com o fantasma!

Quando o bandido era violento e ameaçava não só a população como a polícia, ele simplesmente desaparecia. Isso causou a queda radical da violência na cidade, e o fantasma passou a ser venerado pela população. Eu me sentia muito confortável nesse papel e, mesmo tendo que, ocasionalmente "eliminar" bandidos perigosos, isso em nada me abalava. Larguei o meu emprego e passei a me dedicar a combater o crime em tempo integral. O dinheiro que pegava dos traficantes me sustentava, além das ocasionais passagens por Brasília, é claro!

Helena, minha ex-secretária, tinha deslanchado, graças a minha interferência, e agora ocupava cargo na diretoria na empresa. Ocasionalmente nos encontrávamos para colocar as fofocas em dia. Ela tinha achado um novo companheiro, bem ao seu gosto extravagante e voluptuoso, e viviam felizes. Confesso que, às vezes, ficava com pena do companheiro dele, tamanho o fogo daquela criatura. Quando eu falava disso com ela, ela ria e me dizia:

– Como é que eu posso não ser foguenta com um homem assim? – E me mostrava a foto do homem dela pelado.

– Sai pra lá mulher...cruz credo! Que aleijão é esse!

– Quando eu te chamava de salsicha aperitivo, eu sabia o que eu estava dizendo! – E ria de chorar.

– Você respeite um homem que sofre de constante abandono, pô! – falei em tom jocoso.

– Meu querido! Ser trocado por personal ou por outra mulher só demonstra o que eu tô tentando te dizer. – E fez um gesto com os dedos polegar e indicativo aludindo ao tamanho ridículo que sugeria ter o meu membro. – Rimos, gargalhamos e nos abraçamos. Aquela mulher era minha amiga, até debaixo d'água!

Segui nessa vida meses afora e, cada vez mais raramente, eu encontrava as meninas. Na realidade, só de quando em vez, recebia a vista da Marta para ela ter aquela relação masculina, que eu acho que lhe fazia falta.

Em um determinado dia, Marta veio me procurar e disse que Beth tinha sumido.

– Como assim?! – exclamei, incrédulo.

– Ela saiu de casa na segunda e até agora não voltou. Já procurei em todos os possíveis lugares que ela costuma frequentar... e nada – disse Marta, já deixando as lágrimas correrem pelo seu rosto.

– Calma, Marta! Vamos tentar racionalizar a situação. Vocês brigaram ou coisa parecida?

– Nada, estávamos em perfeita harmonia. Não faço ideia de um motivo que possa ter levado ela a sumir.

– E o carro dela?

– Tá na garagem. Ela tinha ido à faculdade de bicicleta.

– Achou a bicicleta em algum lugar?

– Sim. Tava lá na Faculdade! Beto, eu tô com medo de que possa ter acontecido alguma coisa!

– Que sinistro! Deve ter alguma explicação para isso.

– Pois é. Eu já dei queixa na polícia, mas até agora nada – disse ela, chorando intensamente.

– Será que ela está no mundo paralelo? Vocês andaram fazendo paradas separadas?

– Não, Beto. Quando para, eu sei, pois eu também fico em suspensão, você sabe como é!

– Ela tem algum parente fora daqui que ela possa ter visitado? Já perguntou à família? Já correu os hospitais?

– Já, inclusive foi a primeira coisa que a polícia perguntou.

– O que você acha de irmos até onde você achou a bicicleta dela e darmos uma busca no mundo paralelo?

– Boa ideia! Vamos lá.

Fomos até a faculdade de Biologia, onde ela estava fazendo o Doutorado, e paramos o tempo. Rodamos todo o perímetro da faculdade e imediações, e nada! Voltamos o tempo ao curso normal.

– É, minha princesa. Um mistério! Não sei o que te dizer, até porque Beth não é disso.

– Tô com medo, Beto. Não sei o que fazer. Ficar esperando ela aparecer em casa tá me matando!

– Vai lá pra casa, e esperamos os acontecimentos juntos. Com certeza, quando ela voltar, ela vai ligar para você.

– Tudo bem. Deixa eu passar lá em casa e pegar umas coisas.

– Vamos, lá. Melhor ficarmos juntos nessa hora!

Passamos na casa delas e voltamos para a minha casa.

– Fica à vontade, princesa. Ocupa lá um dos quartos.

– Tá. Mas eu não queria dormir sozinha!

– Tudo bem. Se estiver insegura, pula pra minha cama.

Ficamos conversando e passando por todas as possíveis possibilidades, inclusive, de uma nova abdução!

– Seja lá o que for, uma hora ela vai aparecer! – disse eu tentando acalmar a situação.

– Pois é, Beto. Se ela tiver sido abduzida novamente, será que nós seremos os próximos?

– Caramba. Será? Bem, não podemos excluir nenhuma possibilidade! – disse eu tentando racionalizar a questão.

Jantamos e assistimos um pouco de TV. Quando fui me deitar, ela veio junto. Dormimos juntos, mas sem nenhuma intimidade. De manhã cedo, acordei com ela se aninhando ao meu lado, e confesso que gostei da cena. Virei para ela e comecei a fazer carinho naquele bibelô. Imediatamente ela correspondeu e, é claro, seguiu-se o esperado.

Os dias tornaram-se semanas e depois meses e nada! Marta já estava de mala e cuia lá em casa e já tinha se desfeito do apartamento. Ela ficou usando o carro de Beth, já que ele ainda estava em meu nome. Confesso que tê-la em casa, apesar daquela situação, me trazia um conforto de lar e família. Entendíamo-nos muito bem em todos os sentidos. Ela mostrou-se uma companheira, madura, sensível e apaixonada. Tivemos momentos de maratona de intimidade no mundo paralelo, ao estilo que eu tivera com a Beth. Contudo, o desaparecimento de Beth pairava sobre as nossas cabeças.

Marta formou-se em Direito e passou em um concurso para Oficial de Justiça, o que tomava uma boa parte de seu dia. Eu continuava na linha "fantasma" mantendo o terror aceso nos corações dos bandidos, que também tomava boa parte dos meus dias. Haviam se passado dois anos desde o desaparecimento de Beth, e nós já dávamos a questão com encerrada. Era uma situação de filho desaparecido. Uma ferida que nunca fechava. Se tivéssemos um corpo, poderíamos chorar e tocar a vida em frente, mas, nessa situação, não tínhamos um fechamento da questão.

Déjà-vu

Um Belo dia, voltei para casa, tomei um banho e preparei o jantar para a chegada de Marta. Já éramos um casal, no melhor da terminologia. Tínhamos uma rotina de casal e gostávamos disso. Marta tinha um brilho de paixão no olhar, e eu confesso que também me apaixonara por ela e por seu jeito meigo e amigo de ser. Aquela sensação de "outra metade da laranja" existia entre nós, talvez por conta da experiência que tínhamos passado nas mãos dos ETs.

Coloquei a mesa e fui assistir ao noticiário na TV. Passada às 21hs, eu liguei para Marta para saber se ela já estaria chegando. O telefonema só caía na caixa postal. Esperei e nada. Resolvi ligar para a mãe dela, para saber se ela havia passado por lá.

– Não, Beto, não vejo Marta desde anteontem.

– Tudo bem. Ela já deve estar chegando! – disse eu, já com uma ponta de apreensão na voz.

O mesmo processo que eu tinha experimentado com Beth repetiu-se com Marta. Nenhuma notícia ou rastro. A polícia chegou a me colocar como suspeito, pois, como eu tinha tido um relacionamento com Beth também, deixou-me sob o holofote da lei. Passadas as exaustivas entrevistas e idas à polícia, finalmente o caso foi considerado não resolvido e foi arquivado.

Esperando o inevitável

Minha vida tornou-se uma eterna apreensão de quando seria a minha vez de ser "sumido". Procurei Helena em sua casa e falei-lhe das minhas suspeitas, teorias e preocupações. Ela, infelizmente, concordou comigo e admitiu que eu tinha todos os motivos para estar preocupado. Entreguei--lhe uma cópia de um testamento que eu havia feito, deixando os meus bens para ela e os meninos, além de um roteiro de bancos e esconderijos onde eu guardava o dinheiro em espécie.

– Minha morena! Você foi a melhor amiga que um ser humano poderia ousar sonhar ter! Você é, com certeza, uma irmã de alma e eu quero que você e os seus possam usufruir de uma vida plena e feliz. Tenho a certeza de que seja lá o que me acontecer, eu estarei vivo na sua memória e te acompanharei vida afora. Te amo de paixão e só tenho a agradecer por tudo que você fez por mim, meu amor! Só por ter te conhecido, a vida já vai ter valido à pena!

Desatei a chorar e ela também. Helena chorava copiosamente e o marido, que estava ao nosso lado, também não conseguiu segurar as lágrimas. Por sorte, os meninos não estavam em casa, o que tornou a minha tarefa menos dolorosa. Mal conseguimos largar um do outro para que eu fosse embora. Quando finalmente me levantei para sair, já sem forças de tanto chorar, Helena teve uma crise histérica e não conseguia me deixar ir. Foi preciso a intervenção do marido para que ela me largasse e deixasse que eu fosse de encontro ao meu destino, fosse ele qual fosse.

Sentir Helena se destroçando e ficando para trás, enquanto eu me afastava, partiu-me ao meio. Dificilmente eu e ela sairíamos dessa, inteiros.

Pois bem. Finalmente, em um dia qualquer de outono, e eu novamente rodando de moto pela estrada que ligava minha casa à cidade, fez-se o clarão! A próxima coisa que pude perceber foi aquela famigerada mesa fria debaixo de mim e os vultos me cercando. Um deles veio a mim e disse mentalmente:

– Beto! Você foi um espécime interessante. Suas opções, com o dom que lhe foi ofertado, nos impressionaram bastante. Você foi extremamente importante na nossa pesquisa. Obrigado pela colaboração. Você pode descansar agora.

E a luz se apagou...

FIM

AGRADECIMENTOS

Gostaria de agradecer a quatro pessoas que tiveram a generosidade e a paciência de me ajudar a construir esse livro com seus " feed backs".

Primeiramente à minha irmã, Liane, que, com sua paciência e críticas certeiras, lapidou e me colocou focado no que importava.

Depois, às minha duas queridíssimas amigas Monica Gomes Carneiro e Leslie Küpfer, que me emprestaram os olhos e a mente crítica, para também de forma construtiva dar seus pareceres e criticas sobre os temas abordados.

E por último, mas igualmente importante, a minha amiga e editora Ana Beatriz Manier, que incansavelmente me açoitou com suas críticas precisas e necessárias, fazendo com que páginas e ideias soltas se transformassem em algo concreto e palpável.

A vocês, minha eterna gratidão.